Desturia

Über das Buch

Desturia ist ein Schattenwandler und seit Jahrhunderten auf der Flucht vor der galaktischen Inquisition.
Verdammt zu einem Leben außerhalb der Gesellschaft, arbeitet sie mit dem Ganoven Corvin de Jong
zusammen, der ihr als Mittelsmann zur Beschaffung
von Aufträgen aller Art dient. Doch Corvins letzter
Tipp entpuppt sich als tödliches Fiasko ...

Über den Autor

Dirk Mengwaßer, Jahrgang 1977, lebt und arbeitet in
Köln. In seiner Freizeit schreibt er vorzugsweise
Sciencefictionliteratur.
Mit seinem ersten Roman "Desturia" führt er die
klassische Vampirgeschichte hinein in den tiefen
Raum zwischen den Welten.

Dirk Mengwaßer

Desturia

**Für meine Eltern
Ingrid und Josef Mengwaßer**

Kapitel 1

Die untergehende Sonne färbte sich blutrot und spiegelte sich bedrohlich in den hochglänzenden Stahlwänden der gigantischen Wolkenkratzer. Das Dröhnen der Gleitermotoren über Benjamins Kopf, erinnerte ihn an das leise Brummen eines Tigerwespenschwarms. Ebenso zierlich huschten deren winzige Schatten durch die zwielichtige Dämmerung. Mit stechendem Herzen schaute er hinauf in den immer dunkler werdenden Himmel, an der fliegenden Blechkarawane vorbei und fixierte Garamon, den größten der vier Monde von Epidon, der bereits vollständig zu sehen war. Mit bloßem Auge konnte er die Förderanlagen erkennen, in denen er noch vor einer Woche gearbeitet hatte. Zu alt geworden sei er, hatte man ihm gesagt. Nicht mehr voll belastbar für die gefährliche Arbeit in der Hypanimmine. Zu alt. Wütend grollte er in die näherkommende Nacht. Zu alt. Mit einundvierzig Jahren sollte er also schon zu alt sein.

Ein leises Frösteln lief ihm den Rücken hinab. Es wurde schnell kalt in den Hochhausschluchten, wenn auch die zweite Sonne am Horizont versunken war. Benjamin beugte sich leicht über die Brüstung seines Balkons und schaute hinab ins Dunkel. Den Boden in zwei Kilometern Tiefe konnte er schon gar nicht mehr sehen. Wie lange würde er wohl bis unten brauchen, wenn er sprang? Erschrocken vor sich selbst schob er die düsteren Gedanken zur Seite. Das hatte er doch jetzt nicht wirklich gedacht? Er würde wieder auf die Beine kommen, ganz bestimmt, versprach er sich.

Doch der bittere Geschmack des Zweifels schwang in seinem halbherzig aufkeimenden Kampfgeist mit.

Er vergrub sein Gesicht in seinen Handflächen und stützte sich mit den Ellenbogen am Geländer ab. So stand er eine ganze Weile reglos da und lauschte dem Verkehr über seinem Kopf und dem leisen Klappern seiner Zähne. Es wurde schnell kalt.

Ein leises Klacken drang in sein Ohr, fast so als würden ein paar leichte Stiefel auf hartem Untergrund zum stehen kommen. Er atmete tief ein und aus. Dann hörte er ein leises Rascheln hinter sich. Erschrocken drehte er sich um. Was, wer war das? Benjamin schaute in die glasklaren, tiefen, stahlblauen Augen einer Frau. Sie war mindestens genauso groß wie Benjamin und er maß immerhin ein Meter neunzig, war aber um einiges graziler und schlanker. Der blasse Teint ihres Gesichtes schimmerte leicht rot im letzten Zwielicht der Sonne und wurde von langem, hellblonden Haar eingerahmt, welches ihr offen über die Schulter hing und in der leichten Brise des Windes sanft tanzte. Benjamin verschlug es den Atem. Ihre sanften Gesichtszüge schienen ihn magisch anzuziehen, so etwas Schönes ...

"Wer ... wer sind Sie?", stammelte er.

Die Blonde schwieg und schaute ihn mit ihren durchdringenden, kalten Augen an.

"Wie sind Sie, also ... hier oben ... wie kommen Sie hier ..."

Die Blonde kam ganz langsam näher und ihre Lippen verformten sich zu einem sanften und verführerischen Lächeln.

Benjamin wusste nicht, was hier gerade geschah. Was machte diese hübsche Frau so plötzlich hier oben auf seinem Balkon, zwei Kilometer über der Oberfläche? Und wie kam sie hierher?

Die geheimnisvolle Frau stand nun direkt vor Benjamin und legte den Kopf leicht schief. Dann öffnete sie langsam den Mund, als wolle sie Benjamin küssen.

Zu spät fiel sein Blick auf die aufblitzenden Reißzähne. Weiß. Scharf. Spitz. Noch ehe Benjamin sich rühren konnte, spürte er das brennende Stechen. Der einzige Laut, den er von sich gab, war ein blubberndes Gurgeln, als ihm die Blonde blitzschnell ihre Fangzähne in den Hals bohrte. Sein Körper zuckte und verkrampfte sich im Todeskampf. Benjamin versuchte die Arme zu heben, um sich seiner Angreiferin zu erwehren. Doch vergebens. Die zierliche Gestalt war stärker als sie den Anschein machte. Benjamin ergab sich seinem Schicksal. Sein Körper erschlaffte und seine Sinne schwanden. Sein letzter Blick wanderte vom fahlen Gesicht der Blonden hoch zum blutrot schimmernden Mond.

Das warme, süße Blut füllte Desturias Mund. Sie saugte so stark sie konnte den roten Saft aus dem Körper des Mannes, der nun leblos auf dem Boden lag. Das war längst überfällig. Schon seit zwei Wochen hatte sie kein frisches Blut mehr gehabt. Zufrieden schnalzte sie mit der Zunge und legte den Kopf in den Nacken, um zum blutroten Mond emporzuschauen. Mit dem Handrücken wischte sie sich das restliche Blut von ihrem Mund ab. Lebendig. Sie fühlte sich so lebendig. Dann stand sie auf und ging zu der Balkonbrüstung, an der ihr Opfer noch vor wenigen Minuten gestanden hatte. Sie schaute hinunter. Ihre Augen durchdrangen mühelos die Dunkelheit. Doch auf eine Entfernung von zwei Kilometern bis zum Boden, konnte selbst sie nicht wirklich etwas sehen. Sollte sie doch lieber den einfacheren Weg durch die Türe nehmen? Auch auf die Gefahr hin, dass man sie sah? Sie schüttelte leicht den Kopf. Lieber nicht. Sie musste noch ein paar Tage unentdeckt bleiben. Sie schaute zurück zu dem leblosen Körper. Was machte sie mit ihm? Mitnehmen konnte sie ihn nun schlecht. Wie sah das aus? Eine zierliche Frau trägt einen Zweizentnermann auf den Schultern. Das würde sogar einem blinden Gondai auffallen. Und erst recht, da der Zweizentnermann tot und blutverschmiert war.

"Aber eine Kleinigkeit brauche ich noch von dir, bevor ich mir überlege, wie ich dich entsorge", sagte Desturia süffisant, stieß sich behände vom Geländer ab, stolzierte zu Benjamins Körper und ging neben ihm in die Hocke. Sie drehte sein lebloses Gesicht zu sich um und fuhr mit beiden Händen links und rechts über die Wangen. Dann streckte sie die Finger durch, ließ ihre Hände weiter zu den Augen wandern und die spitzen Fingernägel unter die Lider gleiten. Sie legte den Kopf schief und grinste. Dann stach sie mit den langen Fingernägeln ihrer beiden Händen gleichzeitig in die Augenhöhlen. Warmes Blut quoll hervor, als sie die Gefäße am hinteren Ende der Augen durchtrennte. Das Blut wärmte ihre kalten Hände, deren Finger tief in Benjamins Kopf eingedrungen waren. Desturias Gesicht glich einer dämonischen Fratze, als sie ihre Fangzähne fletschte. Ein leises Fauchen entfuhr ihrem

Mund. Dann riss sie die Augäpfel heraus. "Die brauchst du jetzt nicht mehr." Desturia nahm beide Augen in die linke Hand und griff mit der Rechten in ihre Manteltasche, um einen kleinen, durchsichtigen Beutel hervorzuholen, in welchem sie ihre blutige Beute verstaute. Nachdem sie sich Benjamins Blut von den Fingerspitzen geleckt hatte, tastete sie seinen Körper ab. Die Taschen waren leer. "Dich jetzt zu fragen, wo du deine Codekarten hast bringt wohl nichts mehr, oder?" Sie grinste und erhob sich. Ein blonder Todesengel, der seine Arbeit auf grausige Art erledigt hatte.

Sie schaute kurz in die hereinbrechende Nacht und fühlte die Kraft der Dunkelheit stärker werden. Desturia hasste Sonnenlicht; es schwächte sie. Dass ihre Vorfahren sogar im Sonnenlicht verbrannten, hielt sie jedoch für ein Ammenmärchen. Eine Geschichte, die man unartigen Kindern erzählte, um sie zu ängstigen. "Wenn du nicht brav bist, kommt dich die Sonne holen", flüsterte sie vor sich hin, als sie sich umdrehte und zur offenen Balkontüre schritt. Der Wohnbereich war einfach eingerichtet. Die Wände präsentierten sich in einem graumetallischen Look und gaben dem gesamten Raum einen eintönigen Touch. Von der hohen Decke strahlten vereinzelte Spots und tauchten den Raum in ein gleichmäßiges, dämmriges Licht. Neben der Eingangstüre befand sich eine kleine Kochnische. Ein Topf ohne Deckel stand noch auf dem Herd und verströmte den sanften Duft einer frisch zubereiteten Konservenspeise. An der rechten Zimmerwand zeichneten sich kaum merklich die Konturen der, aus der Wand herausfahrbaren,

Schlafpritsche ab. Direkt daneben war der Zugang zur Nasszelle des Einraumappartements. Der materialholografische Bildwerfer jedoch bildete das Kernstück des Inventars. Das technische Lieblingsspielzeug eines alleinstehenden Mannes mittleren Alters. Der Bildwerfer war in der Lage sämtliche Darstellungen in real existierende Materie umzuwandeln. Eingerahmt wurde der Projektor von einer Vielzahl kleinerer, schlichter Metallregale, auf denen allerlei ungeordnetes Zeugs verstaut war. Von der Datenscheibe, über Elektrokabel und Dekoschnickschnack, bis hin zu Fotografien auf richtigem Papier, war so ziemlich alles dabei. Und alles fein säuberlich in einer hauchzarten Staubschicht eingebettet. Desturia strich mit Zeige- und Mittelfinger der rechten Hand über eines der Regale und blies dann den feinen Staub von ihren Fingerkuppen. Sie griff zu einem Packen Fotos und schaute sich Bild für Bild an. Die Fotos setzten bereits Gilb an und zeigten einen um einiges jüngeren und attraktiveren Mann, als den, der dort draußen tot auf dem Balkon lag. Auf den meisten Bildern war eine hübsche, rothaarige Frau mit ihm abgebildet. Ihre dunkelgrünen Augen strotzten vor Lebenskraft und stachen aus dem leblosen Bild hervor, wie die grünen Feuer von Gondramor. Desturias Blick fiel auf einen Bilderrahmen mit Trauerflor, auf dem Regal links neben ihr. Auch er zeigte die Rothaarige. Allerdings war ihr Gesicht gezeichnet von Sorge und Krankheit. Das Glühen ihrer Augen war nur noch schwach zu erahnen. Desturia legte den Packen Bilder wieder zurück ins Regal, ohne dabei den Blick von dem Bilderrahmen abzuwenden. Sie legte den Kopf schief und löste sich endlich aus dem Bann des Fotos. Dann durchsuchte sie die Regale nach den benötigten Zugangskarten für die Firmenzentrale der Hypanimminen ab. Ohne die Zugangscodes waren, die erbeuteten Augen für den Irisscanner, wertlos. Bei dem Gedanken strich sie sanft mit ihrer linken Hand über die Seitentasche ihres schwarzen Mantels, in dem Benjamins Augen ruhten. Mit dem Scanner, den sie an ihrem linken Handgelenk trug, durchleuchtete sie die Datenchips, einen nach dem anderen. Doch nichts. Alles nur belangloser Kram. Sie fauchte und riss eines der Regale vor Wut von der Wand. "Verdammt!" Sie schaute sich weiter um. Zwei traurige, halb vertrocknete Zimmerpflanzen standen links und rechts von einem gut zwei Meter breiten Kleiderspind. Desturia näherte sich dem Schrank und öffnete ihn. Die Garderobe des Mannes war spärlich. Ein paar Freizeithosen, diverse kurz- und langärmlige Oberteile und drei Paar Schuhe. Der halbe Schrank war quasi leer. Desturia wurde stutzig. Sie hätte erwartet, in diesem Schrank auch die Arbeitskleidung des Mannes vorzufinden. Doch Fehlanzeige. Als sie gerade den Schrank wieder verschließen wollte, bemerkte sie den zerknüllten Zettel im hinteren Teil eines der leeren Einlegeböden.

Sie griff nach dem unförmigen Ball aus Papier und entfaltete ihn. Es schien eine digitale Botschaft auf der Oberfläche gespeichert zu sein. Desturia zog den Zettel so gut es ging glatt und berührte das Startsymbol in der linken, oberen Ecke. Die Nachricht war nicht verschlüsselt. Mit kurzem Knistern erwachte die Botschaft zum Leben. Das zerknautsche Gesicht eines älteren Mannes erschien. Im Hintergrund war das martialische Firmenlogo der Minengesellschaft zu sehen; ein vom Himmel stürzender Adler mit ausgefahrenen Krallen, auf blutrotem Grund. Die ohnehin schon vielzähligen Falten des Mannes wurden von den Knittern im Papier noch unterstrichen. Seine Augen schauten Desturia finster an, als würde er direkt zu ihr sprechen. Die grauen Augenbrauen waren der einzige Haarbewuchs, den Desturia erkennen konnte. Der vom Alter gezeichnete, schlaffe Hals endete im Kragen eines edel aussehenden Hemdes. Die eiskalte Stimme des Mannes ließ sogar Desturia ein leichtes Frösteln den Rücken herunterlaufen.

"Mit sofortiger Wirkung entbinden wir Sie von Ihren Pflichten. Melden Sie sich umgehend im Personalbüro und geben Ihre Sicherheitskarten und Uniformen ab."

Das war's. Das Gesicht verschwand wieder vom Zettel. Keine Anrede, kein Gruß; die kalte Abrechnung eines Bürokraten.

Desturia knüllte den Zettel wieder zusammen und warf ihn in den Spind zurück. Dann knallte sie die Schranktüre zu. Sie spürte den Zorn ihre Speiseröhre emporsteigen. Wutentbrannt schlug sie mit der Faust gegen den Metallspind und verpasste ihm eine tiefe Delle. "Ich habe da einen todsicheren Tipp für dich! Pah!" Sie schlug erneut zu. Und diesmal durchdrang ihre Faust das Metall vollends. Sie würde Corvin das dämliche Grinsen aus der Visage schlagen, wenn sie zurück war. Sie atmete tief durch. Es gab noch was zu tun. Die Leiche. Sie musste beiseitegeschafft werden.

Desturia ging zurück auf den Balkon. Es war kalt geworden, seit die Sonne ganz untergegangen war.

Ihre Atemluft kondensierte in zarten Dampfwölkchen. Sie ging zur Brüstung und schaute nochmals in die Tiefe. Die Leiche runterschmeißen? Nein. Die Bisswunde am Hals. Desturia durfte nicht entdeckt werden. Sie überlegte kurz. Na klar, der Müllschacht im Hausflur. Jedes Gebäude dieser Größenordnung verfügte über eine eigene Müllverbrennungsanlage, die über Fallschächte mit dem Unrat seiner Bewohner genährt wurde. Desturia würde die Leiche einfach in eine Decke hüllen, zum Schacht tragen und alle Probleme los sein.

Das Aufheulen einer Sirene schreckte sie auf, noch bevor sie die Leiche ganz hochgehoben hatte. Der ganze Balkon wurde mit grellem Scheinwerferlicht geflutet. Desturia ließ den Körper des Mannes wieder zu Boden sacken und schirmte ihre Augen so gut es ging ab. Schemenhaft konnte sie einen Polizeigleiter erkennen, der bedrohlich halbhoch vor dem Balkon schwebte. Die Erwartung eines flammenden Aufrufes, stehen zu bleiben und sich zu ergeben, wurde jäh enttäuscht, als der Fahrer des Gleiters das Feuer eröffnete.

Kapitel 2

Die Mündungen unter dem Polizeigleiter schickten ihre tödlichen Ladungen ins Zentrum des Scheinwerferkegels; rotglühende, überdimensionierte Glühwürmchen, bereit, alles und jeden zu verbrennen.

Blitzschnell tauchte Desturia ab. Sie rollte sich hinter die Leiche. Der Geruch von verbranntem Fleisch und angesengtem Haar lag in der Luft. Den brennenden Schmerz in ihrer linken Hüfte ignorierte sie. Das war knapp. Über ihrem Kopf zischten die Lasergeschosse hinweg, ließen das Panoramafenster zerbersten und verwandelten den Wohnraum dahinter in einen Vorhof zur Hölle. Die letzten Stücke, die an das Leben des Mannes erinnerten, der hier gelebt hatte, gingen in Flammen auf.

Desturia zog ihre Pistole aus dem Holster an ihrem rechten Oberschenkel. Mit kalter Präzision entsicherte sie die Waffe. Sie zielte auf den Gleiter. Dieser hatte bereits leicht an Höhe gewonnen, um sie wieder ins Schussfeld zu bekommen. Desturia krümmte den Finger am Abzug. Mit lautem Knall wurde das Projektil auf die Reise geschickt. Der Geruch von Pulverdampf stieg Desturia in die Nase. Ein Geruch, den sie liebte, wie keinen anderen. Projektilwaffen hatten für sie etwas Edles und Anmutiges. Und was hatte es schon verdient, edel und anmutig zu sein, wenn nicht der Tod selbst?

Die Kugel durchdrang das auf Energiewaffen ausgelegte Schutzschild und hinterließ ein winziges, ausgefranstes Loch in der Frontscheibe des Gleiters.

Der Fahrer erschrak, als er das Pfeifen des knapp an seinem Kopf vorbeirasenden Geschosses hörte und zog den Gleiter reflexartig in die Höhe, um weiterem Beschuss auszuweichen. Desturia nutzte den Moment. Sie sprang auf, gab noch zwei Schüsse ab und rannte hinein ins brennende Inferno. Der Weg zur Tür war frei. Sie überlegte nicht lange. So schnell sie konnte durchquerte sie den Raum. Ihr Blick fiel ein letztes mal auf das traurige Bild der Rothaarigen. Die Flammen züngelten bereits am Rahmen. Dann blähte sich das Fotopapier auf und die Flammen stachen von der Rückseite aus durch. Desturia erreichte die Tür. Sie riss sie auf. Hinter ihrem Rücken war der Gleiter erneut in Schussposition gegangen. Wütend zischten die Laserstrahlen durch die Luft und schlugen rings um Desturia ein.

Desturia machte einen Satz nach draußen und rollte sich auf dem Flurboden ab. Dann glitt sie zur Seite, aus dem Schussfeld heraus. Sie stand auf und schaute sich wie ein gehetztes Tier um. Die Wand gegenüber der Tür war bereits stark vom Laserbeschuss beschädigt. Weitere Geschosse prasselten darauf ein und waren kurz davor die Wand zu durchdringen. Ansonsten war der lange Gang karg und weiß. Das matte, weiße Licht fiel gleichmäßig von der Deckenbeleuchtung herab, in Desturias Nähe unterstützt vom roten Glühen des Laserfeuers. Zu beiden Seiten des Flurs waren in regelmäßigen Abständen die verschlossenen Türen, der dahinter liegenden Appartements, zu sehen. Trotz des höllischen Lärms kam niemand auf den Gedanken, auch nur den Kopf herauszustrecken. Anonymität, Angst und Gleichgültigkeit, die drei Wahrzeichen dieser Gesellschaft.

Am Ende des Ganges konnte Desturia den Zugang zu den Transportröhren sehen. Im Eiltempo legte sie die dreißig Meter zurück und ging ohne Umschweife durch die sich selbst öffnende Zugangstür des Transportraumes. Zu Desturias Linken befanden sich die Röhren, die abwärts führten. Sie war schon auf dem Weg zu ihnen, als sie ein mulmiges Gefühl überkam. Desturia stockte. Was, wenn unten schon ... Sie machte kehrt und ging zu den Röhren, die aufwärts führten. Ihr spontaner Plan war irrwitzig. Aber er konnte funktionieren. Ein kleines bisschen Glück und er würde funktionieren. Desturia trat durch das blauschimmernde Kraftfeld der Transportröhre und wurde wie von Geisterhand in die Höhe befördert. Ihre Füße baumelten schwerelos im Kraftfeld. Sie hasste diese Art der Beförderung.

Drei Etagen höher verließ sie den Schacht wieder. Sie ging zum Ausgang des Transportraumes und lugte in den Flur. Das Einzige, was sie hörte, war ihr eigener Atem. Gleichmäßig und fest, wie ihr Wille. Sie trat hinaus in den Gang, den rechten Arm angewinkelt, sodass ihre Waffe in die Höhe zeigte, jederzeit bereit, sich zu senken und zu feuern. Der Schmerz in ihrer linken Hüfte meldete sich wieder und Desturia schaute an sich runter. Das Loch in ihrer angesengten Kleidung legte eine verbrannte Wunde frei. Auf den ersten Blick schien es nur eine Fleischwunde zu sein. Sie kramte in ihren Gürteltaschen und holte einen kleinen Injektor hervor. Sie rammte sich die Spritze in den Oberschenkel, knapp unterhalb der Wunde. Fast augenblicklich verschwand der Schmerz. Das sollte reichen, bis sie hier raus war. Desturia warf die leere Ampulle achtlos hinter sich und setzte sich in Bewegung.

Sie zählte die Türen im Vorbeigehen, bis sie am Appartement ankam, das exakt drei Stockwerke über der Wohnung ihrer letzten Mahlzeit lag. Wieder griff sie sich an den Gürtel und holte einen kleinen digitalen Codeknacker hervor. Sie legte das Gerät auf das Tastenfeld der Tür und wartete. Gerade mal drei Sekunden später schnappte das Schloss auf und die Tür glitt rechts und links in die Wand. Ruckartig und mit vorgehaltener Waffe stürmte Desturia in die Wohnung. Der Bewohner hatte Glück. Er war nicht zu Hause.

Zielstrebig ging Desturia zum Balkon, öffnete den Ausstieg und ging hinaus in die Nacht. Die aufsteigende Wärme des Feuers schlug ihr entgegen und mischte sich mit dem kalten Wind, den die Nacht heranbrachte. An der Brüstung angekommen, schaute sie nach unten. Der Gleiter schwebte immer noch drei Stockwerke unter ihr. Das Feuer spiegelte sich in seinem Lack. Und kleine Funken tanzten jubilierend um ihn herum. Der Fahrer hatte mittlerweile das Feuer eingestellt.

"Bleib so mein Freund", flüsterte Desturia, als sie auf die Brüstung kletterte. Sie prüfte das Magazin ihrer Waffe und sprang.

Mit lautem Knall landete sie auf dem Dach des Gleiters, genau zwischen den beiden pulsierenden Blaulichtern. Ohne zu zögern, ging sie in die Hocke und presste die Mündung der Pistole auf der Höhe des Beifahrers ans Dach. Dann gab sie zwei Schüsse ab. Erschrocken schaute der Fahrer zu seinem Kollegen. Blut schoss aus dem Mund des Mannes und sprenkelte auf die Frontscheibe. Dann sackte er in sich zusammen. Der Fahrer hatte keine Zeit zu reagieren. Er hörte noch den dumpfen Knall, dann waren seine Sinne ausgelöscht. Ein für alle Mal.

Desturia kletterte mittig des Fahrzeugs herunter und öffnete die unverriegelte Fahrertür. Sie packte die Leiche des Fahrers und riss sie von ihrem Sitz. Der Sicherheitsgurt hatte nicht die geringste Chance gegen Desturia. Dann schleuderte sie den Toten in die Tiefe und schwang sich hinters Steuer. "Sei so gut ..." Desturia klemmte ihre Waffe dem toten Copiloten unters Gesäß. "... pass mal 'nen Moment drauf auf!" Sie richtete ihren Blick aufs Radar. Zwei weitere Streifengleiter näherten sich durch die Häuserschluchten. Ohne zu zögern, ließ Desturia den Gleiter im Sturzflug in die Tiefe rauschen. Keine Sekunde zu früh. Lasergeschosse prasselten an die Hauswand, wo vorher noch Desturias Gleiter schwebte. Die meinten es verdammt ernst.

Je tiefer Desturias Gleiter stürzte, desto dunkler wurde es. Ihre Chance. Sie schaltete die Scheinwerfer des Gleiters aus. Vereinzelt rauschten noch kleine Lichtpunkte an ihr vorbei. Die spärlich beleuchteten Fenster der Appartementwolkenkratzer. Ein Warnsignal schrillte auf. Kollisionsalarm. Im Kegel der Scheinwerfer sah Desturia den Boden. Wie Ameisen stoben die Menschen dort unten auseinander, als sie den heranstürzenden Gleiter bemerkten. Desturia wartete noch zwei lange Sekunden, in denen die Ameisen zu Hunden heranwuchsen, dann zog sie den Steuerknüppel bis zum Anschlag. Desturia presste krampfhaft die Zähne zusammen und hielt die Luft an. Nur um wenige Zentimeter verfehlte sie eine Gruppe von Menschen, die sich auf den Boden geworfen hatten. Desturia prustete durch und gab Vollgas. Sie stabilisierte die Flugbahn bei zwei Metern über dem Boden und raste durch die Häuserschluchten. Irgendwo über ihr ertönte ein Konzert von Polizeisirenen. Noch ganz leise und zaghaft, aber Desturia wusste, dass die Symphonie sehr bald lauter werden und sich mit Pauken und Trompeten aus donnernden Laserblitzen mischen würde. Das blaue Flackern eines Ionenantriebs erregte Desturias Aufmerksamkeit. Das Flackern zog sich entlang einer schnurgeraden schwarzen Linie am Boden. Gleise. Ein Zug. Desturia schaltete sofort. Sie schaute auf die Umgebungskarte. Bingo! Sie war nicht weit entfernt von der Einfahrt zum Schnellzugtunnel. Diese Tunnelanlagen verbanden unterirdisch die Städte des Planeten. Dort unten hatte sie eine reelle Chance ihren Verfolgern zu entkommen. Das hieß, wenn sie nicht mit einem Zug zusammenstieß. Desturia schätze die Höhe ihres Gleiters. Das würde verdammt knapp werden. Viel Platz zum manövrieren würde sie zwischen Zügen und Tunneldecke nicht haben.

Ein rotglühender Ball, gefolgt von grollendem Donner riss sie aus den Gedanken. Der Einschlag einer Rakete. Desturia sah noch verbrannte Körperteile und Trümmer durch die Luft wirbeln, als sie mit einem Schlenker das Inferno umflog. Dann zog eine ganze Rotte von Laserblitzen an ihrem Gleiter vorbei und

schlug kreuz und quer vor ihr ein und brachte Tod
und Zerstörung zu den armen unbeteiligten Kreaturen da unten. Fahrzeuge gingen in Flammen auf,
Menschen liefen in panischer Angst auseinander oder
lagen einfach nur tot auf dem Boden. Der Ionenzug,
den Desturia gerade passierte hatte ebenfalls ein
paar Treffer abbekommen. Kleine Rauchfahnen stiegen aus dem letzten Waggon auf. Als Desturia den
Zug in der rückwärtigen Kamera betrachtete, verschwand dieser in einem zweiten rotglühenden Feuerball. Und dann entdeckte Desturia ihren Angreifer.
Wie Phönix aus der Asche durchstob der Militärangriffsgleiter die flammenden Rauchwolken des Zuges.
Ein bedrohlicher schwarzer Raubvogel, der mit seinen
glühenden Klauen nach Desturia griff und dabei alles
um in herum in brennende Asche verwandelte. Erneut zuckten Laserblitze auf sie zu. Desturia schlug
Haken, wie ein junges Kaninchen und zog dann die
Maschine in einen Steigflug. Der Verfolger heftete
sich an ihre Versen und holte weiter auf. Desturia
prügelte ihre Maschine in eine enge Linkskurve, dann
steil nach unten, Haken rechts und unter einer Brücke
hindurch. Doch den Phönix konnte sie einfach nicht
abschütteln. Mit feuerspeienden Geschützen durchflog auch er die Brücke. Sie musste ihn loswerden.
Sonst konnte sie ihre Flucht durch den Tunnel vergessen. Ihr Gleiter wurde heftig durchgeschüttelt, als
eines der Geschosse sein Ziel traf. Ruckartig schaute
sie sich um. Im Heck klaffte ein Loch. Aber die Kiste
flog noch. Noch. Ein weiterer Treffer und das war's.
Desturia schlug einen weiteren Haken und aktivierte
die Waffenkontrolle. Zeit zurück zu schießen.

Sie schaute zu dem toten Copiloten rüber. Sein aufgeplatzter Schädel hatte den Fahrgastraum, auf seiner Seite, mit roten Tupfern nur so übersät. Als Desturia ruckartig das Steuer herumriss, schlug der Hinterkopf des Mannes gegen das Seitenfenster und hinterließ eine schmierige Blutspur. Die leblosen, geweiteten Augen schienen Desturia dabei anzustarren.

Desturia roch das Blut und schnalzte mit der Zunge. Dann konzentrierte sie sich wieder auf ihre Aufgabe. Der Militärgleiter schloss weiter auf und machte erneut eine Rakete feuerbereit. Unter ihnen tauchte ein schmales, ausgetrocknetes Flussbett auf, welches sich surreal durch die Wolkenkratzerschluchten schlängelte. Desturia lenkte ihren Gleiter fort von der Eisenbahnlinie, hinunter zu dem schmalen Flusslauf. Der Phönix folgte ihr. Er war nah. Sehr nah. Desturia glaubte fast, den Atem des Piloten im Nacken zu spüren. Instinktiv riss sie das Steuer an sich. Die gezündete Rakete raste unter ihr durch und explodierte an der Böschung. Dann senkte Desturia die Flugbahn erneut. Nur um direkt darauf das Steuer wieder an sich zu reißen. Verbissen kniff sie die Augen zusammen, als sie den Gleiter in einen Looping prügelte.

Der Pilot des Phönix reagierte zu langsam, noch geblendet von der Explosion seiner eigenen Rakete. Ein leiser Fluch kam über die Lippen des Kampfpiloten, als eine Salve Lasergeschosse sein Heck durchsiebte. Dann wurde es heiß, unendlich heiß und laut. Die Flammen aus dem hinteren Teil seiner Maschine leckten brüllend nach seinem Körper und äscherten ihn bei lebendigem Leib ein. Dann explodierte die gesamte Maschine in einem tosenden Feuerball. Glühende Wrackteile gingen im toten Flussbett nieder. Die rasch größer werdende Distanz ließ sie wie das schwachglühende Funkeln ferner Sterne erscheinen.

Desturia schaute auf das Display, auf dem die Umgebungskarte angezeigt wurde. Sie entfernte sich vom Tunnel. Sie ließ den Gleiter ein wenig steigen und schwenkte auf der Höhe einer eingestürzten Brücke wieder links ins Straßennetz ein. Sie hielt den Gleiter so niedrig wie möglich, in der Hoffnung, den feindlichen Ortungsgeräten zu entgehen. Auf weitere Komplikationen konnte sie getrost verzichten. Sie warf ihrem toten Begleiter ein schmallippiges Lächeln hinüber. Dann zwinkerte sie ihm zu und schaute wieder nach vorn. Das dunkle Schwarz der Tunneleinfahrt hob sich, für ihre messerscharfen Augen, deutlich von der schwach beleuchteten Umgebung ab. Ihr Ziel war nun zum greifen nah. Desturia wartete förmlich auf eine böse Überraschung und war schon fast enttäuscht, als diese ausblieb. Unbehelligt passierte sie den Tunneleingang.

Die Dunkelheit im Tunnel war absolut. Absolut und majestätisch. Ohne die Bordinstrumente des Gleiters hätte selbst Desturia nicht mal ihre eigenen Hände vor Augen sehen können. Erst jetzt schaltete sie die Scheinwerfer des Gleiters wieder ein, auf niedrigster Leuchtintensität. Wie das Glitzern der frühen Morgensonne auf der Oberfläche eines ruhigen Sees tanzten die Reflexionen der Scheinwerfer an den glatten, von Laserbohrern geschaffenen, dunklen Gesteinswänden entlang. Langsam spürte Desturia das Adrenalin aus ihrem Blut weichen, und ihre angespannte

Atmung glich sich dem gleichmäßigen Dahinsausen des Gleiters an. Sie strich sich eine blonde Haarsträhne aus ihrem Gesicht und studierte erneut die Karte, die nun das gesamte Tunnelnetz der näheren Umgebung zeigte. Am nächsten Abzweig, in gut zwanzig Kilometern, musste sie den linken Tunnel nehmen. Dann würde sie, bis auf eine Entfernung von zehn Kilometern, an das Versteck ihres Raumschiffes herankommen. Ein bequemer Fußmarsch in einer lauschigen, von vier Monden beschienenen Nacht. Er würde ihr gut tun, nach dem Zirkus, den sie gerade erlebt hatte. Zirkus, das war das richtige Wort. Zirkus um einen Datenchip. Der Teufel alleine wusste, was sich auf diesem Chip wertvolles verbarg. Sollte er sein Wissen auch ruhig behalten. Es interessierte Desturia nicht im geringsten. Es war nur ihre Aufgabe gewesen, ihn zu beschaffen. Nur. Pah! Das hatte ja prima geklappt. Sie verzog das Gesicht bei dem Gedanken. Was war hier schief gelaufen? Tja, so ziemlich alles. Angefangen bei der Auswahl der Zielperson, um sich den nötigen Zugang zu verschaffen. Da hatte Corvin ja ganze Arbeit geleistet. Desturia spielte mit dem Gedanken, ihm jeden Knochen einzeln zu brechen und ihn danach einfach in eine Luftschleuse zu werfen. Sie sah förmlich seine vom Vakuum herausquellenden Augen platzen. Aber dann würde sie sich wohl oder übel einen neuen Mittelsmann suchen müssen, um an Aufträge zu kommen. Als Schattenwandler konnte sie schlecht in aller Öffentlichkeit in Erscheinung treten und riskieren, dass man erkannte wer oder besser gesagt, was sie war. Desturia hatte seit über hundert Jahren keinen weiteren Vertreter ihrer

Rasse mehr gesehen und sie würde der Galaktischen Inquisition nicht den Erfolg gönnen, ihren vor tausend Jahren begonnenen Kreuzzug, mit ihrem Tod beendet zu haben.

In der Ferne flackerte ein fahles blaues Licht auf. Ein blasser Kranz, der einen dunklen Kern umgab, wie die Corona der Sonne es bei einer totalen Finsternis, mit ihrem Gestirn tat. Der Widerschein des gespenstischen Lichtes wurde rasant heller und der dunkle Fleck in seiner Mitte größer. Ein heranrasender Ionenzug. Desturia hielt die Luft an. Vorsichtig ließ sie den Gleiter ein wenig höher schweben, ganz knapp unter der Tunneldecke. Jetzt würde sich zeigen, ob sie mit ihrer optimistischen Einschätzung vorhin recht gehabt hatte.

Als der Zug sie erreichte, wurde ihr Gleiter sofort von dessen Turbulenzen erfasst. Das brüllende Ungetüm wälzte sich unter ihr hindurch und blendete Desturia nun mit seinen glühend heißen Ionenabgasen. In das wütende Getose des Zuges mischte sich plötzlich das kratzende Schleifen von Metall. Metall auf hartem Felsgestein. Funken stoben vom Dach herunter und tanzten über Front- und Seitenscheibe.

"Sch...", zischte Desturia. Sie kämpfte mit dem bockigen Gleiter. Heftig schüttelte er sich. Mehr und mehr Funken rieselten herab und mischten sich ins Blau des dröhnenden Ionenantriebs, der jetzt genau unter Desturia war. Der Faustschlag eines Riesen traf den Gleiter. Desturia verlor die Kontrolle. Der Gleiter sackte ab. Er schrammte über den Boden. Der Ionenantrieb des Zuges gab ihr noch mal einen ordentlichen Stoß nach vorn. Desturia knallte mit dem Kopf auf die Steuerkonsole und schlug dann hart zurück in den Sitz. Der Gleiter kreiselte über den Boden und rutschte mit kreischendem Lärm die Gleise entlang, bis er kurze Zeit später zum Stillstand kam. Kleine Rauchfontänen waberten an der Außenhülle empor.

Desturia atmete aus. Instinktiv strich sie mit ihren Händen über ihren Körper. Es schien noch alles dran zu sein. "Verdammte Scheiße! Das war knapp." Sie schaute zum Toten auf dem Beifahrersitz.

Er antwortete nicht.

Desturia öffnete die Fahrertür und stieg aus. Der Anblick ihres Gefährts ließ sie stocken. Ein mit Brandflecken, Dellen und Schrammen übersäter Klumpen Schrott, dem ein Großteil des Hecks fehlte. Ein halbes Wunder, dass sie da lebend herausgekommen war. Den Rest des Weges würde sie wohl zu Fuß zurücklegen müssen. Sie schaute in Fahrtrichtung und konnte die zaghaft schimmernde Notbeleuchtung eines Versorgungsschachtes ausmachen, nur wenige Meter voraus.

Sie beugte sich zurück in den Gleiter, streckte sich hinüber zum Beifahrersitz und fischte ihre Pistole unter dem Hintern des Toten hervor. Als sie so über der Leiche hing, stieg ihr der Geruch des Blutes in die Nase. Wer konnte schon wissen, wann sie das nächste Mal Zeit hatte, auf Nahrungssuche zu gehen? Und eine kleine Stärkung auf den Schrecken konnte nicht schaden. Langsam senkte sie ihren Kopf an den Hals des Toten und biss genussvoll in seine Halsschlagader. Sein bereits abkühlendes Blut durchströmte Desturia. Sie sog mit aller Kraft das nicht mehr selbst pulsierende Blut aus seinem Körper. Ein herrliches Gefühl. Kraft. Stärke. Leben.

Als sie fertig war, wischte sie sich das restliche Blut vom Mund und verließ den Gleiter. Der nächste Zug würde ihn in seine Einzelteile zermahlen und mit ihm den blutleeren Copiloten. Eine saubere Art, keine Spuren zu hinterlassen.

In der Ferne hörte Desturia bereits das Dröhnen eines nahenden Zuges, gerade, als sie die Öffnung des Schachtes erreichte und hindurch schlüpfte.

Kapitel 3

Leise strich ein hauchzarter Wind durch die Baumwipfel und ließ die, vom Mondlicht beschienenen, Blätter gespenstisch rascheln. Eine Eule untermalte diese schaurige Melodie mit ihrem traurigen Nachtlied. Den unheilvollen Takt steuerte der ferne, pulsierende Atem der Großstadt bei, der zwar nur kaum zu hören war, aber dem gesamten Intermezzo eine gewisse Prise Bedrohlichkeit gab. Auch auf diese Entfernung noch roch Desturia den fauligen Gestank der industriellen und menschlichen Ausdünstungen. Ein alter, stinkender Mantel, der den gesamten Planeten zu bedecken schien.

Ihr keuchender Atem kondensierte zu flüchtigen Wölkchen, während sie mit knisternden Schritten durch das Unterholz lief. An einer Lichtung blieb sie stehen und schaute auf den kleinen Navigator in ihrer Hand. Noch fünf Kilometer bis zum Schiff. Sie war besser vorangekommen, als sie gedacht hätte. Und das trotz ihrer Hüfte, die leise pochend wieder anfing zu schmerzen. Sie gönnte sich einen kleinen Augenblick zum Verschnaufen und schaute in den Himmel. Über der kleinen Lichtung konnte sie schon drei der vier Monde erkennen. Garamon, der größte von ihnen, stand im Zenit und thronte regelrecht über seinen kleinen Geschwistern. Ein gutes Stück links von ihm war der unförmige Klumpen Maldoran zu sehen, der eher einer überdimensionierten Kartoffel glich und die Bezeichnung Mond in Desturias Augen nicht verdiente, zumal er auch Epidons kleinster Trabant war. Dicht über den Baumwipfeln voraus, kämpfte sich die blauschimmernde Perle Sadonias ihren Weg an den Nachthimmel. Sadonia war der zweitgrößte Mond und verfügte über eine eigene atembare Atmosphäre und war übersät mit vielen kleinen Binnenmeeren und Sümpfen. Die einheimische Bevölkerung bestand aus echsenartigen Wesen, die schon seit Jahrhunderten von der dominierenden menschlichen Spezies Epidons unterdrückt und ausgebeutet wurden. Desturia kannte diesen Mond flüchtig. Er war eine Brutstätte krimineller Machenschaften und die regelrechte Ausgeburt von Korruption und Vetternwirtschaft. Die Regierung Epidons hatte ihren Einfluss schon vor Jahrzehnten verloren und das Feld den Konzernen und Verbrecherkartellen überlassen. Ein richtig liebenswertes Fleckchen zum Leben. Desturia grinste schief. Fehlte ja nur noch Gambrator, ein tektonisch sehr aktiver Mond, dessen Oberfläche von einer dicken, geblichen Schwefelschicht bedeckt war.

Desturia griff in ihre Gürteltaschen und fingerte eine weitere Schmerzampulle hervor. Nur noch zwei Stück. Sie überlegte. Egal, sie war ja gleich beim Schiff und konnte ihre Wunde versorgen. Also rein mit dem guten Zeug.

Desturia stöhnte fauchend auf, als sie sich die Ampulle in den Oberschenkel injizierte. Fast augenblicklich ließ das Pochen in ihrer Hüfte nach. Sie warf noch einmal einen kurzen Blick auf den Navigator, dann überquerte sie schnellen Schrittes die Lichtung und tauchte auf der anderen Seite wieder ab ins Dickicht des Waldes. Je eher sie beim Schiff war, desto größer ihre Chancen, von diesem verdammten Planeten weg zu kommen.

Desturia musste unweigerlich an den Angriffsgleiter denken, der ohne Rücksicht auf zivile Verluste, alles in Schutt und Asche gelegt hatte. Wussten die Epidonier, wer Desturia war? Sie hoffte nicht. Andernfalls würde es bestimmt noch eine unterhaltsame Reise werden, wenn sie es überhaupt aus der Atmosphäre des Planeten schaffte.

Ganz in der Nähe ertönte das vielstimmige Aufheulen eines Wolfsrudels auf Beutezug; ein markerschütterndes Jaulen, dass einem das Blut in den Adern gefrieren ließ. Desturia blieb stehen. Das Blätterdach war mittlerweile so dicht, dass kaum noch Mondlicht bis zu ihr auf den Boden drang. Sie reckte den Kopf in die Höhe und sog die Luft kräftig durch ihre Nase ein, in dem Versuch die Witterung aufzunehmen. Vergeblich. Also befanden sich die Wölfe mit dem Wind. "Na ganz toll", raunte sie. Genau zwischen ihr und dem Schiff. Sie steckte den Navigator in die Tasche, griff nach ihrer Pistole und entsicherte sie. In Erwartung eines plötzlichen Angriffs tastete sie sich langsam vor. Die Tatsache, dass sie als Schattenwandlerin einen wenig ausgeprägten Körpergeruch hatte, brachte ihr nun einen entscheidenden Vorteil. Vielleicht konnte sie ja sogar das Rudel umgehen.

Als sich die Bäume ein wenig lichteten, konnte sie ihr, mit Tarnnetzen abgedecktes, Schiff sehen. Sie hatte es geschafft. Das sanfte Mondlicht, das hier durch das offene Blätterdach fiel, verwandelte es in einen gigantischen, grünen Laubberg, der von der Luft aus, so hoffte Desturia zumindest, kaum zu entdecken war. Doch ... zu früh gefreut. Unter den Netzen wuselten, im Schutz der Dunkelheit, flinke Schatten um die Landekufen des Schiffes herum. Ein monotones Knurren und das Tapsen behänder Pfoten waren zu hören. Ansonsten war es totenstill. Nicht mal der Wind schien sich noch zu trauen, die Blätter rascheln zu lassen.

Desturia trat einen Schritt vor.

Die Schatten unter dem Schiff blieben abrupt stehen. Das Knurren verstummte. Scheinbar waren die Wölfe überrascht, den Neuankömmling noch nicht bemerkt zu haben.

Sie verharrten in völliger Bewegungslosigkeit. Desturia spürte ihre brennenden Blicke auf ihrem Körper. Eine falsche Bewegung und das Rudel würde angreifen. Sie blinzelte. Dann streckte sie den Waffenarm schnurstracks in den Himmel und gab, unter lautstarkem Fauchen, drei Schüsse in die Luft ab. Der ohrenbetäubende Krach brachte die Mauer der Stille zum Einsturz. Ein wehklagendes Heulen erklang. Erst einstimmig, dann aus den Kehlen Vieler. Eingeschüchtert zog sich das Rudel zurück.

Desturia wischte sich erschöpft den Schweiß von der Stirn.

Ihre Wunde kostete sie viel Kraft. Ein leichtes Pochen in der Hüfte meldete sich zurück. Desturia griff nach der Wunde. Sie war aufgerissen und blutete. Langsam sickerte das Blut ihr Bein herab. Desturia presste die Hand auf die Wunde. "Verflucht!" Sie ging zum Schiff und duckte sich unter das Tarnnetz, die linke Hand noch immer auf die Wunde gepresst. Sie öffnete das Bedienfeld an der Luke und gab den Zugangscode ein. Unter leisem Zischen öffnete sich der Einstieg und eine kleine Leiter fuhr herunter. Sie kletterte hinauf und stieg ein.

Das klinisch weiße Licht im Inneren flammte automatisch auf, als Desturia die schmale Schleusenkammer verlassen hatte. Das kleine Frachtschiff war darauf ausgelegt, von einer Person gesteuert zu werden, konnte aber ohne Weiteres vier bis fünf zusätzliche Personen beherbergen. Der Zugang zum Cockpit befand sich direkt links vom Eingang. Diesen ließ Desturia jedoch auf selbiger Seite liegen und machte sich auf direktem Weg zur Krankenstation im hinteren Teil des Schiffes. An den unverzierten, metallisch glänzenden Wänden des schmalen Korridors liefen allerlei Zuleitungen und Kabel entlang, die mit schweren Schellen befestigt waren. Hier und da befanden sich kleine Schalttafeln, die mit dreidimensionalen Hologrammen ihre wirren Daten in die Luft schrieben. Desturia wischte sie mit einer flüchtigen Handbewegung beiseite, als wolle sie eine lästige Fliege verscheuchen und die Hologramme erloschen.

An der Tür zur Krankenstation blieb Desturia stehen. Das Mistding klemmte schon wieder. Wütend feuerte sie einen gezielten Tritt gegen das widerspenstige Biest ab. Leise klappernd gab die Tür nach und öffnete sich.

Der Krankenraum war weiß und steril. An den Wänden standen ringsum hüfthohe Kühltruhen, in denen Desturia einen großen Vorrat an Blutplasma lagerte. Lange Weltraumreisen machten hungrig und viel zu jagen gab es im luftleeren Raum nicht. Wenn das konservierte Plasma auch nicht annähernd ihren

Bedarf nach frischem Blut deckte, so hielt es sie doch wenigstens am Leben. Eine metallischgraue Abdeckplatte formte aus den Truhen eine durchgängige, u-förmige Arbeitsfläche. Sauber sortiert standen darauf einige medizinische Arbeitsgeräte. Über der Arbeitsplatte hingen große, weiße Medikamentenschränke. Ansonsten war der Raum leer. Von der Decke strömte gleichmäßiges, warmweißes Licht, welches sich auf dem schwarzen Metallboden schimmernd spiegelte.

"Computer!", befahl Desturia.

In der Mitte des Raumes entstand das holomaterialisierte Abbild eines Arztes. Desturia hatte ihn nach ihrem Geschmack programmiert. Schlank, groß, sportlich, ein smartes Lächeln auf den Lippen, zerzaustes, halblanges schwarzes Haar und Augen so grün, wie die Schuppen eines Gundarkdrachens. Das Hologramm trug einen schnöden, langweiligen Arztkittel. Arzt war immerhin Arzt, hatte Desturia sich gedacht. Von jemandem in hautengen Lederklamotten hätte sie sich nun wirklich nicht behandeln lassen.

"Untersuchungsliege!"

"Sehr wohl." Die Stimme des Arztes war dunkel und fest. Seine Fangzähne blitzten beim Sprechen weiß auf.

Ein grellgelber Lichtstrahl quoll aus der Decke hervor und binnen Sekundenbruchteilen materialisierte sich, wie aus dem Nichts, ein schwebender Untersuchungstisch neben dem Arzt. Dieser ging um die Liege herum und Desturia ein Stück entgegen. Er griff ihr unter die Arme, um sie zu stützen.

"Ich kann noch sehr gut alleine gehen!", fauchte sie ihn an.

Mit abwehrender Geste entfernte sich der holomaterialisierte Arzt einen Schritt von ihr. Er ging zurück zum Tisch und wartete geduldig, bis sich Desturia unter leisem Stöhnen hingelegt und ihre Kleidung ausgezogen hatte. Dann zog er aus seinem Kittel einen Körperscanner und tastete ihren Körper von oben nach unten ab. "Leichte Platzwunde am Kopf. Nichts Schlimmes." Mit grellem Zirpen schoss aus dem Handscanner ein schmaler roter Laserstrahl heraus, der die Wunde augenblicklich verschloss. "Schürf- und Kratzwunden am ganzen Oberkörper", fuhr der Arzt fort, "die verheilen von selbst. Ich gebe Ihnen gleich ein Schmerzmittel." An der Hüfte angekommen stockte er und sagte: "Uh, das sieht übel aus." Er fokussierte die Wunde mit seinen Augen und projizierte ein dreidimensionales Bild in die Luft. "Die Verbrennung hat eine Menge Gewebe beschädigt. Wir müssen unbedingt neue Zellen transplantieren." Der Arzt entfernte sich von Desturia und ging zu einer der Kühltruhen. Er öffnete sie und holte ein unscheinbares Paket heraus. Von der Arbeitsplatte nahm er einen Hochgeschwindigkeitstransplantator. Es war ein bauchiges Gerät, das sich zu einer feinen Nadel hin verjüngte. Der Arzt öffnete die Materialklappe am hinteren Teil des Transplantators und legte das Päckchen aus der Kühltruhe ein. Als er die Klappe wieder schloss, aktivierte sich das Gerät in seiner Hand automatisch. Es brummte und vibrierte laut, als es seine Aggregate aufheizte und die hinzugefügten Stammzellen zu einem verarbeitbaren Brei schmolz. Der Arzt ging zurück zu Desturia. "Einen Moment noch. Das Gerät ist gleich bereit." Er scannte noch mal die Wunde. "Schmerzmittel ist bereits injiziert?"

"Reichlich", stöhnte Desturia und dachte an die
Ampullen, die sie sich unterwegs schon ins Bein
gehauen hatte.

"Gut, dann kann's auch schon losgehen." Der Arzt
setzte den Transplantator an. "Es wird trotzdem
schmerzhaft ..."

"Quatsch nicht! Mach endlich!" Desturia biss die
Zähne zusammen.

"Sehr wohl."

Die Nadel brannte wie tausend Sonnen in Desturia,
als der Transplantator das neue Fleisch in ihren Körper klebte. Sie hörte ihren eigenen schmerzgeschwängerten Schrei. Sterne funkelten vor ihren Augen. Dann verlor sie das Bewusstsein.

Kapitel 4

War es Realität oder Traum? Blitze zuckten durch Desturias Geist und erhellten die Dunkelheit, die in ihr schlummerte. Jene Dunkelheit, die sie seit Jahrhunderten plagte. Diese Dunkelheit, bestehend aus Einsamkeit und Furcht, die ihr Herz erkalten ließ. Sie sah schemenhafte Gesichter, längst vergessen und vergraben. Einst vertraute Stimmen flüsterten durcheinander, unverständlich, leise und fern. Desturia versuchte die Gestalten zu greifen, ihnen zuzurufen. Doch ihre Stimme verhallte ungehört und die Gestalten verwandelten sich in Rauch, sobald Desturia sie berührte. Das erste Mal seit Langem spürte Desturia Tränen ihre Augen füllen. Sie fühlte sich leicht, schwerelos und doch auf eine beklemmende Art verloren. Ein Licht flackerte auf. Es pulsierte und wurde immer größer. Ein grellblauer, stetig wachsender Pulsarstern. Sein dunkles auf- und abschwellendes Rauschen malträtierte ihr Trommelfell. Sie hörte Schreie. Unzählige Schreie im Todeskampf. Die fürchterliche Melodie des Leids wurde lauter und lauter, während der Stern immer weiter wuchs. Dann explodierte er in einem gleißenden Feuerball.

Schreiend fuhr Desturia hoch. Das Licht. Es war so hell. Schützend hielt sie sich die Hände vor das Gesicht. Desturia stöhnte auf. Ihre Hüfte brannte wie Feuer. Langsam senkte sie die Hände. Sie saß kerzengerade auf dem Untersuchungstisch der Krankenstation. Am Fußende des Tisches stand der Arzt und schaute sie aus mitleidsvollen Augen an.

"Wo ... wie ... wie lange war ich ohne Bewusstsein?", stammelte Desturia noch leicht benommen.

"Zwölf Stunden."

"Zwölf Stunden?!" Desturia war schlagartig hellwach. "Zwölf Stunden sagst du?" Sie schwang sich zur Seite und setzte die Füße auf den Boden.

"Langsam!" Der Arzt trat mit schnellem Schritt heran.

Desturia wehrte ihn ab und stand mit wackeligen Beinen auf. Sie fühlte sich, als wären ihre Beine aus Gummi. Sie schwankte. Und nun ließ sie es doch zu, dass der Arzt sie stützte.

"Es wird noch ein paar Tage dauern, bis Ihr Körper das Transplantat vollständig angenommen hat. Sie müssen sich schonen!" Warnend schaute der Arzt sie an.

"Schonen!", herrschte Desturia zurück, "dafür haben wir keine Zeit. Wir müssen hier weg." Sie löste sich aus dem Griff des Arztes und humpelte zum Ausgang der Krankenstation.

"Warten ..."

"Medizinprogramm beenden!", befahl Desturia.

Mitten in seiner flehend anmutenden Geste löste sich der Arzt wieder in Luft auf.

Wankend kam Desturia vor der Tür zum Stehen. Diese öffnete sich nur mit geringem Zögern. Dabei schien sie ein wenig zu wimmern. Vielleicht hatte sie den Tritt von vorhin noch im Gedächtnis. Desturia humpelte so schnell sie konnte durch den Korridor und zwängte sich in die schmale Luftschleuse. Als sie aus dem Schiff stieg und unter dem Tarnnetz hervorkroch, war die Morgenröte bereits dabei, die sechzehnstündige Nacht zu vertreiben. Ein sanftes rotgoldenes Glühen legte sich über die hohen Baumwipfel, rings um Desturias Landeplatz. Die ersten Vögel begannen mit ihrer Guten-Morgen-Sonate und verzauberten den vor kurzem noch unheimlich anmutenden Wald in eine kleine Oase des Friedens. Die Morgenluft war kühl und frisch und der Boden ganz feucht. Scheinbar hatte ein nächtlicher Regenschauer den Mief der fernen Stadt aus der Luft gewaschen. Desturia atmete tief durch. Dabei brannte ihr Brustkorb mit ihrer Hüfte um die Wette. Diesmal hatte sie ganz schön was abgekriegt. Mit ihren achthundertfünfundzwanzig Jahren drohte sie doch nicht etwa langsam einzurosten? Desturia rieb sich die linke Schulter und schaute an den Morgenhimmel. Es würde nicht mehr lange dauern, bis die erste der beiden Sonnen einen Blick über den Horizont warf. Zeit hier weg zu kommen.

Desturia ging in die Hocke und griff an das unscheinbare Bedienfeld des Tarnnetzes. Sie gab auf den holografischen Tasten eine kurze Zahlenkombination ein und schon begann das Netz, sich selbständig vom Schiff zu lösen und einzurollen. Mit leisem Plopp verschwand es in einer handtellergroßen Schachtel auf dem Boden. Desturia nahm die Schachtel und warf sie achtlos durch die Luke ins Schiff. Dann richtete sie sich halb auf und ging gebückt unter den stummelförmigen Tragflächen ihres Schiffes hindurch zum Heck. Dabei glitten ihre Fingerspitzen sanft über die Unterseite des Flügels. Am Ende des Flügels angekommen, richtete sich Desturia zur vollen Größe auf und blieb stehen. Ihr Blick richtete sich wieder gen Himmel und fixierte den Mond Sadonia, der noch einsam dort ruhte. "Dieses Mal ist so ziemlich alles schief gegangen", dachte sie und verzog das Gesicht zu einer ungläubigen Mine. Sie riss ihren Blick los und ging ans Ende des Schiffes. Die drei großen, kreisförmigen Überlichttriebwerke schlummerten noch friedlich den Schlaf des Gerechten. Das würde sich bald ändern, wenn Desturia alles aus ihnen herausprügeln würde. Humpelnd umrundete Desturia das langgezogene Schiff, das aussah wie ein Jowalischer Bergadler mit zu kurzen, gespreizten Stummelflügeln und leicht gesenktem Schnabel und beendete die kurze Sichtkontrolle mit einem zufriedenen Seufzer.

Dann stieg sie zurück ins Schiff und ging direkt ins Cockpit. Die Instrumententafeln erwachten sofort aus ihrem Schlaf und Desturia setzte sich in ihren, zwischen Bedienpulten eingefassten, Pilotensitz. Mit einem verträumten Pfeifen auf den Lippen überprüfte sie die Anzeigen und startete dann die Schwebedüsen, um den Vogel im Senkrechtflug über die Baumkronen zu bringen. Als das Schiff genügend Höhe gewonnen hatte, zündete sie die Unterlichtdüsen und gab vollen Schub. Sie zog das Steuer an sich und die Argus, Desturia hatte das Schiff nach ihrem verstorbenen Vater genannt, schoss raketengleich in die Höhe.

Kein Wölkchen trübte den frühen rotgoldenen Morgenhimmel. Ihr Schiff würde man kilometerweit sehen können. Aber bei der Geschwindigkeit, die sie bereits drauf hatte, machte das auch keinen Unterschied. Die Farbe des Himmels wurde von Sekunde zu

Sekunde dunkler, bis er schließlich pechschwarz und übersät mit funkelnden Sternen war. Die Argus lies die Atmosphäre von Epidon hinter sich zurück. Hier begann er, der unendliche Kosmos. Gewaltig, kalt und tödlich.

Desturia steuerte direkt auf den Anflugkorridor zwischen Maldoran und Sadonia zu. In diesem sehr betriebsamen Quadranten würde sie nicht allzu viel Aufsehen erregen, wenn sie auf Überlichtgeschwindigkeit ging. Wie winzige Mückenschwärme tummelten sich die anfliegenden und abreisenden Schiffe zwischen der Kartoffel und der blauen Perle. Der Flugverkehr wurde von einer kleinen Raumstation geregelt, die sich in einem engen Orbit um Sadonia befand. Das Licht der beiden Sonnen ließ diese selbst erstrahlen, wie einen kleinen Stern.

Desturia ließ die Generatoren der Überlichttriebwerke anlaufen und bereitete alles für den Raumsprung vor. Plötzlich ertönte ein schrilles Alarmsignal. Eine Kontrollleuchte flammte auf. Annäherungsalarm. Desturia schaute auf den Monitor. Nein! Das konnte doch nicht ... Ungläubig schaute sie zur Kanzel hinaus. Die beiden Kreuzer näherten sich von Desturias linken Seite. Die waffenstarrenden, klobigen Monster sahen aus, wie zu breit geratene Libellen. Sie waren schon fast in Feuerreichweite und holten schnell auf.

"Verdammt!" Desturia schaute auf die Triebwerksanzeige. Die Generatoren brauchten noch eine Minute. "Computer! Schilde aktivieren!", schrie sie wild auf. Keine Sekunde zu früh flackerte das sanfte, bläuliche Licht der Schilde auf. Heftige Lasertreffer schüttelten ihr Schiff kräftig durch. Eine volle Breitseite. Die Schilde verloren auf einen Schlag fünfzig Prozent ihrer Leistung. Desturia flog eine enge Rechtskurve und ließ ihr Schiff in einer Schraube absinken. Eine weitere Salve zischte dicht an ihrem Cockpit vorbei.

"Fünfundvierzig Sekunden bis zum Sprung", verkündete der Computer mit seiner monotonen Blechstimme.

"Schilde verstärken und maximalen Schub auf die Steuerdüsen!", befahl Desturia, die mit ihrem Schiff einen wilden Tanz vollführte.

Langsam gewannen die Schilde wieder an Stärke. Ein weiterer Annäherungsalarm schrillte auf. Jetzt wurde es gemütlich. Zehn Abfangjäger stiegen aus der Atmosphäre von Epidon auf. Mit blitzenden Lasergeschossen rasten die T-förmigen Einmannjäger frontal auf Desturia zu.

Mit wütender Präzision erwiderte Desturia ihren feurigen Gruß. Zwei der Jäger verwandelten sich in rotglühende Feuerbälle, als Desturia sie passierte. Die restlichen Jäger formierten sich für einen weiteren Anflug neu. Ihre unzähligen Laserblitze knisterten über Desturias Schilde und nagten an deren Stabilität.

"Schilde bei vierzig Prozent. Zeit bis Sprung dreißig Sekunden."

"Streubomben auswerfen!" Noch hatte Desturia ein paar kleine Überraschungen in petto.

Von der Unterseite der Argus lösten sich zwei quadratische Behälter. Als zwei der Jäger in ihre Nähe kamen, explodierten die Bomben und rissen sie in Stücke. Weitere Laserstiche prasselten auf Desturias Schilde.

"Sprung in zwa..."

Den Rest konnte Desturia nicht verstehen. Ein ohrenbetäubendes Krachen stach in ihre Ohren. Eine weitere Salve hatte sie getroffen und die Schilde durchdrungen. Die Panzerung der Hülle hielt aber noch stand. Desturia versuchte einen weiteren Haken zu schlagen.

"Schilde ausgefallen."

"Ach wirklich?", fragte Desturia zynisch.

Die Lasergeschosse der Einmannjäger kratzen mit todbringender Wut über den Stahl ihrer Außenhülle. Desturia zog die Maschine scharf nach links. Einen Jäger bekam sie ins Schussfeld. Sie feuerte. Die erste Salve ging in Leere. Doch die zweite saß. Die Explosion erhellte das Cockpit.

"Triebwerke bereit zum Sprung."

"Na endlich." Desturia stand der Schweiß auf der Stirn. "Sprung!"

"Negativ."

"Was zum ..."

Von der Rückseite des Planeten näherte sich ein schwerer Abfangkreuzer. Das Gravitationsfeld, das seine Generatoren auf dem Achterdeck aussandten, unterband jeglichen Sprung in die Lichtgeschwindigkeit. Das war's. Desturia saß in der Falle. Eine kleine Fliege auf einem klebrigen Stück Papier.

Wütend funkelte sie den ovalen Abfangkreuzer an. "Du Schweinehund!"

Fieberhaft suchte sie nach einem Ausweg. Sadonia! Desturia riss das Steuer herum und flog direkt auf den Mond zu. Wenn sie es schaffte, den Mond zwischen sich und den Abfangkreuzer zu bringen, könnte sie zur Lichtgeschwindigkeit übergehen. Mit dem Handrücken wischte sie sich den Schweiß von der Stirn. Erneut prasselten kleine Geschosse auf ihre Hülle nieder. Desturia flog im Zickzack und riss dann die Maschine wieder ein Stück hoch. Eine weitere Salve der Kreuzer flog an ihr vorbei. Wenn Desturia an irgendeinen Gott glauben würde, wäre dieses der richtige Zeitpunkt zum Beten.

Langsam wurde der Mond größer. Desturia konnte nun auch mit bloßem Auge die Deckaufbauten der Raumstation erkennen. Sie kam zu nah an sie ran. Desturia versuchte weiter nach links auszuschwenken, um nicht in ihren Feuerbereich zu geraten. Ein kleiner Feuerschein flackerte an der Unterseite der Station auf.

"Rakete im Anflug", warte der Computer.

"Täuschkörper auswerfen!"

"Negativ. Abwurfvorrichtung beschädigt."

"Scheiße!" Desturia schlug mit der Faust auf die Armlehne ihres Sitzes. Sie änderte den Kurs. Direkt auf die Station und die anfliegende Rakete zu. Der Feuerkranz des anfliegenden Geschosses wurde langsam größer. Desturia hielt die Luft an und kniff die Augen konzentriert zusammen. Dann feuerte sie eine Salve Energieblitze ab. Treffer. Die Rakete explodierte kurz vor ihrem Schiff. Wie das Schleifen von Schmirgelpapier kratzten die Trümmer über die Haut der Argus. Dann erwachten die Laserkanonen der Station zum Leben. Zusammen mit den Kreuzern hinter Desturia bildeten sie ein lehrbuchmäßiges Kreuzfeuer. Desturia brauchte all ihr Können, um nicht pulverisiert zu werden.

Der Mond Sadonia war mittlerweile zu einem gigantischen Riesen herangewachsen. Desturia steuerte ihr Schiff so nah wie möglich heran, ohne in die Atmosphäre einzutreten. Sie konnte sich nicht erlauben Schub durch Reibungskräfte zu verlieren. Ihre Häscher waren auch so noch dicht genug dran. Zu dicht. Eine heftige Explosion erschütterte die Argus.

"Reaktortreffer!", heulte der Computer auf.

Die Alarmsirene schrillte gnadenlos auf. Mit einem letzten Aufbrüllen verstummten die Triebwerke. Die Argus neigte sich dem Mond zu.

"Eintritt in die Atmosphäre", meldete der Computer, "Reaktorleck abgedichtet. Neustart nicht möglich." Die Stimme des Computers wurde immer leiser. "Systeme off..." und verstummte. Zeitgleich erloschen die Anzeigen und Lampen im Cockpit. Das Schiff war tot.

Wie ein glühender Meteor stürzte die Argus unkontrollierbar dem Boden entgegen, aber die Hitzelegierung hielt stand.

"Wenigstens werde ich ungebraten am Boden zerschellen", dachte Desturia. Ihr Blick fiel auf das kleine Meer, auf das ihr Schiff zustürzte. Vielleicht konnte sie ja ...

Desturia sprang aus ihrem Sitz. Der Boden vibrierte heftig unter ihren Füßen. Sie wurde zurückgeschlagen und fiel rücklings über ihren Sitz.

"Au!" Mühsam kämpfte sie sich wieder hoch und hangelte sich an den Instrumententafeln entlang zur Tür. "Geh auf, du Scheißding!" Mit aller Kraft versuchte sie die Tür aufzuschieben. Und es gelang ihr tatsächlich, sie einen spaltbreit zu öffnen. Gerade weit genug, um sich hindurchzuquetschen. Im Korridor angekommen, sprang sie direkt durch die geöffnete innere Schleusentür. Sie öffnete den schmalen Spind in der engen Kammer und holte einen Düsengürtel hervor. Den Raumanzug beachtete sie nicht. Sie hatte weder die Zeit, noch den Bedarf ihn anzuziehen. In wenigen Sekunden würde ihr Schiff auf die Wasseroberfläche prallen und in tausend Stücke zerrissen werden. Desturia band sich den Gürtel um und ging zur äußeren Luke. Sie öffnete den kleinen Steuerkasten links des Ausgangs. Ein kleiner Hebel kam zum Vorschein. Desturia drehte die mechanisch funktionierende Notentriegelung im Uhrzeigersinn. Vier kleine Sprengladungen rissen die Luke aus ihrer Verankerung und stießen sie davon. Der Wind sauste brutal um Desturia herum. Unter großen Anstrengungen klammerte sie sich am Rand der Luke fest und zog sich heraus. Unter ihr raste das Meer vorbei. Die Druckluft und Hitze des abstürzenden Schiffes zog eine wild tobende Gischt auf der Wasseroberfläche hinter sich her.

Desturia fasste sich ein Herz, zündete den Raketengürtel und sprang. Wie eine donnernde Faust erwischte sie der Luftstrom und wirbelte sie kräftig herum. Das Wasser kam immer näher. In letzter Sekunde konnte sie sich abfangen. Sie wagte kaum zu atmen, als sie wenige Zentimeter über der Wasseroberfläche schwebte. Dann schaute dem Feuerschweif hinterher, der sich schnell von ihr entfernte. Mit lautem Krachen stürzte er ins Meer. Eine gigantische Säule aus Wasserdampf und Feuer stieg zum Himmel.

Desturia verstärkte den Schub der Düsen. Schnell gewann sie an Höhe. Schnell genug, um den mit großer Geschwindigkeit auf sie zurasenden Wellenberg zu überfliegen.

Erst jetzt wagte sie es wieder zu atmen. Langsam senkte sie ihre Flughöhe und kramte in ihrem Funktionsgürtel. Ihre Hände umklammerten den kleinen Navigator. Sie schaltete ihn ein. Bis zur nächsten Küste war es ein recht kurzer Weg. Sie änderte die Flugrichtung und folgte der Welle. Sie würde kurz nach dem Tsunami an Land ankommen. Wie ein kleiner Wasserfloh glitt Desturia über der Wasseroberfläche dahin. Erschöpft und dankbar, noch am Leben zu sein.

Kapitel 5

Es war eine lange Nacht, nein, es war eine sehr lange Nacht gewesen. Aber es hatte sich mal wieder gelohnt. All die Zeit in heruntergekommenen Hafenspielunken, gefüllt mit den seltsamsten Wesen, die sich die Natur auch nur ausdenken konnte, war wahrlich nicht vergeudet. Um ehrlich zu sein, war für Jim Corrin nicht eine einzige Sekunde in einer X-beliebigen Kneipe, auf einer ebenso X-beliebigen Welt vergeudet, da es für ihn wohl in jeder von ihnen ein gutes Geschäft zu machen gab. Jim Corrin war einer der besten Frachterpiloten (so mancher würde die Begriffe Schmuggler oder Raumpirat sicherlich treffender finden) in diesem Teil der Galaxis und sein Ruf war ihm bei der Beschaffung von Aufträgen mehr als hilfreich. Die Kehrseite der Medaille war leider, dass auf fast jeder zivilisierten Welt Steckbriefe von ihm zu bewundern waren, wie auch hier auf Sadonia.

Und da war auch schon wieder eines dieser dreidimensionalen Hologramme, die sein Gesicht zeigten. Der Projektor stand direkt neben dem Eingang zum örtlichen Versorgungsgroßmarkt, den Corrin gerade passierte. Sein Bildnis warf ein unheimliches blaues Licht in die dunkle Nacht und erleuchtete wenigstens einen kleinen Teil der ebenso finsteren Straße. Eine Straßenbeleuchtung gab es hier nicht, zumindest nicht in diesem heruntergekommenen Teil von Konsomia, der größten Metropole auf diesem Mond. Eigentlich wunderte sich Corrin darüber in keinster Weise, denn in der Nähe des Raumhafens wohnten auf allen Planeten, die er kannte, nur die gesellschaftlichen Außenseiter oder der Abschaum, wie Corrin sie zu nennen pflegte.

Corrin blieb neben seinem holografischen Ebenbild stehen und blickte sich um. Das gesamte Viertel war gezeichnet von Jahrzehnten oder vielleicht sogar Jahrhunderten des Verfalls. Kurz vor dem Zusammenbruch stehende Behausungen, die mit Staub und Schmutz verkrustet, fünfzig bis sechzig Meter in die Höhe ragten und wie bedrohliche, alte Riesen wirkten, prägten die Umgebung. Auf den Gehwegen stapelten sich die Abfallprodukte einer nicht ganz so modernen Zivilisation, wie sie hier auf Sadonia anzutreffen war. Zerbrochene Garbozytflaschen, Überreste von Doxinkonservierungseinheiten, Unmengen von Lebensmittelresten und Unrat der unterschiedlichsten Sorten; ein wahrhaft hinterwäldlerischer Mond. Auf der gegenüberliegenden Straßenseite stand ein ausgebrannter Schwebewagen, der inmitten dieser altertümlichen Umgebung völlig fehl am Platze war. Und es gab noch etwas, das nicht in diese Umgebung passte; sein holografischer Steckbrief. Corrin sah sich den Projektor etwas genauer an und musste seine Meinung revidieren. Dieser Projektor passte sehr wohl in jene heruntergekommene Gegend. Es handelte sich um ein museumsreifes Model der 3-64'er Serie, welches noch vor den großen Galaktischen Kriegen konstruiert worden war und nicht in der Lage war, mehrfarbige Bilder zu projizieren. Sein dreidimensionales Ebenbild schwebte nun genau vor ihm in der Luft. Durch die blaufarbige Projektion kamen seine hellbraunen, in der Mitte unsauber gescheitelten Haare nicht ganz so zur Geltung, wie es sich Corrin gewünscht hätte. Auch seine blau-grünlich schimmernden Augen waren kaum zu erkennen. Jim Corrin strich sich mit der linken Hand über seinen stoppeligen Dreitagebart, den er schon seit Jahren zu tragen pflegte. Nein, weder ihn, noch seine auffällige Narbe am Kinn, konnte man auf seinem Fahndungsbild sehen. Wie wollte man ihn dann nur erwischen? Denn ansonsten besaß er ein Allerweltsgesicht, welches keinerlei besondere Merkmale an den Tag legte. Vielleicht einer der Gründe, weshalb bisher noch niemand auf ihn aufmerksam geworden war. Ein weiterer, schwerwiegenderer Grund war, dass sich Corrin häufiger auf Planeten mit nicht humanen Spezies aufhielt, für die eh jeder Mensch wie der andere aussah. Daran änderten auch die persönlichen Daten Corrins nichts, die unter seinem Gesicht, wie von Geisterhand gehalten, schwebten. Er war sechsunddreißig Zentrumsjahre alt, ein Meter dreiundneunzig groß und "äußerst gefährlich". Als Corrin das las, lachte er leise auf. Gefährlich? Wie süß, er und gefährlich. Des Weiteren konnte man lesen, dass eine Prämie von eintausend Zenter-Krediteinheiten auf seinen Kopf ausgesetzt war. "Die Summe ist ein Witz", schmunzelte er, "immerhin bin ich doch sooo gefährlich." Er grinste von einem Ohr zum anderen.

Corrins imaginäres Ich verschwand und machte für ein neues Ganovengesicht Platz. Corrin wandte sich von diesem uninteressiert ab und setzte seinen Weg durch die dunklen Straßen des Raumhafenviertels von Konsomia fort. Dabei fielen ihm die vielen kleinen Garckratten auf, die sich in und um den, überall verstreuten, Abfall tummelten und nach ihrem täglichen Abendbrot oder vielleicht auch schon nach ihrem Frühstück Ausschau hielten. Trotz ihrer zwei Köpfe, dem schwarzbraun getigerten, kurzen Fell und den scharfen, winzigen Klauen, hatte diese Spezies immer noch Ähnlichkeiten mit den gewöhnlichen Rattenpopulationen, die es auf fast jedem Planeten im Groß-Kartoneischen-Sektor gab. Ironischerweise konnte sich Corrin in diesen Ratten selbst wiedererkennen, da auch er Tag für Tag in den zwielichtigsten Kneipen, unter den Abfällen der Zivilisation, nach Auftraggebern auf der Suche war und dabei öfter, als ihm lieb war, seine eigenen Klauen einsetzen musste. Corrin schlüpfte mit der rechten Hand in seine Manteltasche und brachte einen Nährstoffriegel zum Vorschein, welchen er einer der Ratten vor die kleinen Klauen warf. Gierig schnappte diese zu und verschlang das gefundene Fressen mit einem Bissen.

Und wieder eine Parallele zu Corrin, denn auch er hatte heute Abend einen dicken Fisch an Land gezogen. Und das, obwohl er schon aufgeben wollte, nachdem er die vierte Kneipe verlassen hatte. Doch auf dem Weg zu seinem Hotel war ihm eine Kaschemme besonders ins Auge gefallen. In nostalgischen Leuchtstoffröhrenbuchstaben, wie er sie nur aus Geschichtsbüchern und uralten Filmen kannte, thronte der Name "Space-Drive-In" über einem engen Eingang in einer ebenso engen Seitengasse. Alleine die altertümliche Aufmachung dieses Schuppens reichte aus, um seine Neugierde für dessen Innenleben zu wecken, und so entschied sich Corrin hineinzugehen.

Lautes Getöse und Stimmgewirr drangen ihm durch die rauchgeschwängerte Luft entgegen. Eine exotische Geruchsmixtur stieg Corrin in die Nase; Schweiß, Tabak, Alkohol und abgestandene Luft waren die Hauptbestandteile, gemischt mit undefinierbaren, fremden Gerüchen. An der lang gezogenen Theke, die sich rechts vom Eingangsbereich, bis zu den hinteren Winkeln des zwielichtigen Lokals erstreckte, standen acht Sadonier. Einer von ihnen blickte zu Corrin auf, um den Neuankömmling, mit seinen winzigen gelben Augen, die sich farblich sehr gut von dessen grünen Schuppen absetzten, zu begutachten. Das echsenartige Wesen zischte kurz mit seiner zwiespältigen Zunge und wendete sich wieder seinem giftgrün leuchtenden Drink zu. An der linken Wand, über den von Sadoniern besetzten Tischen, hingen Bilder aus der sadonischen Mythologie, die Hexen, Fabelwesen und sadonischen Helden zeigten. Zumindest vermutete Corrin das. Vielleicht waren es auch nur die Hirngespinste eines verrückten Künstlers. Weiter hinten ging der Korridor in einen großen, rechteckigen Saal über, der nur unzureichend beleuchtet war. Trotzdem glaubte Corrin dort auch andere Spezies zu erkennen, was ihn nach seinen ersten Eindrücken hier doch sehr wunderte. Langsam schritt er die Theke entlang, ohne dass irgendjemand ein besonderes Interesse an ihm zeigte. Am Ende des Ganges angekommen, versuchte Corrin sich nochmals ein klares Bild von seiner Umgebung zu machen,

doch die Beleuchtung war einfach zu schwach, als das
er hier hinten auch nur den gröbsten Überblick, über
die Vielfalt an Gestalten erlangen konnte. Nach langem Suchen entdeckte Corrin eine Nische mit freiem
Tisch, zu der er sich zielstrebig in Bewegung setzte.
An dem kleinen Tisch standen zwei unbequeme und
wackelige Holzstühle. Corrin zog einen der beiden
Stühle ein stückweit zurück und setzte sich. In der
Mitte des kreisrunden Tisches befand sich ein kleiner
Projektor, der sich automatisch aktivierte und Corrin
die reichhaltige Auswahl an alkoholischen Getränken
in Bild und Schrift präsentierte. Jim wischte durch die
schimmernde Projektion, bis er ein passendes Ge-
tränk gefunden hatte; Algonischen Rum und zwar
pur. Er bestätigte die Bestellung durch Antippen des
darunter schwebenden Bestellfeldes und lehnte sich
zurück, während der Hologrammprojektor wieder in
seinen Ruhezustand wechselte.

"Stört es Sie, wenn ich mich zu Ihnen setze, Captain Corrin?"

Jim stockte der Atem. Er zögerte einen Moment,
bevor er den Kopf hob, um zu sehen, woher diese
verführerisch klingende Frauenstimme kam. Vor seinem Tisch stand eine dunkle und große Gestalt, ganz
in Schwarz gekleidet, das Gesicht mit einem Tuch, in
alter Wildwestmanier bedeckt, sodass Corrin nur die
tiefblauen Augen und eine blonde Haarsträhne, die
sich ihren Weg unter der Kapuze hindurch kämpfte,
sehen konnte. Kannte er diese Frau? Nein. Vielleicht
war sie eine Kopfgeldjägerin, die hinter ihm her war.
Aber dies schien, bei der mickrigen Summe, die auf

seinen Kopf ausgesetzt war, doch eher unwahrschein-
lich.

Unsicher deutete Jim auf den leeren Stuhl. "Ken-
nen wir uns?"

Die Unbekannte ließ sich auf den Stuhl nieder. "Ich
denke wohl kaum."

Der Projektor in der Tischmitte erwachte erneut
zum Leben, doch die mysteriöse Frau wischte die
Projektion umgehend fort. Das blasse Licht erlosch
wieder.

"Vergessen Sie nicht, dass Sie steckbrieflich ge-
sucht werden", fuhr die Fremde fort und legte ihr
Kinn in die Handfläche des rechten, aufgestützten
Arms, während ihre Finger sanft über ihre bedeckte
Wange trommelten.

Nervös glitten Corrins Finger an den Abzug seiner
Waffe, die noch im Holster, an seinem rechten Oberschenkel, schlummerte.

"Ich freue mich, dass ich Sie zuerst gefunden habe." Ihre Stimme hatte einen kühlen und berechnen-
den Unterton.

Mit dem Daumen entsicherte Corrin seine Laser-
pistole. Ein einziger, halbherzig gezielter Schuss sollte
wohl reichen, um ihm das Problem vom Hals schaffen
zu können. Er musste danach nur die Beine in die
Hand nehmen und hier so schnell wie möglich verschwinden. "Sie sind also hinter meinem Kopf her?",
fragte er fast beiläufig, als er langsam begann, seinen
Zeigefinger zu krümmen.

Die Fremde lachte auf. "Nein, nein." Abwehrend
hob sie beide Hände halbhoch vor sich. "Ich würde
eher sagen, hinter Ihren Diensten."

Corrins Zeigefinger stockte. "Wie darf ich das verstehen?"

"Nun, Sie sind als Spezialist für, sagen wir mal, besondere Transportaufträge bekannt. Und einen solchen hätte ich da für Sie." Die Fremde platzierte ihre Ellenbogen erneut auf der Tischplatte und umfasste diesmal ihr Gesicht mit beiden Händen, während sie sich ein wenig zu Jim Corrin vorbeugte.

Dieser löste den Griff um seine Waffe, behielt seine Hand aber trotzdem noch in ihrer Nähe. "Und woher wussten Sie, dass ich ausgerechnet in diese Bar kommen würde?"

"Gar nicht. Nennen wir es einfach Zufall, oder Schicksal, wenn Ihnen das lieber ist. Um ehrlich zu sein, hätte ich diesen Deal auch mit jedem anderen machen können. Aber ich arbeite lieber mit richtigen Profis zusammen."

Jim lehnte sich grinsend zurück. "Sie Schmeichlerin." Er kratze sich an seinem Kinn. "Dann lassen Sie mal hören. Was haben Sie für mich?"

Verschwörerisch beugte sich die Fremde noch weiter vor. Corrin tat es ihr gleich, sodass sich ihre Köpfe fast in der Tischmitte begegneten.

"Also", begann die Frau, "ich hätte da einen wertvollen Frachtcontainer, der unbemerkt aus diesem System gebracht werden muss."

"Welche Fracht?"

"Das geht Sie nichts an."

Corrin spielte den Überraschten. "Also wenn das so ist, kostet es natürlich etwas mehr. Sagen wir eine Art Gefahrenzulage."

"Natürlich." Die Fremde warf ihm ein kleines Bündel zu.

Corrin nahm das Paket und öffnete es vorsichtig. Ein erstaunter Pfiff verließ seine Lippen.

"Fünfzigtausend Krediteinheiten sofort, die gleiche Summe noch mal, bei Lieferung. Das dürfte Gefahrenzulage genug sein."

Ein Droide kam an den Tisch. Hecktisch schloss Corrin das Päckchen und schaute ertappt drein, als der Servierdroide seinen Drink auf den Tisch stellte. Ohne die beiden weiter zu beachten, drehte sich der Roboter um und ging zurück zur Theke.

Jim lächelte die Fremde spitzbübisch an. "Abgemacht, Sie haben ihren Frachterpiloten. Wie war noch gleich Ihr Name?"

"Sie brauchen keinen Namen."

"Selbstverständlich nicht." Corrin legte den Kopf wissend schief. "Wo nehme ich die Fracht auf?"

Die Fremde schob ihm einen Datenchip über die Tischplatte zu. "Hier sind die Koordinaten. Ein altes Fabrikgelände am Rand der Stadt. Der Container ist mit einem schwachen Peilsender markiert, den Sie orten können, wenn Sie in der Nähe sind. Die Zielkoordinaten und weitere Anweisungen befinden sich im Datenpad des Containers."

"Sie werden also nicht dort sein?"

Ein paar Sekunden vergingen, bevor die Fremde kopfschüttelnd antwortete: "Beten Sie, dass wir uns nie wieder sehen."

Der Satz lief Corrin eiskalt den Rücken herunter.

Die Fremde stand auf und verschwand so schnell und unscheinbar, wie sie aufgetaucht war.

Jim griff zu seinem Glas und stürzte seinen Drink mit einem Zug hinunter. Dann bestellte er gleich eine ganze Flasche des Zeugs. Ein mulmiges Gefühl breitete sich in seiner Magengegend aus. Hoffentlich hatte er sich nicht mit den Falschen eingelassen. Er blinzelte auf das verschlossene Päckchen. Hunderttausend Krediteinheiten. Er atmete tief durch. Wer nicht wagt, der nicht gewinnt.

Die kleine Garrckratte war mittlerweile verschwunden. Nur die Verpackungsreste des Nährstoffriegels lagen noch vor der kleinen braunen Kiste. Es hatte angefangen zu regnen und Corrin war noch drei Blocks von seinem Hotel, wenn diese Absteige diesen Namen überhaupt verdiente, entfernt. Obwohl er schon völlig durchnässt war, setzte er seinen Weg nur im langsamen Tempo fort. Der Alkohol entfaltete so langsam seine ganze Wirkung und die stockdunklen und glitschigen Straßen schienen ihm daher zu gefährlich, um zu laufen. Außerdem ging ihm die Begegnung mit der dunkel gekleideten Frau nicht aus dem Kopf. Einhunderttausend Krediteinheiten. Was er sich von dem Geld alles leisten konnte; ein neues, ultramodernes Sprungtriebwerk für sein Schiff oder ein kleines bis mittleres Anwesen, auf einem der Planeten im Randsektor. Eine herrliche Vorstellung.

Langsam trottete Jim Corrin seinem Ziel entgegen, welches nun schon in Sichtweite lag. Ein fahler Lichtschimmer beleuchtete die nähere Umgebung des Hotels, welches das einzige freistehende Gebäude in diesem Viertel war. Der kleine Park, der das Gebäude umgab, wirkte allerdings nicht sehr gepflegt und wurde von der unzureichenden Parkbeleuchtung mit einem gespenstischen Flair belegt. Regen prasselte auf das Flachdach des Domizils für heruntergekommene Penner und auf der Durchreise befindlichen Raumfahrer, welches durchaus dasselbe sein konnte. Hinter dem hohen Gebäude war ein sichelförmiger Teil von Epidon am Himmel zu sehen. Corrin ging die breite Treppe des durch mehrere Säulen gestützten Vorbaus hinauf. Der wohl ehemals rote Teppich, der genau in der Mitte verlief, bestand nur noch aus Schmutz, Staub und Verwesung. Die Farbreste der Fassade zeigten, dass sie vor langer Zeit einmal in strahlendem Weiß erblüht haben musste. Doch davon war nicht mehr viel zu erkennen. Einige der Fenster an der Frontseite waren mit Brettern zugenagelt. Corrin schauderte es fast bei dem Anblick seiner Unterkunft, welche bei dieser Witterung unheimlicher ausschaute, als eine Gruft auf einem verlassenen Friedhof.

Als sich die morsche Flügeltür des Foyers öffnete, schlug ihm die nach Fäulnis und Unrat stinkende Luft, die er noch vom Vortag übelst in Erinnerung hatte, entgegen. Er passierte die weiträumig angelegte Empfangshalle mit ihren vom Zahn der Zeit gezeichneten Skulpturen und Gemälden, die davon zeugten, dass hier in früheren Zeiten wohlbetuchtere Gäste abgestiegen waren. Hinter dem Empfangstresen stand ein fettleibiger Sadonier, der seinen Bierbauch nur mit einem verschmierten Unterhemd bekleidete. Der permanente Alkoholgenuss hatte bei ihm seine

Spuren hinterlassen. Die sonst dunkelgrünen Schuppen waren zu einem blassen hellgrün verkümmert und die blutunterlaufenen, ockerfarbenen Augen quollen aus seinem aufgedunsenem Gesicht hervor.

"Guten Abend, der Herr." Die Zunge des Sadoniers tanzte bei diesen sehr langsam ausgesprochenen Worten hin und her.

Als Antwort erhielt er von Corrin ein leichtes Nicken.

"Ihre Ssschlüssssel." Wieder vollführte die Zunge des Sadoniers ein kleines Tänzchen.

"Danke", entgegnete Corrin schwerfällig, als er die kleine elektronische Plastikkarte entgegennahm.

"Wünssssche angenehme Nachtruhe." Mit diesen Worten wandte sich der Hotelier von Corrin ab und verschwand durch eine, für seine Körperfülle, ziemlich enge Tür am hinteren Ende des Tresens.

Einen kurzen Moment blickte Corrin ihm hinterher. Ein Wunder, dass sich diese Schnapsleiche an Corrins Gesicht erinnern konnte. Er machte auf dem Absatz kehrt. Der Schwindel in seinem Kopf erinnerte ihn sofort daran, dass er diesen Abend auch ordentlich einen über den Durst getrunken hatte. Jim schnaufte und setzte sich in Richtung Treppenhaus, welches sich in einem kleinen Anbau an der rechten Seite der Eingangshalle befand, in Bewegung. Wieder durchquerte er die geräumige, aber ungastliche Empfangshalle, die mit ihrer dämmrigen Beleuchtung und ihrem Mantel des Schweigens eher an eine Gruft erinnerte. Die einzigen Laute, die Corrin vernehmen konnte, waren der klappernde Widerhall seiner Stiefel auf kargem Steinboden und sein gleichmäßiger

Atem, der im Kontrast zur ewig wirkenden Stille, wie das Schnauben eines Ungetüms wirkte. Die modrige, alte Holztreppe, die er zu seinem Hotelzimmer hinaufsteigen musste, ächzte unter jedem seiner Schritte, als würde sie jeden Moment in sich zusammenstürzen. Sein Zimmer befand sich direkt neben dem Treppenabsatz. Er benötigte drei Versuche, bis der veraltete Kartenleser endlich seine Codekarte erkannte und Jim den Zugang zu dem kleinen, aber einigermaßen sauberen Zimmer, freigab. Jim schlug die Tür hinter sich zu und tastete sich im Dunklen zu seinem Bett. "Verdammter Alkohol", murmelte er und ließ sich achtlos auf sein Bett fallen. Dann versuchte er noch mühsam, nur mit seinen Füßen, seine Stiefel abzustreifen. Erfolglos. Egal. Lautschnarchend gab er auf und schlief ein.

Kapitel 6

Unablässig prasselte der kalte Regen auf die glatten, dunklen Straßen Sadonias. Die stockfinstere Nacht wurde in unregelmäßigen Abständen von grellen Blitzen zerrissen. Wie zu einem Tanz der Zwischenwelt aufgerufen, schienen unheimliche Schattenwesen durch die Millisekunden an Helligkeit zu pulsieren. Das dunkle Grollen des Donners klang wie das Röhren eines nahen Raketentriebwerkes und brachte Desturias Magen unsanft zum Vibrieren. Ihr blasses Gesicht schien den Widerschein eines jeden Blitzes einzufangen und zu reflektieren. Ihr langes, blondes Haar war triefnass. Es hing platt und tropfend über die rechte Schulter und bedeckte einen Teil ihres Brustkorbes. Mit verträumt wirkender Sinnlosigkeit fuhr ihre rechte Hand über den Kragen ihres bis oben geschlossenen schwarzen Ledermantels. Das Wasser perlte an der glatten Oberfläche ab und lief in kleinen Rinnsalen an ihr hinab. Es tropfte auf ihre schwarzen Stiefel, die knöcheltief in einer Pfütze standen. Desturia schaute nach oben. Schwärze. Dunkelheit. Und dann ... ein heftiger Blitz entlud sich genau über ihr. Wie das Pulsieren eines göttlichen Herzens flackerte das grelle Licht auf. Die Energie bündelte sich in einem grob und wild gezackten Lichtstrahl, der sich auf halbem Wege zum Boden in drei Teile aufgabelte. Der laute Schrei der von Energie zerrissenen Luft polterte in Desturia Ohren, wie der wütende Klagelaut eines sterbenden Sterns. Desturia kniff ihre blauen Augen zusammen und starrte die

Urgewalt trotzig an. Ebenso schnell, wie der Blitz aufgetaucht war, verschwand er auch wieder und ließ das trotzige kleine Mädchen in der Dunkelheit zurück. Einsam und alleine. Mein trotziges kleines Mädchen, so hatte ihr Vater sie immer genannt. Desturia sah seine gütigen und warmen Augen vor sich aufblitzen. Sein Lächeln, dieses verschmitzte und draufgängerische Lächeln. Desturias Kehle schien sich zu verengen. Sie erinnerte sich gut an jene Nacht, an der ihr die Galaktische Inquisition Mutter und Vater nahm. Es war eine Nacht ... eine Nacht, wie diese. Ein schweres Unwetter tobte damals über dem kleinen Fischerdorf abseits der großen zivilisierten Städte ihres Planeten. Sie glaubte wieder diese starken Hände zu spüren. Jene starken Hände, die sie hielten und fort zogen. Fort, von dem unheimlichen Flackern in der Dunkelheit. Dem Feuer, dem hungrigen, zügellosen Feuer, das die kleine Hütte verschlang. Fort von den Schreien. Den Schreien, die Desturia selbst heute noch in ihrem Kopf nachhallen hörte. Wehklagend, schmerzverzerrt. Die Schreie ihrer sterbenden Mutter. Desturia spürte die Hände, diese starken Hände, die sie fort zogen.

Ein wütendes Donnergrollen riss sie fort von diesen schmerzvollen Erinnerungen und sie stand wieder hier, im sintflutartigen Regen Sadonias. Desturia schaute zu dem heruntergekommenen Hotel, zu dem sie diesem Schmuggler gefolgt war. Er war die perfekte Möglichkeit, um von diesem Mond endlich herunterzukommen. Ein verschmitztes Grinsen huschte über ihre Lippen. Die Reise würde unbequem, aber absolut sicher sein.

Auf der anderen Seite der dunklen, halbüberfluteten Straße kämpfte sich ein eng umschlungenes Pärchen den Weg durch die Dunkelheit. An einer kleinen, schäbigen Gasse, unweit von Desturia, angekommen, zweigten sie in diese ab. Perfekt. Desturia stieß sich leicht mit ihrem Hintern von der Wand ab und ging mit zügigen Schritten auf die dunkle Seitengasse zu. Verstohlen blickte sie sich noch mal um. Niemand sonst war zu sehen. Dann schlüpfte sie hinein in die Dunkelheit.

Der schmale Durchgang zwischen den alten, dreistöckigen Gebäuden, war gerade mal so breit, dass Desturia mit ausgestreckten Armen beide Gebäudemauern berühren konnte. Im fahlen Licht der Straße, am anderen Ende der Gasse, konnte Desturia niemanden sehen. Wo waren die beiden? Desturia horchte in die Finsternis. Ihre widerhallenden Schritte waren jedoch das einzige Geräusch, das sich in den prasselnden Regen mischte.

Moment. Was war das? Ein leises Wimmern? Desturia blieb stehen und lauschte. Jetzt hörte sie es ganz deutlich. Das schwere, ekstatische Atmen des Pärchens hob sich merklich vom monotonen Plätschern des Regens ab. Ein Blitz erhellte die schmale Gasse, dicht gefolgt von einem dämonisch dröhnenden Donnerschlag. Und da waren sie; dicht in die Nische eines kleinen Seiteneingangs gedrängt und eng umschlungen. Die Hände des Mannes fuhren bereits tief unter die zugeknöpfte Regenjacke der Frau, während er wild keuchend an ihren Lippen saugte. Die Finger der Frau strichen dabei sanft und wild zugleich über seinen Rücken.

Von Leidenschaft erhitztes Blut. Genau das Richtige für eine letzte Mahlzeit, hier auf diesem Mond. Desturia schnalzte mit der Zunge. Langsam näherte sie sich dem Liebespaar.

Die Leidenschaft brachte ihr Blut zum Kochen. Völlig enthemmt erwiderte Chloe Olafs wilde Küsse. Seine Hände glitten unter ihre Jacke und verbreiteten ein warmes, lustvolles Kribbeln auf ihrer, vom Regen durchnässten, Haut. Sie stöhnte lustvoll auf und löste ihren Mund von seinen Lippen. Ihre Hände wanderten von Olafs Rücken hinauf in sein pitschnasses Haar, während sie sachte begann, an seinem linken Ohrläppchen zu knabbern.

Ein Blitz erhellte die Gasse. Schlagartig gefror Chloes Blut in den Adern. Sie blickte in das eiskalte, bleiche Gesicht einer Frau. Wütend grollte der Donner über sie hinweg. Das Gesicht verschwand in der Dunkelheit. Doch der bedrohliche Schatten, der dessen Platz einnahm, fuhr schlagartig auf die beiden zu. Chloe wollte aufschreien. Doch der Schock ließ sie zu einer Salzsäule erstarren. Der Schock über den plötzlich brennenden Schmerz in ihrem Hals. Die spitzen, langen Finger des eiskalten Engels bohrten sich hinein und umklammerten mit brutaler Gewalt Chloes Kehle. Ein kräftiger Ruck ließ sie in sich zusammensacken und durch Olafs erschlaffenden Griff rutschen. Röchelnd und vergebens nach Luft ringend sah Chloe in die vor Panik und Schmerz geweiteten Augen von Olaf. Die Blonde hatte bereits ihre Zähne in seinen

Hals geschlagen, Chloes Kehle, wie eine blutige Trophäe, in der rechten Hand haltend. Chloe hörte das Prasseln des Regens, das Rauschen ihres Blutes in ihrem Trommelfell, spürte den Schmerz, der sie leise und süß in eine andere Welt begleitete. Dann kippte ihr lebloser Körper zur Seite.

Desturia kostete das süße Blut in ihrem Mund. Sie hielt den erschlafften Körper des Mannes mit dem linken Arm, während ihre rechte Hand achtlos die Kehle der toten Frau in die Gosse fallen ließ. Das Leben schmeckte bittersüß.

Kapitel 7

Es war eine grauenhafte, schlaflose Nacht gewesen. Sein sich drehender Magen hatte gemeinsam mit dem Gewittersturm, jeglichen Versuch zunichtegemacht, einen halbwegs erholsamen Schlaf zu bekommen. Jim strich sich eine schweißverklebte Strähne aus der Stirn und erhob sich mit ächzendem Stöhnen aus dem unbequemen Bett. Die abgestandene, miefige Luft schien kurz davor zu stehen, zu einer geleeartigen Masse zu kondensieren. Leicht wankend schlurfte er in das kleine, aber saubere Badezimmer und hielt sich haltsuchend am Waschbecken fest. Wer war nur dieser Mann im Spiegel? Jim konnte sich nicht daran erinnern, jemals so schlecht ausgesehen zu haben. Dunkle Tränensäcke untermalten die zu Schlitzen verzogenen Augen und bildeten den denkbar schärfsten Kontrast zu dem ansonsten totenbleichen Gesicht. Die hellbraunen Haare standen zu allen Seiten hin ab und verliehen ihm das Aussehen eines abgewrackten Landstreichers. Dieses Bild wurde von seinem, sonst so sehr gehegten und gepflegten, Dreitagebart komplettiert.

Er ließ Wasser ins Becken laufen und beugte sich vor, um sein Gesicht in das eiskalte Wasser zu tauchen. Einundzwanzig ... zweiundzwanzig ... dreiundzwanzig, langsam hob Jim seinen Kopf an und blinzelte erneut sein Spiegelbild an. Seine Haut hatte sich durch das kalte Wasser knallrot verfärbt, begann aber bereits wieder zu verblassen.

"Jim, du siehst total fertig aus." Mit diesen Worten drehte er dem Spiegel den Rücken zu.

Kaum, dass er diese Bewegung vollendet hatte, verfluchte er sich dafür, da ihm nun der Schwindel erneut und mit aller Härte in den Kopf fuhr. Und auch sein Magen meldete sich zu Wort. Halb taumelnd und halb stürzend geriet er in den Bann der Toilettenschüssel.

Donnernd ließ der sadonische Hotelier das gekühlte Barfach zu knallen. In der rechten Klaue hielt er eine Flasche des stärksten sadonischen Weizenschnapses. Er öffnete den grünen Verschluss und ließ eine Kleinigkeit der kostbaren goldgelben Flüssigkeit in ein Schnapsglas fließen. Lange blieb das kleine Glas allerdings nicht gefüllt und so entschloss sich der Hotelier, noch mal nachzugießen.

"Hallo?!" Die Stimme eines Mannes hallte herein. Verärgert über die unliebsame Störung stellte der Hotelier Flasche und gefülltes Glas auf einen kleinen Tisch und wankte zur schmalen Tür, die zum Rezeptionstresen führte. Dort stand ein kränklich aussehendes, menschliches Wesen.

"Ich möchte abreisen", entfuhr es dem blassen Menschen.

Abreisen? Wohnte dieses Wesen überhaupt in Tork Ssslahs Hotel? Einige Sekunden vergingen, ehe ihm ein Licht aufging. Der Raumfahrer von Zimmer zwölf. Seinen Namen kannte Ssslah nicht. Das war so üblich in seinem Hotel. Keine Namen, keine Fragen und nur Bargeld. Was dieses Gesindel trieb, war Ssslah vollkommen egal, solange sie ihre Rechnung beglichen.

"Ja natürlissssch", zischte Ssslah. Er schaute in sein Gästebuch. "Zimmer zwölf, vier Nächte. Das macht achtzig Krediteinheiten."

Mit einem leichten Nicken griff Jim Corrin in seine Jacke und zählte dem Hotelier die passende Summe in Barkreditchips auf den Tresen. Ohne auch nur ein Wort zu sagen, drehte er sich um und ging dem Ausgang des Hotels entgegen.

"Versoffener Penner", dachte sich Ssslah, als er bemerkte, dass die Gestalt leicht hin und her wankte. Über seine Lippen kamen allerdings andere Worte: "Sssschönen Tag noch. Beehren Sssssie unssss bald wieder!"

Oh Schreck! So schnell Tork Ssslah konnte, lief er zurück in sein Kämmerchen. "Sssso ein Missst!" Sein geliebter Weizenschnaps hatte schon Zimmertemperatur angenommen - ungenießbar.

Leicht wankend verließ Corrin die einsturzgefährdete Bruchbude, die sich Hotel schimpfte. Ein Schwebetaxi in dieser Gegend aufzutreiben würde so gut wie unmöglich sein. Also entschied er sich den Weg zum Raumhafen zu Fuß zurückzulegen. Ein ausgedehnter Spaziergang würde ihm gut tun. Ha! Bald würde er um ein kleines Vermögen reicher sein. Beflügelt von diesem Gedanken vergaß er beinahe seine

Kopfschmerzen und schlenderte fröhlich pfeifend die verdreckte Straße entlang.

Im Hellen sah die Gegend noch verwahrloster aus als in der Nacht. Anstatt die Luft zu reinigen, hatte das Gewitter der letzten Nacht die üblen Gerüche nur verstärkt. Ein Hauch von Moder und undefinierbaren Ausdünstungen mischte sich in die, sich erwärmende, Luft. Es würde nicht lange dauern und die Stadt würde sich in eine Waschküche verwandeln.

Jim konnte es kaum erwarten wieder die sterile, klimatisierte Luft seines Raumschiffs zu genießen. Er wischte sich mit dem Handrücken den Schweiß von der Stirn. Die letzte Steigung der Straße machte ihm bei der Witterung und seinem verkaterten Zustand ordentlich zu schaffen.

Auf der Kuppe angekommen, gönnte er sich eine Verschnaufpause. Die Aussicht war überwältigend. Jim konnte das gesamte Tal überblicken, einen gigantischen Einschlagkrater, dessen Flanken von Jahrmillionen der Erosion bereits glatt gewaschen und nur mit einer spärlichen Vegetation bedeckt waren. Wie ein überdimensioniertes Spinnennetz breitete sich der Raumhafen im Kraterinneren aus. Die weitverzweigten Landebuchten, Versorgungswege und Depots liefen im Zentrum zu einem großen, klobigen Gebäude zusammen. Das zentrale Kontrollzentrum war das höchste Gebäude innerhalb des Tals und reichte weit über die Höhe des Randes hinaus. Wie kleine Vögel starteten und landeten Frachtschiffe und Gleiter im Minutentakt. Jenseits des Kraters, am Horizont, konnte Jim die Anfänge einer weitläufigen Savannenlandschaft sehen; eine Besonderheit bei dem ansonsten von Sümpfen und kleinen Meeren geprägten Mond. Die zweite Sonne kämpfte sich bereits ihren Weg zu ihrer großen Schwester empor und ließ die erwärmte Luft über dem Spinnennetz gespenstisch flimmern.

Jim machte sich an den kurzen Abstieg. Sein Schiff stand in einer Landebucht am hiesigen Rand des Kraters, sodass er nicht lange brauchte, um dort anzukommen. Durch die von allerlei beschäftigten Kreaturen bevölkerten Gassen kämpfte er sich den Weg zum Eingang seiner Bucht durch. Das große, metallische Tor, welches schon halb vom Rost zerfressen war, verschloss den Durchgang ins Innere. Jim ging an die kleine Kontrolltafel, die am linken Rand des Tores angebracht war. Ein leises Rauschen und Knacksen erklang aus dem inneren des Gerätes.

Dann plärrte der Kasten mit monotoner Roboterstimme: "Passierchip!"

Jim kramte den kleinen saphirfarbenen Datenchip hervor, den er bei seiner Ankunft hier erhalten hatte und warf ihn in einen kleinen Schlitz der Kontrolltafel.

"Liegegebühr zweihundert Krediteinheiten!"

"Halsabschneider!", zischte Jim und ließ die Barchips der Passierkarte folgen.

Die Tafel erlosch und unter lautem Poltern und Quietschen öffnete sich das schwerfällige Tor.

Wie ein wild gewordenes Rudel Wolpaswölfe heulte der Wind durch die Ruinen der alten Fabrik und ließ Desturias langes, blondes Haar wild flattern. Sie saß auf dem Rand der offenen Versorgungskiste und hatte den mausgrauen, dehnbaren Raumanzugoverall bereits über ihre schwarze Kleidung gestülpt. Ihr schwarzer Mantel lag noch gefaltet auf der Ecke der Kiste. Darauf thronte der Raumhelm. Um ihre Hüften trug sie bereits ihren Mehrzweckgürtel, aus dessen linker Tasche sie gerade die Datenplakette hervor holte, die sie zur Ortung an der Kiste befestigen wollte. Verträumt spielerisch drehte sie die Plakette in ihren Händen. Vielleicht würde sie den Schmuggler nicht töten, wenn sie sein Schiff übernahm. Er hatte irgendwie etwas Niedliches an sich.

Desturia ließ sich von der Kiste gleiten, befestigte die Plakette mit der Magnetverriegelung und schaltete den Peilsender ein. Dann ging sie zur eingestürzten Außenmauer des Gebäudes und blickte über die weitläufige Savanne. Von der fernen Stadt war nur ein dunkles Flimmern am Horizont zu erkennen. Der staubige Wind, der ihr ins Gesicht blies, war heiß und trocken. Das würde sich aber sehr bald ändern. Über dem nahe gelegenen Meer konnte Desturia bereits die sich bildenden Gewitterwolken erkennen, die im Laufe des Tages über diesen Landstrich ziehen und noch vor dem Abend, beide Sonnen verdunkeln würden.

Desturia hörte ein leises Röhren, welches langsam aber stetig lauter wurde. Ein kleiner schwarzer Punkt tauchte über dem flimmernden Körper der Stadt auf. Es war soweit. Der Schmuggler war auf dem Weg.

Desturia ging zurück zum Container und setzte den Raumhelm auf. Automatisch verband sich die Helm-KI mit dem Anzug und brachte die technischen Daten in einem halbtransparenten Anzeigefeld zum Vorschein. Ohne auf die Daten zu achten, griff Desturia nach ihrem Mantel und zog ihn über den Anzug. Dann kletterte sie in die Kiste und verband ihren Raumanzug mit der Versorgungseinheit des Containers. Schlagartig schnellte die Anzeige des vorhandenen Sauerstoffs von einer Stunde auf vier Standardwochen in die Höhe.

Desturia lag mit angewinkelten Knien auf dem Rücken und schaute ein letztes Mal hinauf in den blauen Himmel Sadonias. Dann betätigte sie einen Schalter und die Transportkiste verschloss sich.

Im Tiefflug schoss die Dark Lady über die Savanne hinweg. Der leicht geschwungene Torso des Frachtschiffes verlieh ihm eine wage Ähnlichkeit mit einem fliegenden Fisch. Seine kleinen Stummelflügel bildeten dabei eine verkümmerte Version der Flossen. Zum Heck hin gewann das Schiff etwas an Breite, um die schweren Triebwerke zu beherbergen, die ihm, bei voller Leistung, eine Geschwindigkeit verliehen, die es locker mit den meisten Jagdmaschinen aufnehmen konnte. Das Cockpit befand sich vorn auf der Oberseite des Schiffes und wirkte wie der aufgesetzte Kopf eines Vogels.

Jim Corrin saß in seinem Pilotensessel, hinter der großen Panoramascheibe und schaute zu seinem Copiloten, einem Androiden, hinüber. "Das scheint es zu sein, Rachel." Er deutete auf die Ruinen am Horizont.

Der weiblich aussehende Roboter erwiderte den Blick nicht, sondern fixierte das halb zerfallene Gebäude mit seinen Fotorezeptoren, die zwei dunkelgrünen Augen glichen. Das künstliche schwarze Haar war zu einem Pferdeschwanz zurückgebunden. Nur eine kleine, unbändige Haarsträhne fiel in Rachels Stirn, die ebenso blass war, wie der Rest ihrer halborganischen Haut. Sie zog den Mundwinkel leicht hoch, sodass sich die Haut unter ihrer Stupsnase leicht in Falten legte, bevor sie mit ihrer kühlen, hellen Stimme antwortete: "Positiv." Sie drehte den Kopf zu Jim. Ihre eng anliegende Kleidung spannte sich dabei und betonte ihre wohlgeformten weiblichen Rundungen. "Ich empfange das Signal des Peilsenders."

"Gut." Jim blickte Rachel tief in die künstlichen Augen. "Bereite alles für die Frachtaufnahme vor! Ich bringe uns über das Ziel."

Rachel nickte und wendete sich ihrem Kontrollpult zu. "Holen wir das Paket an Bord? Oder ..."

"Oder!"

Wieder nickte Rachel.

Wie eine bedrohliche Gewitterwolke verdunkelte die Dark Lady das Fabrikgelände, als sie mit dröhnenden Triebwerken über der kleinen Frachtkiste schwebte. Einem verwaschenen Blitz gleich, züngelte das grellblaue Licht des Magnetstrahlers aus dem Bauch des Schiffes hervor und streckte seine gierigen, langen Finger nach der kleinen Kiste am Boden aus. Mikroskopischkleine Vibrationen durchfuhren den

Container, als der Strahl sie packte und hoch zur Unterseite des Schiffes hob, wo zwei hydraulische Packkrallen schon darauf warteten, sie zu umschließen.

Kaum das die Krallen eingerastet waren, erwachten die Haupttriebwerke zu feurigem Leben und die Dark Lady schwenkte in einen halsbrecherischen Steigflug ein, der sie in kürzester Zeit aus der Atmosphäre des Mondes spuckte.

Selbst nach all den Jahren als Raumfahrer durchfuhr Jim noch ein Gefühl von tiefer Ehrfurcht, wenn sich der Himmel schwarz färbte und die endlose Weite des Kosmos preisgab.

"Konnte sich der Navigationscomputer schon die Daten vom Peilsender runterladen?" Jim beäugte den Abfangkreuzer, der ihm schon bei seiner Ankunft vor einer Woche aufgefallen war und der nun an der kleinen Kontrollstation Sadonias angedockt hatte.

"Die Daten werden gerade transferiert", antwortete Rachel.

Nachdenklich knetete Jim sein Kinn. "Merkwürdig."

Rachel schaute ihn fragend an.

"Na ich meine den da." Er deutete auf den Kreuzer. "Warum liegt so ein Schiff über eine Woche am Rande vom Nirgendwo vor Anker?"

Ein elektronisches Piepen signalisierte, dass der Computer den anstehenden Kurs ermittelt hatte.

Jim glaubte nicht an Zufälle und musste automatisch an die Fracht denken, die unter ihrem Hintern klebte. Einhunderttausend Krediteinheiten; es hätte ihm schon von Anfang an klar sein müssen, dass die Sache tierisch heiß war. Aber so heiß? Was zum Teufel war in der Kiste?

"Rachel, fahr den Tarnmodus hoch! Wir schleichen uns raus, bevor wir zur Lichtgeschwindigkeit übergehen."

"Wird gemacht." Sie stutzte. "Schau dir mal den Kurs an!"

Jim schaute zur Navigationskarte. "Das gefällt mir gar nicht", brummte er.

"Wir sollten die Kiste abwerfen und verschwinden."

Einen kurzen Moment lang dachte Jim daran, Rachels Rat zu befolgen. Sein Blick wanderte zwischen Navigationskarte und Abfangkreuzer hin und her. Hunderttausend Krediteinheiten. "Bring uns hier vorsichtig raus und dann setz den Kurs!" Jim fuchtelte mit dem Zeigefinger, wie mit einem Degen und stach auf den leuchtenden Zielpunkt auf der Navigationskarte ein. Entschlossen stand er auf und ging zur Cockpittüre. "Wir bringen den Job zu Ende!" Jim wusste selbst nicht, ob es die Geldgier oder eine Form von Ganovenehre war, die aus ihm sprach. "Ich bin in meiner Kabine. Ruf mich, sobald wir bereit zum Sprung sind!"

Ohne sich zu ihm umzudrehen, antwortete Rachel: "Wie du meinst."

Eingepfercht wie ein gewöhnliches Gepäckstück lag das kleine wimmernde Mädchen auf der behelfsmäßigen Matratze. Die beengende Dunkelheit kam ihr vor, wie ein mächtiger Schraubstock, der ihren kleinen, wehrlosen Körper zusammenpresste. Die Wände der engen und schalldichten Metallkiste waren kalt und steril. Der einzige Laut, der die gespenstische Stille durchbrach, war das Schluchzen der kleinen Desturia. Zusammengekauert lag sie da. In ihren Ohren hallten immer noch die Todesschreie ihrer Mutter nach und vor ihren geschlossenen Augenlidern loderte das hungrige Feuer, das sie verbrannte.

Die ersten Stunden in der Kiste hatte sie geschrien. Erst wütend, dann verzweifelt.

Nun wimmerte sie nur noch weinerlich vor sich her und ergab sich ihrem Schicksal.

Sie war damals zu jung gewesen, um zu verstehen, was um sie herum geschah. Warum sie diese starken Hände, die dem besten Freund ihres Vaters gehörten, von ihren Eltern fortzogen und in diese Kiste packten. Zu jung, um zu verstehen, dass dieser ihr damit das Leben gerettet hatte. Zu jung, um zu begreifen, dass sie nur abseits der Gesellschaft im Verborgenen leben durfte.

Aber scheinbar dachte das Schicksal damals, dass sie alt genug gewesen war, um den Tod und die Grausamkeit der Inquisition kennenzulernen.

Ein bitterer Geschmack sammelte sich in Desturias Mund, als sie die Gedanken an damals versuchte fortzuwischen. Doch die isolierende Enge ihres Transportcontainers glich einer undurchdringlichen Membran, welche die dunklen Schatten der Vergangenheit in ihrem Inneren konservierte.

Ein leichtes Zittern fuhr durch den Container. Die Unterlichttriebwerke stoppten. Desturia nahm einen tiefen Zug ihrer sterilen Luft. Endlich. Endlich hatten sie den gottverfluchten Sprungpunkt erreicht. Sie konnte nur spekulieren, warum das so lange gedauert hatte. Sie rieb sich ihre verkrampften und halb tauben Beine. Aber die Antworten auf diese Spekulationen gefielen ihr ganz und gar nicht. Scheinbar hatten diese Schweinehunde noch nicht aufgegeben nach ihr zu suchen. "Dreckskerle!", zischte sie. Desturia kontrollierte das Trägheitsdämpfungsfeld ihres Containers. Das System war einsatzbereit. Nicht, dass Desturia jetzt noch irgendetwas hätte unternehmen können, so kurz vor einem Sprung, aber die Gewissheit durch die immense Beschleunigung, die ihr bevorstand, nicht zu einem Klumpen Brei zusammengequetscht zu werden, beruhigte sie doch ungemein.

"Jim, wir sind soweit." Das blauschimmernde Hologramm von Rachels Kopf schwebte über dem Projektor auf Jims Schreibtisch. "Jim?"

Jim schreckte auf. Er war wohl eingenickt. Er kauerte unbequem auf seinem Sessel und starrte in Rachels undurchdringliche Augen, die ihn vorwurfsvoll anzustieren schienen.

"Kommst du jetzt auf die Brücke, oder soll ich den Sprung alleine durchführen?" Sie legte den Kopf schief. "Wäre ja auch nicht das erste Mal."

"Nein, nein." Er kratzte sich am Hinterkopf und konnte nur mit sichtbarer Mühe ein Gähnen unterdrücken. "Bin auf dem Weg."

Rachels Hologramm erlosch.

Einen kurzen Moment blieb Jim noch sitzen, um seine Gedanken zu sammeln. Dann stand er auf, ging zu seiner unordentlichen Schlafkoje und schnappte sich die abgewetzte braune Pilotenjacke, die dort lag. Mit einem leisen Summen auf den Lippen zog er sie an. Er war seltsam gut gelaunt. Hoffentlich würde ihm das Summen nicht im Halse stecken bleiben, wenn sie ihr Ziel erreichten. Hastig blickte er sich noch mal in seiner kleinen Kabine um und ging dann zur Tür hinaus, die sich unter gleichmäßigem Zischen für ihn öffnete.

Er brauchte nicht lange, um den schmalen Korridor zu durchqueren. Die Türe zum Cockpit war bereits geöffnet und er sah Rachels schwarzes Haar vor dem funkelnden Hintergrund des Sternenmeeres glänzen. Als Jim ins Cockpit trat, drehte sich Rachel mit ihrem Stuhl um.

"Ausgeschlafen?"

"Ich habe nicht geschlafen."

"Ach nein?"

"Nein!"

Rachel verzog die Mundwinkel.

"Nein", wiederholte Jim in deutlich leiserem Ton und setzte sich auf seinen Platz. Demonstrativ schaute er auf das Navigationsdisplay.

"Letzte Chance dich umzuentscheiden."

Jim schaute Rachel ausdruckslos an. "Kommt nicht in Frage."

Rachel zuckte mit den Schultern. "Du bist der Boss."

Jim quittierte dies mit einem überheblichen Nicken.

Rachel drehte ihren Stuhl wieder nach vorn. "Alle Systeme sind bereit zum Sprung."

"Irgendwelche Hindernisse auf der Route?"

Rachel schüttelte resignierend den Kopf. "Nicht auf der Route." Sie drehte den Kopf und schaute Jim eindringlich in die Augen.

Jim ignorierte den warnenden Blick. Er betätigte einen kleinen Schalter am Kontrollpult und sagte süffisant: "Sprung!"

Augenblicklich verschwommen die Sterne vor ihren Augen zu verwaschenen, schleierhaften Nebeln. Der Raum schien sich aufzublähen und zu verblassen. Dann explodierten wirr funkelnde Lichter vor dem Cockpitfenster und schlangenartige Energieblitze tanzten einen bedrohlichen Reigen.

Jim hasste den Anblick des Hyperraumes. All die Eleganz, die das Universum darbot, wurde zu einem Wirrwarr aus Licht und Blitzen verzerrt. Jim verdunkelte das Sichtfenster und augenblicklich verschwanden die wirren Lichtreflexionen von Rachels blasser Haut. Sie schaute immer noch in Jims Richtung.

"Mach dir nicht ins Hemd. Wird schon gut gehen." Jim klopfte ihr aufmunternd auf den linken Oberschenkel.

Rachel schnaubte nur.

Desturias Helm-KI meldete, dass sich das Schiff nun mit Überlichtgeschwindigkeit fortbewegte.

Nun war es so weit. Jetzt würde sich zeigen, ob Desturias irrwitziger Plan erfolgreich war oder der Galaktischen Inquisition nur die Arbeit abnehmen würde, sie zu töten. Wie in Zeitlupe löste sie die Verbindung zwischen Anzug und Container und heftete sich den kompakten Werkzeugkasten an ihren Gürtel. Dann öffnete sie die seitliche Luke.

Wild funkelndes Licht drang ins Innere des Containers ein. Zu behaupten, sie hätte keine Angst dort hinauszugehen, wäre eine glatte Lüge gewesen. Desturia spürte das leichte Zittern ihrer Knie. "Jetzt nicht schwach werden Mädchen! Du schaffst das!", murmelte sie und zwang sich ruhig und gleichmäßig zu atmen. Dann aktivierte sie die Magnete in Handschuhen und Stiefeln und tastete sich vorsichtig hinaus.

Der Anblick verschlug ihr den Atem. Sie hatte den Hyperraum zwar schon unzählige Male gesehen, aber noch nie außerhalb einer schützenden Schiffshülle. Desturia kam sich vor, als würde sie inmitten von purer Energie schweben, im Zentrum einer, ja, einer göttlichen Macht oder Präsenz. Ihre Angst war augenblicklich verflogen. Sie fühlte sich leicht, friedlich, geborgen. Desturia spürte einen Drang, die Magnete abzuschalten und in das warme Licht zu fliegen, hinaus durch den schützenden Schutzschild, der nur einen kleinen Bereich um das dahinrasende Schiff abschirmte. Doch das wäre ihr sicherer Tod. Der Malstrom der Raumkrümmung würde Desturias Körper in seine einzelnen Atome zerlegen und in alle Winkel des Universums verstreuen.

"Desturia!"

Desturia erschauderte.

"Desturia!"

Diese Stimme. Sie kannte diese Stimme. Desturias Füße hafteten noch am Container, während ihre linke

Hand bereits an der Schiffshülle klebte. Mit der rechten Hand versuchte sie das funkelnde Licht abzuschirmen, um den Ursprung dieser Stimme zu entdecken.

"Desturia!"

Das konnte nicht sein. Sie kannte diese Stimme. Das konnte nicht sein. Desturia blinzelte. Vor dem blauknisternden Mantel des Schildes konnte sie ihr Gesicht sehen. Blass und verwaschen, aber Desturia erkannte sie sofort. "Mutter?" Tränen schossen in Desturias Augen.

"Desturia, hör mir zu!"

Desturia streckte ihren linken Arm aus. Es fehlten nur wenige Zentimeter bis zum Rand des Schutzschildes, bis zum Gesicht ihrer Mutter, der warmen, weichen Haut und der Geborgenheit, den der Duft ihres zarten Parfüms in Desturias Kindheitstagen verströmt hatte. Desturia reckte sich. Wenige Zentimeter.

"Suche nach dem Bluttempel!" Das Gesicht verblasste.

Energie sprang vom blauen Rand des Schildes auf Desturias Handschuh über. Es knisterte. Funken tanzten an Desturias Arm entlang. Sie riss ihre Gedanken zusammen. "Wahnsinnig! Du wirst wahnsinnig!", schrie sie sich selbst an und erschauderte. Sie zog den Arm zurück. Ungläubig starrte sie auf ihre Hand. Der ganze Handschuh war verkohlt.

"Warnung!", erklang die Helm-KI, "leichter Schaden am Raumanzug. Druck noch stabil. Magnet an rechter Oberkörperextremität ausgefallen!"

"Rechter Oberkörperextremität, pah! Geschwollener geht's wirklich nicht!", blaffte Desturia und wackelte mit den Fingern ihrer rechten Hand. Scheinbar war keine Energie ins Innere gedrungen. Desturia hatte mehr Glück als Verstand gehabt.

Ein Frösteln lief ihr den Rücken hinunter. In ihren Ohren klang die Stimme ihrer Mutter nach: "Suche nach dem Bluttempel!"

Was sollte das sein? Irrsinn! Reine Phantasie! Der Hyperraum spielte Desturias Sinnen einen miserablen Streich.

"Zeit hier wegzukommen", flüsterte sie und hangelte sich entlang der Außenhülle in Richtung Einstiegsluke. Mit dem fehlenden Magneten der rechten Hand kein so leichtes Unterfangen, zumal an der Flanke des Schiffes nur ein sehr schmaler, sicherer Korridor zwischen Hülle und Energieschild zur Verfügung stand. Desturia presste sich ganz dicht an die Hülle. Leise knisternd leckte die Energie des Schildes nach ihrem Körper. Nur ein kleiner Fehltritt und es war aus. Desturia entdeckte die Luke. Sie war fast da. Ihr Atem pulsierte wild und ungleichmäßig. Schweiß trat auf ihre Stirn. Das Knistern der Energie schien immer lauter zu werden.

Endlich erreichte sie den geschlossenen Einstieg. Vorsichtig löste sie die kleine Abdeckplatte des Sicherungskastens neben der Luke. Die Platte entglitt ihren Händen und trieb weg vom Schiff. Heftige Funken umschwirrten das kleine Stück Metall und zerrissen es in Millionen Teilchen, noch bevor es den Malstrom des Hyperraumes erreichte.

Desturia zischte. Dann griff sie vorsichtig in das kleine Werkzeugfach an ihrem Gürtel und holte eine hydraulische Mehrzweckzange hervor. Vorsichtig

durchtrennte Desturia damit eine Reihe rotumman-
telter Kabel. Das sollte reichen, um keinen Alarm
auszulösen, wenn sie die Luke öffnete. Dann machte
sie sich an der manuellen Notentriegelung zu schaffen.

Sie brauchte weniger als eine Minute und die äußere Luke schnappte aus dem Schloss. Langsam
schob Desturia sie auf, kletterte hindurch und verriegelte die Schleuse wieder. Sie ging hinüber zum Kontrollpult der kleinen und engen Kammer. Sie nahm
ihren elektronischen Codeknacker aus ihrem Gürtel
und hatte sich in null Komma nichts in das Schiffssystem gehackt. Sie deaktivierte die Sicherung der inneren Luke, während sie zeitgleich den Druckausgleich
zum Inneren des Schiffes herstellte.

Als das Licht der kleinen Leuchte über der inneren
Schleuse von Rot auf Grün wechselte, zog sie ihren
Raumhelm aus und legte ihn auf das Kontrollpult.
Dann zog sie ihre Pistole und ging zur Tür, die sich
automatisch öffnete. Seltsam, der Korridor dahinter
war stockdunkel.

Desturia trat vorsichtig hinein in die Finsternis, ihre
Waffe im Anschlag.

Ein dumpfer Schmerz fuhr ihr durch den Hinterkopf und die Dunkelheit wurde perfekt. Ihr schlaffer
Körper ging geräuschlos zu Boden.

Kapitel 8

Ein zartes Licht versuchte die Dunkelheit zu verdrängen. Doch es gelang ihm nur langsam, die Klarheit zurück in Desturias Kopf zu bringen. Ihre Schultern fühlten sich unangenehm angespannt an. Leise Stimmen drangen in ihr Bewusstsein. Eine männliche und eine weibliche. Sie schienen zu streiten. Desturia schaffte es nicht die Augen zu öffnen und schwebte noch in einem Dämmerzustand zwischen Traum und Wirklichkeit. Die Stimmen verstummten. Das Zischen einer Tür war zu hören. Dann war es still.

Nach einer weiteren halben Ewigkeit verschwanden endlich die Schatten in ihrem Bewusstsein und sie schlug die Augen auf. Ihre Arme waren auf der Rückseite einer Stuhllehne zusammengebunden. Sie versuchte sich zu befreien. Wo war sie? Sie schaute sich um.

Sie befand sich in einer kleinen, spärlich eingerichteten Kabine. Ein kleiner Schreibtisch stand in ihrer Nähe und hinter ihr war eine scheinbar hastig aufgeräumte Schlafkoje zu sehen. Daneben stand ein breiter Metallspind, der sich mit seiner rostiggrünen Farbe von den kalten Metallwänden abhob. Eine kleine Truhe an der gegenüberliegenden Wand war darüber hinaus das einzige Möbelstück in dem Raum. Keine Bilder, keine Dekoration, nichts.

Die Tür öffnete sich. Desturia schaute auf. Der Schmuggler.

"Sie haben doch nicht wirklich geglaubt, unbemerkt aufs Schiff kommen zu können?" Er lächelte

süffisant und triumphierend. Dann kam er in den
Raum und die Tür schloss sich wieder.

Desturia funkelte ihn an und schwieg.

Der Schmuggler ging um sie herum und setzte sich
hinter den Schreibtisch. Er griff zu Desturias Pistole,
die dort lag. Er ließ den Lauf der Waffe einmal durch
den ganzen Raum wandern und zielte dann auf
Desturia.

"Peng!", lachte er auf. "Ziemlich antiquierte Waffe
haben Sie da." Er drehte die Waffe verspielt in den
Händen. Das Magazin hatte er bereits vorher entfernt.

Desturia schwieg noch immer.

Jim Corrin legte die Waffe zurück auf den Schreibtisch und taxierte die blonde Frau auf dem Stuhl.
"Wer sind Sie?" Er blickte in ihre tiefblauen Augen.
"Oder besser gesagt, was sind Sie?" Jim strich sich mit
den Fingern über seine Zähne.

Desturia verstand, blieb aber weiterhin stumm. Sie
wog ihre Optionen ab. Viele Möglichkeiten blieben
ihr wohl nicht. Sie schaute dem Schmuggler tief in die
Augen, während sie versuchte ihre gefesselten Hände
zu bewegen.

"Sie wollen nicht reden? Nein?" Jim beugte sich
vor. "Wäre aber besser. Sonst lasse ich Sie mal mit
Rachel alleine in der Luftschleuse, Blondie".

Desturia fauchte ihn an. "Das könnte einen Hei-
denspaß geben", spuckte sie verächtlich aus.

Jim machte eine bedächtige Pause. Dann hellten
sich seine Gesichtszüge ein wenig auf. "Wir sollten
wirklich zivilisierter miteinander umgehen." Er lehnte
sich zurück. "Ich mache mal den Anfang. Jim Corrin,

aber das wissen Sie ja schon." Er streckte die rechte Hand aus. "Ich Dummerchen, Sie sind ja gefesselt." Er grinste und zog die Hand zurück.

"Ist mir ja noch gar nicht aufgefallen." Desturia legte den Kopf schief und setzte eine ironische Grimasse auf. Ihre linke Hand bewegte sich ein kleines Stück.

"Also, wie war noch mal Ihr Name, sagten Sie?"

Desturia schüttelte den Kopf. "Ich sagte gar nichts."

"Okay, Blondie", sagte Jim betont langsam. Er stand auf, ging um den Schreibtisch herum und setzte sich vor Desturia auf die Tischplatte. "Also, was sind Sie?" Jim tippte mit dem Zeigefinger auf einen seiner Eckzähne. "Sie haben da ja ganz schöne Hauerchen in Ihrem Mund."

"Ich kann Ihnen diese Hauerchen mal vorstellen, wenn Sie etwas näher kommen." Desturias Augen verengten sich zu Schlitzen.

"Danke." Jim hob abwehrend die Hände. "Nicht nötig."

Ein Moment der Stille kehrte ein, in denen sich beide gegenseitig beäugten. Es war ruhig. Zu ruhig. Keine Motorengeräusche. Scheinbar schwebte das Schiff bewegungslos im All.

Es war Desturia, die als erstes das Schweigen durchbrach: "Wir stehen?"

"Genau. Und zwar so lange, bis ich weiß, was hier läuft." Jim tippte mit dem linken Zeigefinger auf seine Lippen. "Oder zumindest so lange, bis Sie von Bord sind." Er schaute verträumt drein. "Zumindest, wenn es nach Rachel geht."

Desturia schnaubte.

"Wissen Sie, meine Partnerin ist ein wenig aber-
gläubisch." Jim lachte auf. "Meinte doch wirklich, Sie
seien eine Art Schattenwandler." Jim klopfte sich mit
der Rechten auf den Schenkel.

Die Fesseln um Desturias Handgelenke lockerten
sich weiter.

"Also ehrlich. Sehr komisch. Dann bin ich Polly das
sprechende Einhorn."

Irgendetwas in Desturias Augen ließ ihm das Lachen im Hals stecken bleiben.

"Nein, nein, das ist ein Scherz, oder? Wenn es ü-
berhaupt jemals so etwas gegeben haben sollte ...
Also ich meine, das sind doch ... Schattenwandler,
eine Gute-Nacht-Geschichte für Kinder. Bestenfalls
ein Hirngespinst der Inquisition."

"Gute-Nacht-Geschichte! Pah! Hirngespinst! Hah!
Ich habe meine Eltern bei lebendigem Leib brennen
gesehen! Eine schöne Gute-Nacht-Geschichte!"

Jim wirkte sichtlich betroffen. Er schluckte. "Tut
mir leid." Er stand auf und ging einen Schritt auf
Desturia zu. Ungläubig musterte er ihr blasses, schönes Gesicht.

Desturia fauchte und ihre Fangzähne kamen zum
Vorschein.

Jim machte einen Satz zurück. "Also gut. Also gut.
Sagen wir mal, Sie sind wirklich eine Schattenwandlerin. Dann sind Sie also ein, bei Sonnenlicht verbren-
nendes, Blut trinkendes Wesen, das sich hier meines
Schiffes bemächtigen wollte, um was zu tun?"

"Bei Sonnenlicht verbrennen? Sie sind ja ein richti-
ger Experte für Schattenwandler. Was kommt als

Nächstes? Die Frage, ob man uns nur mit silbernen Kugeln töten kann?"

Ein fast unmerkliches Zucken in Jims Augen verriet ihr, dass er genau das fragen wollte.

Genervt schnaubte sie aus und schüttelte resigniert den Kopf. "Ich brauchte eine Möglichkeit, um von Sadonia zu entkommen. Bei meinem letzten Auftrag ist so ziemlich alles schief gelaufen. Ich wurde entdeckt und mein Schiff, beim Versuch zu entkommen, abgeschossen."

"Auftrag? Was für ein Auftrag? Und von wem?"

"Das geht Sie einen feuchten Dreck an!"

"Hm." Jim legte die Stirn in Falten. "Aber das erklärt so Einiges."

Desturia schaute ihn fragend an.

"Zum Beispiel den Abfangkreuzer im Orbit von Sadonia. Er war wegen Ihnen dort."

Desturia nickte zaghaft. Ihre linke Hand schlüpfte aus den Fesseln.

"Und den Kurs, der uns gefährlich nahe an Ghontas Grab heranbringt."

Wieder nickte sie. "Und wie bringen wir es jetzt zu Ende?"

"Zu Ende?" Jim klang deutlich überrascht.

"Verpassen Sie mir jetzt eine Ihrer silbernen Kugeln oder werfen Sie mich einfach aus der Luftschleuse?", fragte sie mit bissigem Unterton.

"Das kommt ganz drauf an." Jim trat zu ihr heran und schaute ihr ins Gesicht.

Das war ihre Chance. Blitzschnell lösten sich ihre Hände vom Rücken. Sie packte den Schmuggler und riss ihn herum. Ihre spitzen Zähne berührten sanft seinen Hals.

Jims Atem stockte. Die Zähne des blonden Monsters stachen in die obere Schicht seiner Haut. Aber worauf wartete dieser Teufel? Warum biss er nicht zu? Brachte es endlich zu Ende?

Desturia löste den harten Griff, in dem sie Jim hielt, ein wenig und hob den Kopf. "Jetzt mache ich mal den Anfang", sagte sie, "den Anfang für eine geschäftliche Vertrauensbasis." Sie ließ Jim los.

Die Panik im Nacken, taumelte Jim ein paar Schritte von ihr fort und blieb vor der Tür stehen. Er hob seinen rechten Arm und strich mit der Hand über seinen Hals. Aus großen Augen schaute er den blonden Teufel an.

"Ich habe eine Passage gebucht und Sie werden mich hinbringen. Geschäft ist Geschäft."

Jim war irritiert. Mehr als irritiert. Die Situation war ihm vollends entglitten und er wusste nicht was er tun sollte.

"Also, was sagen Sie?" Langsam stand Desturia auf und ging auf Jim zu.

Er war nicht in der Lage sich zu bewegen. Starr beobachtete er Desturia, die immer näher kam.

"Oder sind Sie nicht mehr an unserem Deal interessiert?" Desturia strich mit den Fingern ihrer rechten Hand über Jims Wange, während sie ihn ganz langsam umrundete. "Das wäre wirklich schade."

Jim musste sich entscheiden. Und zwar schnell. Und die einzige Möglichkeit, die er sah, um hier lebend rauszukommen ...

"Gut, ich bringe Sie hin. Aber ich lasse Sie nicht frei im Schiff herumlaufen. Sie können diese Kabine nutzen, als Gast." Seine Stimme zitterte, während er seinen ausgestreckten Arm einmal durch die Kabine wandern ließ.

Desturia hatte ihre kleine Runde um Jim beendet und blickte ihm ins Gesicht. "Einverstanden. Aber keine Tricks!"

Abwehrend hob Jim die Hände und ging zum Schreibtisch. Er nahm Desturias Pistole. "Die verwahre ich so lange für Sie auf."

"Machen Sie sich keine Umstände." Desturia war bereits bei ihm und nahm ihm die Pistole aus der Hand. "Ich verwahre sie lieber selbst."

"Also gut, Vertrauen." Er ging zurück zur Tür. Leise zischend öffnete sie sich. Jim blieb im Rahmen stehen. "Ghontas Grab ist aber nicht das eigentliche Ziel, oder?"

"Nein."

Jim nickte wissend. "Wohin springen wir von dort?"

"Das weiß ich nicht." Desturia schaute ihn an. "Von dort muss ich erst Kontakt zu meinem Partner aufnehmen."

"Schon klar."

"Ach übrigens."

Jim hielt inne.

"Mein Name ist Desturia." Sie lächelte kokett.

"Desturia", wiederholte Jim langsam. Dann verließ er den Raum, schloss die Tür und verriegelte sie. Während er sich mit dem Rücken gegen sie lehnte, prustete er laut durch. "Verdammte Scheiße, Jim", dachte er. Dann ging er zurück ins Cockpit.

Rachel erwartete ihn bereits mit vorwurfsvoller Mine. "Wir sollten diese Schlampe über Bord werfen!"

"Und den Rest des Geldes abschreiben?" Jim hatte sich auf dem kurzen Weg ins Cockpit dazu entschlossen, Rachel nichts von dem kleinen Vorfall zu erzählen.

"Tu nicht so, als ginge es dir nur um das Geld!"

"Was meinst du?"

"Ich hab doch gesehen, wie du diese Kreatur angestarrt hast."

"Quatsch!"

"Wirklich?" Rachel schüttelte den Kopf. "Mach dir ruhig was vor. Bei euch Menschen steckt das Hirn doch wirklich ein paar Etagen tiefer."

Jim schaute sie wütend an. Doch er blieb stumm.

Rachel winkte ab und schaute starr nach vorn. "Die Koordinaten sind noch im Navcomputer." Ihre eiskalte Silhouette verschwamm mit dem Sternenmeer. Rachel wirkte gekränkt. So hatte Jim sie noch nie erlebt. Er betätigte wortlos den Sprungknopf, ohne den Blick von Rachel abzuwenden.

Knisternde Energieströme umschlossen die Dark Lady und in Sekundenbruchteilen verschwand sie in einem Blitz aus Licht. Dunkelheit blieb zurück. Einsame, kalte Dunkelheit, inmitten des endlosen Meeres von Sternen.

Kapitel 9

Tanzen. Tanzen bis zum Tod. Das war die unausweichliche Bestimmung. Wie ein wildzappelnder Technofreak auf Drogen kreiselte der auf- und ableuchtende Pulsar über die Tanzfläche des Todes, wobei er seine zerstörerischen Gammastrahlen mit zuckenden Blitzen in die Weiten des Alls jagte. Jim Corrin zuckte jedes Mal in sich zusammen, wenn eine weitere Ladung prasselnd über ihre Schutzschilde dahin fegte. Besorgt beäugte er das Zentrum dieses Tanzes. Das Licht selbst krümmte und verbog sich, als würde man durch den Boden eines Glases schauen. Im Zentrum dieses unheimlichen Schauspiels war die absolute und perfekte Dunkelheit. Kein Lichtstrahl entkam dieser Schwärze. Dieser dichten und kompakten Schwärze. Seine Blicke verloren sich. Als würden sie selbst aufgesaugt von der unheimlichen Bestie, die dort hinter dem Ereignishorizont auf sie lauerte und die den zwanzig Kilometer großen Tanzpulsar, der sich mit zweihundert Umdrehungen pro Sekunde um die eigene Achse drehte, allmählich an sich heranzog, um ihn in einigen tausend Jahren, mit einem gigantischen Knall, zu verschlingen.

"Ghontas Grab." Rachel stand gebeugt hinter ihm und legte ihre Hände auf die Lehne seines Stuhls. Ihr synthetisches schwarzes Haar kribbelte in seinem Nacken.

"Hoffen wir, dass es nicht auch unseres wird." Jim atmete den sanften Duft von Rachels künstlicher

Haut und spürte die Nähe ihres Körpers an seinem Hinterkopf. "Ich hasse Schwarze Löcher."

Rachel klopfte auf die Lehne und schwang sich in ihren eigenen Sitz. "Und ich hasse es, blind und taub im Raum zu schweben." Sie schnippte mit dem Zeigefinger auf die toten Überwachungskonsolen. Die immense Strahlung hier draußen blockierte sämtliche externen Systeme. "Der perfekte Ort für einen Hinterhalt." Sie schaute Jim eindringlich an.

Unsicher nickte er und stand auf. "Dann hole ich mal unseren Gast."

Rachel schnaubte und verengte leicht die Augen. "Gast", zischte sie.

Jim trat in den schmalen, weißen Korridor und ging zielstrebig zu Desturias Kabinentür. Oder besser gesagt ... Zellentür. Seit dem Beginn ihrer Reise hatte er es vermieden, sie frei im Schiff herumlaufen zu lassen. Wenn es nach Rachel gegangen wäre, hätte Desturia sehr wohl ihre Zelle verlassen dürfen und zwar durch die Luftschleuse schnurstracks hinaus in den Weltraum.

Jim entriegelte die Tür und trat ein. Das Rauschen von Wasser drang in seine Ohren. Die schmale Tür zur Nasszelle der Kabine stand offen und gab den Blick frei auf den wohlgeformten, schlanken Körper, der unter der Dusche stand. Das lange, blonde Haar klebte nass an Desturias kreidebleichen Rücken. Das Wasser floss in Strömen an ihr hinunter, über ihren Po und an den langen Beinen entlang. An ihrer Hüfte prangte eine kaum noch zu erkennende Brandnarbe.

Jim stockte und sein Kiefer klappte nach unten.

"Haben Sie noch nie eine nackte Frau gesehen, Captain?" Desturias Stimme klang verführerisch süß, inmitten des prasselnden Wassers. Sie drehte den Kopf leicht und lächelte lasziv in seine Richtung. Dann drehte sie das Wasser ab. "Wären Sie so freundlich und reichen mir das Handtuch?"

Jim räusperte sich verlegen. "Äh ... ja, natürlich." Zaghaft und unsicher ging er zu dem kleinen Badezimmer hinüber und griff nach dem Handtuch, welches neben der Duschkabine fein säuberlich am Handtuchhaken hing. "Bitte sehr."

Verlegen versuchte er den Blick abzuwenden, als Desturia splitterfasernackt und pudelnass vor ihm stand.

"Danke, Captain." Sie nahm das Handtuch und wickelte es um ihren Körper. Die offenen Haare ließ sie nass herunterhängen. "Einen Föhn haben Sie auch?"

"Föhn?"

"Föhn. Für die Haare." Sie kicherte.

"Ja, natürlich, Föhn. Äh ... nein, hab ich nicht", stammelte er.

Wortlos löste Desturia wieder das Handtuch, um damit ihre Haare zu trocknen.

Jim drehte sich halb fluchtartig um. "Ich warte dann draußen, bis Sie fertig sind." Jim zog die schmale Tür hinter sich zu und prustete leise durch. Dann ging er zum Schreibtisch und setzte sich.

Teufel auch eins, war das ein Weib. Gedankenverloren träumte er vor sich hin. Dieser Körper. Dieser makellose Körper. Aber, was war bloß mit ihm los? Sonst war er doch auch nicht so ein Schisser, wenn es um Frauen ging. Wieso benahm er sich gerade wie ein pubertierender Schuljunge?

Er sollte jetzt da reingehen und sich nehmen, was ihm für diese Passage zustand. Sie wollte es doch auch. Dieser Blick, diese Provokation. Er war der Mann. Er war das Alphatier!

Die schmale Tür öffnete sich. Wie Gott sie schuf ... oder eher gesagt, wie der Teufel sie schuf, trat Desturia aus dem Bad und ging hinüber zu der Schlafkoje, auf der ihre fein säuberlich gestapelte schwarze Kleidung lag.

Das Alphatier war weg. Es machte wieder Platz für den unsicheren, kleinen Jungen, der verlegen seinen Blick zur Decke lenkte.

"Ähm, ja, wir sind am Ziel."

Desturia schaute ihn keck lächelnd an, während sie ihren Schlüpfer langsam über ihre langen Beine nach oben gleiten ließ. "Das ist gut." Ein kleiner Hops und die Hose saß am rechten Fleck. Dann drehte sie sich um und legte nach und nach den Rest ihrer Kleidung an.

Das leise Rascheln war das Einzige, was Jim in der halben Ewigkeit hörte, in der die, ihm peinlich vorkommende, Stille den Raum flutete. Nach und nach verschwand die blasse Haut, die Jim so sehr zu begehren schien, unter dem düsteren und geheimnisvollen Schwarz von Desturias eng anliegender Kleidung. Das langsame Schnurren der Reißverschlüsse an ihren Stiefeln war die letzte Etappe dieses Antistriptease, welcher Jim fast den Verstand raubte.

Grazil, wie ein Model auf dem Laufsteg, kam sie zum Schreibtisch herüber und setzte sich provokant auf die Tischplatte. Ihre langen, blonden Haare waren noch feucht und glitzerten leicht im hellen Licht der Deckenbeleuchtung. Ihre tiefblauen Augen funkelten ihn strahlend an.

Jim sah an ihren himmlisch verführerischen Lippen ganz dezent ihre spitzen und tödlichen Reißzähne abgemalt. Was für eine Kombination. Die pure Lust und der endgültige Tod in einer Person.

"Also, wie geht's jetzt weiter?"

Desturia lächelte schief und fuhr ihm mit dem rechten Zeigefinger sanft über die linke Wange.

"Sie sollten sich mal rasieren." Sie sprang auf und setzte sich auf den Besucherstuhl auf der anderen Tischseite. Ihr Blick wirkte auf einmal gelangweilt und desinteressiert.

Jim empfand schlagartig ein Gefühl von ... Enttäuschung? Ärger? Eine verpasste Chance? Oder war es einfach nur der Gedanke daran, dass sie ein Spiel mit ihm zu spielen schien.

Er sammelte sich. "Jetzt im Ernst." Er versuchte eine finstere Mine aufzusetzen, was ihm nur annähernd gelang. "Wir sind an den Zielkoordinaten angekommen und schweben blind und taub im Raum. Wenn das ein Trick sein soll, lasse ich Sie von Rachel in tausend Stücke reißen und dem Schlund von Ghontas Grab zum Fraß vorwerfen!" Donnernd schlug seine Faust auf die Tischplatte.

"Captain." Desturia grinste amüsiert und hob die Hände, mit den Handflächen nach vorn, als würde sie überlegen, ob sie sich ergeben sollte oder nicht.

Jim schaute sie fest an. Er hatte seine Entschlossenheit wiedergefunden.

Desturia lehnte sich im Stuhl zurück, schloss für eine Sekunden die Augen und klatschte dann die Handflächen zusammen. "Wir nehmen Kontakt auf."

"Kontakt aufnehmen. Hier draußen. Mit wem? Und wie?"

"Wissen Sie Captain, ich bin ein vorsichtiges Mädchen." Sie strich sich mit der rechten Hand mehrfach über den linken Oberarm. "Vor meiner Reise nach Epidon ..." Sie machte eine gewichtige Pause "... habe ich eine Hyperraumkommdrohne hier platziert. Die Drohne muss hier ganz in der Nähe sein. Wir schicken sie zur Kontaktaufnahme mit meinem Mittelsmann los und in ein bis zwei Stunden dürfte sie dann mit den endgültigen Treffpunktkoordinaten zurück sein. Reine Vorsichtsmaßnahme, dass ich nie weiß, wo er sich aufhält. Sie wissen ja, in unserem Geschäft ..." Sie schaute geistesabwesend drein. Dann schüttelte sie den Kopf. "Tja irgendwann ist immer das erste Mal."

"Bitte?"

Sie lachte verlegen. "Nun, das ist in der Tat das erste Mal, dass ich in der Scheiße sitze. Ich habe bisher noch nie mein Schiff verloren ..."

"Ach! Und da dachten Sie sich, was soll's, nehme ich mir halt das Schiff von diesem trotteligen Schmuggler!" Jims Gesicht nahm eine ganz dezente Rottönung an. "Und wenn ich gleich dabei bin, könnte ich ihm doch auch gleich das Blut aussaugen!"

"Das hatte ich nicht vor!" Desturia stand auf, setzte sich aber direkt wieder. "Ja gut, zuerst." Sie schaute verlegen zur Seite. "Zuerst ja. Aber ..."

"Aber was?!"

"Aber ich hab's mir anders überlegt. Ich wollte Sie nicht töten. Ich hätte Sie auf einer bewohnten Welt abgesetzt ..."

"Bla bla." Jim formte mit seiner rechten Hand ein plapperndes Krokodilmaul. Er gewann so langsam die Oberhand.

Desturias Reißzähne funkelten dezent hervor. Ihre Augen verengten sich zu Schlitzen. Sie ballte die Fäuste. Atmete tief durch ... und zwang sich zur Ruhe. "Ich verstehe Ihren Ärger", presste sie zwischen den Zähnen hervor. "Ich an Ihrer Stelle würde vermutlich nicht zögern, mich aus der Luftschleuse zu befördern."

"Dann danken Sie ihrem Schöpfer, dass ich nicht Sie bin!" Jim schnaubte.

Da war sie wieder. Stille. Die beiden schauten sich lange an, ohne auch nur den kleinsten Mucks von sich zu geben.

Zischend öffnete sich die Kabinentür.

"Also?" Mit fordernder Körperhaltung stand Rachel im Türrahmen.

"Wir nehmen Kontakt auf", sagte Jim zu ihr und stand auf. Er schaute zu Desturia. "Kommen Sie!" Dann drehte er sich um und drückte sich an Rachel vorbei, hinaus in Richtung Cockpit.

Desturia erhob sich und folgte ihm. Als sie an Rachel vorbeiging, schauten sich die beiden Frauen hasserfüllt in die Augen.

Kapitel 10

Der edle Klang klassischer Musik schwang durch den pompösen Festsaal. Das Stimmgewirr der gutbetuchten, im Renaissancestil gekleideten Gäste, mit ihren weißgepuderten Perücken, die in langsamen Bewegungen über das Parkett tanzten, fügte sich rhythmisch in die Melodie ein. Die glitzernden Kronleuchter, die von der hohen Decke herunterhingen, erhellten jeden Winkel mit ihren brennenden Kerzen und brachten die teuren, goldumrandeten Fresken an Wänden und Decken zum Funkeln. Prachtvolle Wimpel hingen von der Balustrade des Raumes herab. Die Wand gegenüber der, von zinnsoldatengleichen Wächtern flankierten, hölzernen Eingangstür beherbergte ein gigantisches Panoramafenster. Dieses gab den Blick auf einen kristallklaren See frei, der inmitten einer sattgrünen Landschaft friedlich vor sich hin schlummerte. Hinter dem See erhob sich ein mittelgroßes Bergmassiv mit schneebedeckten Gipfeln. Auf einem Podest vor dem Fenster stand eine festlich gedeckte Tafel, an der nur ein einziger Mann saß. Er wirkte eigenartig fehl am Platz. Der dreißig Jahre alte Rotschopf hatte ein für sein Alter ziemlich verlebt aussehendes Gesicht. Seine giftgrünen Augen stachen unter seinem tief in die Stirn fallenden Pony hervor, wie die Signalanlagen eines transkontinentalen Zuges. Ein seltsam glitzerndes, weißes Puder bedeckte die Flügel seiner schmalen Nase und ein schiefes Grinsen lief fast von einem Ohr zum anderen. Er trug eine abgewetzte Jeanshose, ein weißes Shirt und Badelatschen.

Vor sich auf dem Tisch waren drei parallel laufende Linien aus Kontraniatpulver angerichtet. Eine sehr beliebte und kostspielige Droge in diesem Teil der Galaxie. Alleine der Besitz dieser Substanz stand seit kurzer Zeit unter Todesstrafe. Der Mann beugte sich mit dem Gesicht hinunter zum Tisch und schniefte durch ein kleines Röhrchen eine weitere Linie des Pulvers auf.

Als er sich wieder zurücklehnte, atmete er tief und befriedigt ein und aus. "Tanzt ihr Hunde! Tanzt für mich!" Er ging über in ein hysterisches Kichern und schlug sich vor Lachen auf die Schenkel. Seine Augen röteten sich und wurden feucht. "Tanzt! Tanzt!"

Ein seltsames Klingeln durchbrach die Musik und brachte den bunten Reigen unter ihm zum Stocken. Das Schellen eines antiquierten Telefons.

Der Mann hob die Hand.

Schlagartig erstarrte der Raum zu völliger Bewegungslosigkeit. Der See hinter dem Fenster wich dem gigantischen Gesicht einer kandoranischen Frau.

Die schmalen blauen Gesichtszüge waren frei von jeglicher emotionalen Mimik. Zwei kleine, knorpelige Auswüchse stachen wie Empfangsantennen aus der prachtvollen, türkisen Haarmähne hervor.

"Was!?", fauchte der Mann sie an.

"Entschuldigen Sie die Störung, Herr de Jong." Die schwarzen Augen der Frau blieben ruhig und gelassen. "Wir haben soeben eine dringende Nachricht erhalten."

Corvin de Jong funkelte sie an. "Von wem?"

"Desturia."

Für eine Millisekunde schaute er irritiert aus der Wäsche. "Auf den Schirm!", befahl er, während er kurz mit der linken Hand in der Luft wirbelte.

Die Projektion des Ballsaals und seiner Gäste starb in Sekundenbruchteilen. Zurück blieb nur ein grauer, steriler und quadratischer Raum an dessen Wand das überdimensionale Gesicht der blauhäutigen Frau, vor dem mit Rauschgift zugedröhnten Corvin de Jong schwebte.

Statisches Rauschen verzerrte ihr Gesicht, dann verschwand es.

Einen Moment später blickte de Jong in die tiefblauen und wütend dreinschauenden Augen von Desturia.

"Wo hast du mich da reingejagt, du Dreckskerl?!"

Das liebte Corvin an ihr. Sie nahm kein Blatt vor den Mund. Corvin legte den Kopf schief. Eigenartig, der Hintergrund passte so gar nicht zu dem, wie er Desturias Schiff in Erinnerung hatte. War das Zeug das er schniefte so gut?

"Um es kurz zu halten; der Auftrag war für'n Arsch. Mein Schiff ist zum Teufel und wir zwei haben noch ein Hühnchen zu rupfen. Schick mir deine verdammten Koordinaten mit der Drohne!"

Ihr teuflisch süßes Gesicht verschwand wieder.

Corvin fuhr sich mit beiden Händen durch die Haare. Klare Gedanken, er brauchte jetzt klare Gedanken.

"Herr de Jong?"

Corvin stand auf, hüpfte von dem kleinen Podest hinab in den leeren Raum und verharrte in völliger Starre.

"Herr de Jong?" Die Stimme der Kandorani klang ruhig und gleichmäßig.

Corvin drehte sich zum Bildschirm um und verschränkte die Arme auf dem Rücken.

"Soll ich die Drohne mit den Daten füttern?"

Bedächtig nickte Corvin. "Aber warten Sie!" Er streckte den rechten Arm in die Richtung der Kandorani aus und wackelte mit den Fingern.

Geduldig wartete die Frau auf weitere Anweisungen, während Corvins Hirn scheinbar eine kleine Talfahrt auf dem eingeschnieften Schneehügel machte.

Ein Grinsen zauberte sich in sein Gesicht. "Schicken Sie zwei Drohnen!"

"Sehr wohl." Die Kandorani nickte wissend und beendete die Verbindung.

"Sichtschirm!", befahl Corvin, "Außenansicht!"

Die Wand, die eben noch das blaue Gesicht der Kandorani gezeigt hatte, bot jetzt einen atemberaubenden Ausblick über den umliegenden Weltraum. Corvins kleines Trägerschiff, ein ausgemustertes bortkanisches Kriegsschiff der Defalia Klasse, schwebte inmitten der Trümmer eines ehemaligen Mondes. Die Gravitation seines eigenen Planeten hatte ihn vor wenigen Jahren auseinandergerissen, wie ein wild gewordener Hund eine Strohpuppe zerfetzt hätte. Die Anziehungskräfte der übrigen fünf Monde sorgten dafür, dass die Trümmerwolke jedoch konstant beisammen blieb. Corvin mochte diesen wilden, grünschimmernden Gasriesen und kam öfter her, als es für die Sicherheit seines Geschäftes gut war. Eines Tages würden sie ihm hier auflauern. Aber sollten sie nur. Der gute de Jong hatte noch ein paar Tricks auf

Lager und seit Neuestem ein paar sehr gute Freunde. Gedankenverloren streichelte Corvin den Planeten mit seinen Blicken. Die kreiselnden Wolken schimmerten in allen Blau- und Grüntönen und rasten parallel zum Äquator, in immerwährender Hatz.

"Tanzt ihr Hunde! Tanzt für mich!" Wie ein Irrer klatschte er in die Hände und drehte sich inmitten des wiedererwachten Reigens im Kreis.

Lautlos näherte sich der Raumgleiter der schmalen Andockbucht. Das digitale Leuchtfeuer entlang der Einflugschneise flackerte leicht und vermittelte den Eindruck, dass es hinein in die schützende Sicherheit der Bucht floss. Der Asteroid, auf dem sich die kleine Bergbaustation befand, nahm bereits den gesamten Sichtbereich der Pilotin ein. Desturia kontrollierte noch einmal die Annäherungsgeschwindigkeit. Alles im grünen Bereich.

"Endlich wieder daheim", flüsterte sie. Die Jagd war vorbei. Vorbei und erfolgreich.

Der Lautsprecher der Kommanlage knisterte. Der immerwährende Sonnensturm des Zentralgestirns, eines Blauen Riesen, erschwerte mit seiner immensen Röntgenstrahlung Kommunikation und Ortung. Das perfekte Versteck.

Durch das entsetzliche Rauschen klang eine vertraute Stimme, die sie schon zu lange nicht mehr gehört hatte. "Desturia, Schätzchen, willkommen daheim."

"Ich habe dich vermisst." Desturia konzentrierte sich auf das Andockmanöver. Dem Autopiloten vertraute sie bei den höllischen Verhältnissen da draußen nicht.

Ihr Gleiter passierte das Energiefeld, welches das Innere des Hangars vor dem tödlichen Vakuum des Weltraums abschirmte. Das Innere der schmalen Andockbucht war nur spärlich beleuchtet, was die Tatsache aber nicht vertuschen konnte, dass Zeit und Abnutzung hier schon ihre vollen Dienste geleistet hatten. Desturia fixierte eine der beiden freien Landeplattformen und steuerte den Gleiter langsam dorthin. Auf der dritten Plattform stand ein kleiner Reparaturgleiter, der für Außeneinsätze in der Nähe des Asteroiden taugte und nicht hyperraumfähig war. Auch dieser Einmanngleiter schien geradewegs aus dem Museum zu stammen.

Sanft setzten die Landefüße ihres Gleiters auf dem schmutzigen Stahl der Plattform auf. Desturia deaktivierte die Triebwerke und arretierte die Halteklammern am Boden. Dann schwang sie sich aus dem Sitz und ging zur Ausstiegsluke. Sie sprang förmlich die Leiter hinunter und ihre schwarzen Lederstiefel schlugen lauthallend auf dem Boden auf. Sie strich sich über ihre hautenge schwarze Pilotenkombi und holte tief Luft. Wie hatte sie diesen Geruch nach Öl, Rost und Abgasen vermisst. Diesen einzigartigen Mix, den sie nur mit ihrem zu Hause verband und mit dem einzigen Menschen, dem sie vertrauen konnte.

Das Schleusentor am Ende des Hangars öffnete sich schwerfällig.

Desturias sonst so kühles Gesicht begann zu strahlen. "Onkel Ove!" Mit weit ausgebreiteten Armen lief sie auf den alten, gebrechlichen Mann zu. Sein lichtes Haar war schneeweiß. Das faltige und ausgegerbte Gesicht wirkte müde und schlaff. Aber in den klaren grünen Augen brannte immer noch das Feuer seiner Jugend. Er umarmte Desturia mit seinen starken Händen. Jenen Händen, die sie damals fortzogen. Fortzogen und ihr das Leben retteten, als ihre Eltern brannten.

"Desturia."
Seltsam. Die Welt wackelte. War das ein Erdbeben?
"Desturia! Wachen Sie auf!"
Das war die Stimme des Schmugglers. Wie kam er hier ...
Desturia öffnete die verklebten Augen. Sie lag in der Koje ihrer "Kabine" und schaute in Corrins Gesicht, der am Rand ihres Bettes saß und sie an der Schulter rüttelte.
"Na endlich." Er lächelte freundlich. "Die Drohne ist zurück. Rachel fischt sie gerade auf."
"Wie lange hab ich ..." Desturia streckte sich. Das Leder ihrer hautengen Montur knirschte. Sie hatte nur Mantel und Stiefel abgelegt, da sie eigentlich nicht vorgehabt hatte zu schlafen. Nur fünf Minuten ausruhen, mehr nicht. Fünf Minuten.
"Fast zwölf Stunden." Er stand auf. "Ich dachte schon Sie seien im Winterschlaf." Er machte eine

Geste, als sei er ein artkonischer Bär, der sich zur Ruhe legen wollte.

"Totenschlaf."

Jim sah sie irritiert an. "Was?"

"Totenschlaf. Wenn es das war, was Sie meinten."

"Eigentlich wollte ich nur einen Scherz machen." War ja mal so gar nicht angekommen.

"Aha." Desturia stand auf. "Hab wohl die Stelle verpasst, wo ich lachen sollte."

"Scheinbar." Er ging einen Schritt zur Seite.

Desturia fingerte aus ihrer Gürteltasche ein schwarzes Haargummi heraus und band sich das strubbelige Haar zu einem provisorischen Pferdeschwanz. Dann rieb sie sich kurz über die verschlafenen blauen Augen. Jim spürte einen heftigen Impuls ihr irgendetwas zu sagen. Etwas beeindruckendes, betörendes, männliches. Doch er brachte nichts zustande, außer einem undefinierbaren Brummen.

"Was meinen Sie?" Desturia hatte sich aufs Bett gesetzt, um ihre Stiefel anzuziehen und würdigte ihn keines Blickes.

"Nichts." Jim räusperte sich und machte einen Schritt in Richtung Tür. "Wenn Sie soweit sind", sagte er und blieb wieder stehen, "wir gehen am besten direkt in den Laderaum."

"Ist gut." Desturia war bereits in ihren zweiten Stiefel geschlüpft und hatte ihn geschlossen. Dann stand sie auf und kam auf ihn zu. Den Mantel ließ sie auf dem Bett zurück.

Jims Augen wanderten an den aufregenden Kurven ihres Körpers entlang.

"Hier oben, Captain!" Sie lächelte ihn verführerisch und eiskalt an. Dann bedeckte sie gespielt pikiert ihre Brüste mit den Händen. "Wo schauen Sie denn hin?", fragte sie kokett.

"Tschuldigung." Jims Gesicht musste die Farbe eines Feuerwehrautos haben. Am liebsten wäre er jetzt im Boden versunken, oder noch besser, in den Schlund von Ghontas Grab gestürzt. Eilig legte er den restlichen Weg zur offenen Tür zurück. "Ähm, hier lang." Er bog rechts in den Gang.

Desturia folgte ihm. Hinter ihr schloss sich die Tür zischend. Sie überlegte noch eine kleine Spitze nachzulegen, aber noch bevor sie dazu kam, setzte Jim bereits zu einer Frage an: "Dieser Totenschlaf", er schaute zu ihr, während er langsam weiterging, "also, ich meine, was ist das genau?"

"Eine uralte Technik meines Volkes." Ein seltsamer Glanz legte sich in Desturias Augen. "Ein Schlaf, so nah am Tod, dass der Körper ohne Sauerstoff und Nahrung mehrere Jahrhunderte überdauern kann."

Jim stieß einen erstaunten Pfiff aus.

"Sie wird von Generation zu Generation weitergelehrt." Das Glitzern in Desturias Augen verstärkte sich. "In einer feierlichen Zeremonie offenbart der Vater das letzte Geheimnis zur ..."

War das eine Träne, die ihr aus dem Auge lief?

Desturia wischte sich mit dem Handrücken über die Wange. Die abgeklärte Kälte und Gelassenheit war zurück in ihrem Gesicht. Doch sie schwieg den Rest des kurzen Weges.

"Da wären wir." Jim betätigte eine Kontrolltafel neben dem Schott am Ende des Ganges. Als er den

Sicherheitscode zum Öffnen der Tür eingegeben hatte, teilte sie sich in der Mitte und glitt zu beiden Seiten in die Wand.

Desturia schaute gebannt auf die flimmernde Energiebarriere, die sie vom Inneren des Laderaumes trennte.

"Das ist der neueste Schrei", platzte es aus Jim heraus, während er durch das Kraftfeld schritt und augenblicklich aus Desturias Sichtfeld verschwand.

Desturia berührte die schwarze Energiewand zaghaft mit dem rechten Zeigefinger. "Faszinierend." Von der neuartigen Technik des Raumdehnens hatte sie schon gehört, aber dass sich der Schmuggler eine solch kostspielige Spielerei leisten konnte. Desturia schaute gebannt auf die Oberfläche, die sich kräuselte, wie ein pechschwarzer See aus flüssigem Teer.

Plötzlich veränderte sich die Oberfläche. Desturia erschrak. Ein kreisrundes pulsierendes Etwas stieg kurz vor ihrer Nase empor. Sie fuhr zurück. Das Etwas formte sich ... zu einem Gesicht.

"Kommen Sie jetzt endlich?" Jim wirkte leicht ungeduldig. Sein Kopf ragte aus dem Energiefeld hervor. Den Rest seines Körpers konnte Desturia nicht mal ansatzweise erkennen.

Desturia nickte zaghaft, worauf sich Jims Gesicht wieder in die Fluten zurückzog.

"Na dann." Beherzt ging sie auf das Kraftfeld zu. Kurz vor dem Eintauchen schloss sie die Augen. Sie spürte ... sie spürte nichts, als sie durch das Feld schritt. Kein Kribbeln, keinen Widerstand beim Eintauchen in den gekrümmten Raum, nichts. Ein einfacher und simpler Schritt in einen anderen Raum. Sie öffnete die Augen und sah Jim, ein paar Meter weiter, neben der eingeholten Drohne knien.

Desturia verschlug es den Atem. Der Laderaum war durch die Energieblase um ein Vielfaches vergrößert. Oder war der Inhalt des gekrümmten Raumes eher komprimiert? Instinktiv tastete Desturia ihren Körper ab, während ihr Blick zu der hohen Decke wanderte. Der von außen kleine, ins Schiff integrierte Laderaum glich von innen eher einer riesigen Kathedrale. Von einer gewissen Ehrfurcht gepackt, schloss Desturia zu Jim auf und wagte es fast nur zu flüstern: "Das ist ja Wahnsinn."

"Ja, ne?" Jims Stimme war alles andere als ehrfürchtig oder leise und hallte in der fast leeren Frachthöhle mehrfach wider. "Dann wollen wir mal." Jim steckte einen Datenchip in den dafür vorgesehenen Schlitz an der Oberseite der Drohne. Ein kleines rotes Blinklicht quittierte den Ladevorgang.

Wie gebannt schaute Desturia auf das kleine Leuchtfeuer, welches ihre Erinnerungen beschien.

"Die Jagd scheint ja sehr erfolgreich gewesen zu sein", sagte Onkel Ove anerkennend zu Desturia, als der Lastenroboter den Laderaum ihres Raumgleiters entlud.

Desturia wusste nie so recht, wie sie damit umgehen sollte. Für ihren Ziehonkel, der ein Mensch war, musste es doch seltsam sein, zu wissen, was sich dort in den sterilweißen Kühlkisten befand. Jedes Mal überkam sie ein Anflug von Schuldgefühlen und sie glaubte leise die Stimmen der Toten aus den Kisten klagen zu hören. Mit traurigen Augen sah sie ihren Onkel an, dessen weiser Blick an einer der Kisten zu haften schien.

"Was ist denn das?" Er ging einen Schritt auf den Roboter zu. "Halt!", befahl er und kniete sich neben einer ovalen Frachtkiste nieder. "Das ist aber keine von unseren ..."

"Nein. Das Schiff, das ich aufgebracht habe, war ein Medtransport. Als ich gerade dabei war die Fracht zu sichern, ist ein Patrouillenschiff der Föderation in der Nähe aufgetaucht."

Desturias Onkel fingerte geistesabwesend an der Unterseite des Containers rum, während sie weiter sprach: "Es musste halt schnell gehen ..." Desturia kratzte sich am Hinterkopf "... da habe ich einfach ihre Frachtkiste genommen ... "

"Und ihren Peilsender!", unterbrach sie Ove, der sich mit einem kleinen schwarzen Kästchen in der Hand haltend, wieder aufrichtete.

"Desturia, träumen Sie?" Jim fuchtelte mit dem Datenchip vor ihrer Nase herum.

Zögerlich kehrte sie ins Hier und Jetzt zurück. "Die Koordinaten?"

"Nein, meine Wunschliste zum Geburtstag."

Desturia schaute Jim fragend an.

Er lachte. "Ja natürlich die Koordinaten." Er schloss die Faust um den Chip und steckte ihn in die Hosentasche. Er deutete mit dem Daumen auf die Drohne.

"Nettes Teil. Haben Sie das aus dem Museum ge-
klaut?"

Desturias tiefblauen Augen verengten sich. "Diese
Drohne läuft, seit ich sie gekauft habe, einwandfrei!"

"Gekauft? Die Dinger gibt's doch bestimmt seit
hundert Jah..."

Desturias finsterer Blick brachte ihn zum Schweigen.

Jim musterte sie. "Okay ... ja, nun ... bringen wir
die Daten zu Rachel."

Schweigend gingen die beiden auf den Rand des
Kraftfeldes zu und schlüpften durch den engen Korri-
dor hinaus in den Normalraum. Die sterile, weiße
Beleuchtung wirkte im Vergleich zu der schlecht aus-
geleuchteten Frachtblase wie ein Sonnensturm.
Desturia musste unweigerlich blinzeln, als sie hinter
Jim in den Gang trat. Sie ertappte ihre Augen dabei,
wie sie systematisch seinen Körper entlang glitten
und an seinem straffen Hinterteil kleben blieben.
Desturia folgte dem wohlgeformten Beinfortsatz ins
Cockpit, wo bereits eine zu Gift und Galle spucken
bereite Rachel auf sie wartete.

"Ich wollte schon einen Suchtrupp losschicken!"

Jim setzte sich neben sie und holte den Chip hervor. "Hier." Er reichte ihn ihr rüber, während Desturia
sich hinter den beiden an die Kommkonsole setzte.
Rachel ignorierte sie gekonnt. Dieses kalte Miststück
von Androide.

Rachel legte den Datenchip in die Konsole ein und
in Sekundenbruchteilen erschien eine dreidimensionale Projektion der Galaxie vor der Frontscheibe. Der
blaue Punkt, nahe dem Zentrum, der ihren Stand-

punkt bezeichnete, klebte förmlich an der düsteren Darstellung von Ghontas Grab. Der Kontrast zu dem ansonsten hell leuchtenden Zentrum bekam durch den zusätzlichen realen Ausblick auf den Höllenschlund, an dessen Ereignishorizont sie kratzten, eine unheimliche Note. Den rot blinkenden Zielpunkt entdeckte Desturia erst nach ein paar Sekunden.

"Das ist ja am Arsch der Galaxie!", raunte Jim, der scheinbar auch seine Zeit gebraucht hatte den Punkt am äußersten Ende des Spiralarmes zu finden.

"Auf direktem Weg nicht zu schaffen", sagte Rachel, die aufgestanden war und halb um die Projektion lehnte, sodass ihr schwarzes Haar die Frontscheibe berührte. Sie stieß mit ihrem Zeigefinger in die Projektion und deutete auf einen hell leuchtenden Punkt auf halber Strecke. "Würd mal sagen, bei Palarias sollten wir unseren Antimaterie Vorrat auffrischen."

Jim nickte zustimmend. "Efris freut sich bestimmt."

"Efris?" Desturia war aufgestanden und stand nun direkt hinter Jim.

"Freuen würd ich vielleicht nicht sagen." Rachel hatte sich von der im Raum schwebenden Galaxie entfernt und stand jetzt genau neben Desturia. Sie warf der blonden Frau einen verächtlichen Blick zu.

"Wer ist Efris?", beharrte Desturia weiterhin, die sich fühlte, als wäre sie unsichtbar oder anhand von Rachels Blick besser gesagt, eine Aussätzige, die man ignorierte.

Desturia schob sich weiter vor und stieß Jim unwirsch an die Schulter. "Spürn Sie das?"

"Autsch! Haben Sie nen Knall?" Jim drehte sich halb mit dem Stuhl um, wobei er Rachel mit seinen Knien touchierte.

"Also?"

"Also was?"

"Wer ist dieser Efris?"

"Ein alter Geschäftspartner." Jim schaute immer noch gereizt drein.

"Ich trau der Ratte nicht!", giftete Rachel, "aber es ist der kürzeste Weg." Sie stemmte die Arme in die Hüften und schaute zur Karte. "Alternativ könnten wir auch ..."

"Palarias ist prima!", fuhr Jim dazwischen. "Solange die Bezahlung stimmt, können wir ihm trauen." Jim warf Desturia einen Seitenblick zu und sagte: "Spesen."

"Natürlich", raunte sie und nahm den Wink mit dem Zaunpfahl zur Kenntnis.

Jim klatschte in die Hände. "Gut! Dann wäre das geklärt!"

Rachel verdrehte die Augen.

"Setz den Kurs, Rachel!" Jim schaute sie an. "Is was?"

Sie zuckte mit den Schultern. "Hätte ich doch bloß die Klappe gehalten", dachte sie sich und ging stumm zu ihrem Sitz.

Kapitel 11

Das heiße Wasser perlte von ihrer weißen Haut ab und lief an ihrem straffen Körper herunter. Desturia hielt ihr Gesicht in den Strahl und prustete. Drei Tage befanden sie sich bereits im Hyperraum. Heute Abend sollten sie endlich ihr Etappenziel erreichen. Desturia wischte sich mit beiden Händen durchs Gesicht und fuhr dann ihren dünnen Hals entlang, hinunter zu ihrem Torso. Sie war sich nicht sicher, was sie von dem Zwischenstopp halten sollte. Die vagen Andeutungen zu diesem Efris gefielen ihr ganz und gar nicht. Sie strich über ihre festen Brüste und den straffen Bauch. Das heiße Wasser fühlte sich so gut an. Der Dampf waberte, wie ein Hochnebelfeld, innerhalb der Duschkabine und vernebelte ihre Sicht. Langsam fuhr sie mit der Hand über die Innenseite ihrer Schenkel. Sie musste unwillkürlich an den Schmuggler denken. Wie wohl seine markante männliche Haut schmeckte? Der Duft den sie verströmte, versprach zumindest so einiges. Desturia seufzte leise, als sie sich vorstellte seine rauen Hände in ihrem Schritt zu spüren.

"Desturia."

Ein eiskalter Schauer fuhr durch ihre Glieder.

"Desturia."

Starr verharrte Desturia in ihrer Bewegung, die Hände noch immer zwischen die Schenkel gepresst.

"Suche den Bluttempel!" Die Stimme ihrer Mutter klang fern und nah zur gleichen Zeit.

Desturia löste sich aus der Schockstarre und schaute sich ängstlich in der Duschkabine um. Setzte ihr Verstand jetzt vollends aus? Vor ein paar Tagen, an der Außenhülle des Schiffes, konnte sie sich die Halluzinationen erklären, so nah am Hyperraum und am Tod. Aber unter der Dusche?

"Mutter?", fragte Desturia zögerlich.

Nichts. Keine Antwort. Nur das stetige Rauschen und Plätschern des Wassers.

"Mutter, bist du das?" Desturia verschränkte die Arme um ihren Körper. "Wasser deaktivieren!"

Der Duschkopf versiegte. Schlagartig war es still, bis auf vereinzelte Tropfen, die sich noch von Desturias Körper lösten und zu Boden fielen. Desturia wagte es nicht zu atmen und lauschte ... Nichts. Sie drehte sich um. An der beschlagenen Kabinenwand war etwas. Ein Symbol. Wie mit dem Finger aufgemalt prangte es dort auf der beschlagenen Oberfläche.

Desturia fixierte die Tätowierung am Oberarm des Mannes. Ein rotes Auge in der Mitte eines fünfarmigen Sterns, umgeben von einem Feuerkranz - das Zeichen der Inquisition. Der muskelbepackte, ungepflegt wirkende Söldner hielt ihren Onkel mit nur einer Hand am Hals und hob ihn in die Höhe. Der Gesichtsausdruck des Mannes war kalt und gleichgültig. Seine Stimme klang furchteinflößend und schien direkt aus der Hölle zu stammen: "Hast du noch mehr von der Sorte hier versteckt?" Er drehte Oves Gesicht mit der anderen Hand in Desturias Richtung. Die

Muskeln seiner freien Arme spannten sich dabei nur wenig.

Ove rang mühsam nach Luft und blieb stumm. Sein Wille war ungebrochen, das sah Desturia in seinen starken grünen Augen. Er versuchte zu lächeln, als sich ihre Blicke trafen.

Desturias Sicht verschwamm von den Tränen, die sie übermannten. Es war ihre Schuld. Ganz alleine ihre. Wenn sie nur nicht so dumm und unvorsichtig gewesen wäre. Sie hatte die Schlächter direkt in ihr Versteck geführt und ihr Onkel musste nun dafür leiden.

Oves Mund formten stumme Worte, die Desturia nicht verstand. Sein Gesichtsausdruck war gezeichnet von Schmerz, aber auch von Güte und Vergebung.

"Onkel Ove!" Desturia versuchte sich loszureißen. Doch die Energiefesseln, die sie am Boden hielten, waren zu stark. "Lass ihn sofort los!" Desturia kreischte und entblößte drohend ihre Reißzähne. Doch der Söldner lachte nur verächtlich.

"Hier ist sonst keiner mehr." Die Stimme der Frau, die gerade den Raum betreten hatte, klang, als wären ihre Stimmbänder mehrfach mit einem Reibeisen behandelt worden. Sie trug ihr schulterlanges rotes Haar offen. Im Gegensatz zum Muskelmann trug sie einen langärmligen Overall, auf dem aber ebenfalls das Symbol der Inquisition prangte. Legere über die Schulter geworfen konnte Desturia ein Energiesturmgewehr an seinem Tragegurt pendeln sehen.

"Gut", zischte der Söldner.

Dann hörte Desturia Onkel Oves Genick brechen.

"Wir jagen das Scheißteil von Bord aus in die Luft!"
Er warf Oves erschlafften Körper zur Seite. Sein
Leichnam fiel auf einen kleinen Tisch und riss ihn
mitsamt den beiden Stühlen scheppernd zu Boden.
"Die Kleine nehmen wir mit." Triumphierend
schaute er zu Desturia. "Ich freue mich schon auf das
Feuerchen."
Reibeisen nahm ihre Waffe, betätigte einen klei-
nen Schalter an der Seite und ging in Anschlag. Das
Letzte was Desturia sah, war der herannahende blaue
Energieblitz.

Desturia starrte auf das Symbol. Das Auge im fünfarmigen, brennenden Stern. Kleine Wassertropfen
liefen langsam von den Rändern des Symbols die
Scheibe entlang. Sie wischte mit der flachen Hand
darüber. Nur der großflächige Schmier, den ihre Hand
hinterließ, blieb übrig. Wie war das möglich? Wie
kam dieses ...? Wer hätte ...?
Desturia öffnete die Dusche und griff nach einem
Handtuch.
Eilig verließ sie das kleine Bad, wobei sie sich
gleichzeitig grob abtrocknete. Ihre Kleider hatte sie
ungeordnet auf das Bett gelegt. Wie in Trance zog sie
sich ihre schwarze Kluft an. Mit jedem Stückchen
schwarzen Stoffes, der ihre weiße Haut bedeckte,
fühlte sie sich mehr und mehr geschützt. Corrin
musste ein übles Spiel mit ihr spielen. Oder diese
Rachel. Aber woher kannten sie ihre Mutter und
konnten ihre Stimme imitieren? Nein. Unmöglich. Es

konnte nur ihr eigener Verstand sein, der sein übles
Spiel mit ihr trieb. Desturia schlug sich mit der fla-
chen Hand auf die Stirn, immer und immer wieder.
Doch ihre Gedanken kreisten noch immer um das
Symbol, welches sie mit Tod und Verderben in Ver-
bindung brachte.

"Was ist nur dieser Bluttempel?", flüsterte sie. Sie
wusste viel zu wenig über die alte Welt. Sie war noch
so jung, als ihre Eltern starben. Zu jung, um von alle-
dem schon etwas zu wissen. Damals hatte sie noch
nicht einmal gewusst, warum ihre Eltern sterben
mussten. Und das, was sie wusste, hatte sie von ihrem Onkel gelernt, einem Menschen, der ... "Es tut
mir so leid, Onkel." Desturia vergrub ihr Gesicht in
den Händen und begann zu weinen.

Sie rieb sich die geröteten, tränenleeren Augen
und schluchzte leise auf. Sie hatte völlig ihr Zeitgefühl
verloren. Saß sie schon zwei Tage in dieser engen
Zelle oder schon zwei Wochen? Desturia konnte an
nichts anderes Denken als an Oves tiefgrünen Augen,
aus denen schlagartig das Leben gewichen war. Ih-
retwegen. Sie alleine trug die Schuld. Für den Rest
ihres Lebens. Aber das dürfte nicht mehr so lange
dauern. Wenn sie durch den brennenden Scheiterhaufen, hinüber in die andere Welt gegangen war,
würde sie ihren Onkel um Verzeihung bitten.

Wut keimte in ihr auf. Sie konnte vor ihrem inneren Auge diese Primaten sehen, wie sie rund um ihr
Todesfeuer standen und jovial feixten. Nein, diesen

Triumph gönnte sie ihnen nicht. Sollte sie doch der Teufel holen! Oder der Schatten. Ja, der Schatten. Desturias Wut verwandelte sich zunehmend in Hass, brennendem Hass. Sie würde nicht aufgeben. Diese Primaten mussten sterben. Sterben! Reflexartig trat Desturia den kleinen Blechnapf, der vor ihr auf dem Boden lag, durch den kleinen Raum. Die ekelerregende Pampe, die etwas zu Essen darstellen sollte, besprenkelte die gegenüberliegende Metallwand.

"Ich bringe euch alle um!", schrie Desturia und schaute wutentbrannt zu der kleinen Überwachungskamera empor, die sich in der oberen Ecke der Wände befand. Ihre Beinmuskeln spannten sich ...

"Das glaub ich jetzt nicht." Erstaunt ließ der pickelgesichtige Rotschopf einen Teil seines Essens wieder aus dem Mund purzeln.

"Mensch Gunjo, du alte Sau!" Melinda, eine schlanke, fast schon zerbrechlich wirkende Frau, mit braunen Haaren, die zu einem Zopf geflochten waren, schaute ihn tadelnd an. Die Pilotin des Raumers stand an einer Konsole am anderen Ende des Cockpits und war damit beschäftigt, das Schiff für den nächsten Kurswechsel im Hyperraum vorzubereiten. "Mach das bloß wieder weg!"

Gunjo ignorierte den klebrigen Breiklumpen auf der Konsole und starrte auf den kleinen Überwachungsmonitor, der nur noch statisches Schneegestöber zeigte. "Diese, diese, also ... das ist der Wahnsinn." Der junge Mann bekam sich nicht mehr ein.

"Was ist denn passiert Jungchen?", sagte Melinda, die kaum älter war als er, spöttelnd und ging zu ihm hinüber.

"Guck doch selbst!"

"Ich seh nix." Irritiert schaute sie auf den Monitor.

"Ja eben."

Melinda schaute ihn fragend an.

"Warte, ich spiel die Aufzeichnung ab." Gunjo wischte den ekeligen Breiklumpen unachtsam mit dem Handrücken von der Konsole und traf damit fast Melinda.

Diese machte einen schnellen Ausfallschritt. "Gunjo, du Arsch!"

"Hier schau!"

Der kleine Überwachungsmonitor flackerte kurz und zeigte dann die blonde Schattenwandlerin, die auf ihrer Gefängnispritsche saß und vor sich hin flennte. Melinda war schon sehr gespannt. Sie war noch nie bei einer Verbrennung dabei gewesen und freute sich schon auf dieses Ereignis. Sollte dieses Monster doch dahin zurückgeschickt werden, wo es hingehörte. In die Hölle. Melinda hasste diese Brut abgrundtief, seit sie eines dieser Biester zur Vollwaisen gemacht hatte.

"Jetzt, hier!" Gunjo zeigte auf den Bildschirm.

Das blonde Monster schaute finster in die Kamera. Plötzlich spannte sich sein Körper an. Pfeilschnell sprang es empor. Direkt auf die Kamera zu. Melinda machte erschrocken einen Schritt zurück, als käme dieses Ding durch die Mattscheibe gesprungen. Dann verwandelte sich das Bild in ein rauschendes Schneegestöber.

"Hast du so was schon mal gesehen?", fragte Gunjo, der wie gebannt auf den Bildschirm blickte, als würde er in dem Chaos aus Lichtreflexen noch irgendetwas Spannendes sehen.

Melinda trat wieder einen Schritt näher. "Nein." Sie schnaubte. "Ruf den Captain!"

Gunjo öffnete einen Funkkanal.

Knisternd ertönte die diabolische Stimme ihres Kommandanten: "Baker."

"Äh, Captain, hier ist was, was Sie wissen sollten", stammelte Gunjo.

"Es gibt Probleme mit dem Monster!", zischte Melinda.

"Probleme?"

Melinda fuhr fort: "Dieses Ding ist an die Decke gesprungen und hat die Überwachungskamera zerstört."

"Ich schau mir das an. Trudi?"

"Komme." Die raue Stimme seiner rechten Hand ertönte leise im Hintergrund. Sie musste ganz in der Nähe des Captains sein.

"Wir schauen uns das mal an. Haltet die Funkverbindung! Was sagt die Überwachungskamera aus der Zellenebene?"

Gunjo und Melinda konnten hören, das die beiden einen Fahrstuhl betraten. Gunjo schaltete den Monitor auf die Kamera im Zellentrakt auf. Die Tür zum Monster war noch verschlossen.

"Gesichert!", meldete Melinda.

"Äh, sollten wir es nicht dabei belassen? Ich meine die Tür ist doch zu ... und es ist ja auch nur noch ein Sprung bis Palarias."

"Mach dir nicht ins Hemd, Kleiner!", raunte Baker.

Der Captain und sein Schoßhund erschienen am Rande des Überwachungsmonitors. Baker blieb stehen und bedeutete Trudi stumm zur Zellentüre zu gehen.

"Ruhe jetzt!", flüsterte er.

Gunjo wollte antworten, doch Melinda reagierte schnell genug, um ihm den Mund zu zuhalten. Sie schaute ihn durchdringend und mit weit offenen Augen an. Gunjo nickte und blieb stumm.

Die beiden verfolgten, wie sich Trudi der Tür näherte und sie öffnete. Trudi hielt ihr Gewehr im Anschlag und lugte in die Zelle. Sie drehte sich irritiert zu Baker um und zuckte mit den Schultern. Baker deutete in die Zelle und Trudi ging langsam hinein.

Ein ohrenbetäubender Schrei drang über Funk ins Cockpit. Gefolgt von zwei kurzen Energiestößen. Gleichzeitig leuchtete die dunkle Zelle auf dem Monitor zwei mal kurz auf.

"Trudi!", schrie Baker und stürmte auf die Zelle zu. "Nein!"

Baker verschwand in der Zelle. Die Verbindung brach ab.

"Captain?" Gunjo versuchte wieder Kontakt herzustellen. "Captain?"

Nichts.

"Da!", schrie Melinda und zeigte auf den Monitor.

"Was?"

"Es ist weg!"

"Da ist nichts!" Gunjo hatte die ganze Zeit den Monitor nicht aus den Augen gelassen. Da war nichts zu sehen, außer einem Bein, das aus dem dunklen Inneren der Zelle hinaus in den Flur ragte.

"Ein Schatten! Ich hab einen Schatten gesehen!"

"Sie muss noch in der Zelle sein!" Gunjos Stimme wurde immer hysterischer. Er kreischte wie ein Mädchen und eigentlich wäre das Melindas Part gewesen. Aber sie blieb seltsam ruhig.

"Schnapp dir deinen Karabiner! Wir gehen da runter!" Melinda zog ihre Energiepistole aus dem Oberschenkelholster und überprüfte die Ladung.

"Bist du verrückt?" Gunjo schaute sie entgeistert an. "Wir sollten schleunigst runter vom Schiff!"

"Und den Teufel entkommen lassen? Nur über meine Leiche!" Melinda war zu allem entschlossen. Für ihre Eltern. Dieses Biest würde brennen!

"Scheiße, Melinda, Scheiße!" Hektisch stand er auf und griff zu seiner Waffe, die in der Ecke des Überwachungspultes lehnte. "Scheiße, Scheiße, Scheiße!"

"Krieg dich ein!"

"Ich will nicht sterben!"

"Dann hau doch ab! Du Feigling!"

Gunjo war hin und her gerissen. Sein Leben retten. Er sollte sein Leben retten. Und dann? Er schaute Melinda an. Diese Frau, die ihn jede Nacht in seinen Träumen heimsuchte. Er würde alles dafür geben, mit ihr zusammen sein zu können. Aber auch sein Leben? Leben, leben, leben, oder sterben? Einsam überleben und Melinda sterben lassen? Oder auf ewig von ihr als feige Ratte gesehen zu werden? Oder den Weg gemeinsam mit ihr zu gehen. Die Chance eines grausamen Todes oder eines schönen Lebens an ihrer Seite in Aussicht? Was sollte er tun?

"Scheiße! Nein! Ich lass dich nicht im Stich!"

"Danke, Gunjo." Sanft lächelnd gab sie ihm einen Kuss auf die pickelige Stirn.

Gunjo wuchs innerlich. Es war der richtige Weg. Das wusste er. Er würde Melinda kriegen.

"Dann los! Warn die anderen!"

Gunjo fühlte sich auf einmal unbesiegbar. Mit ihr an seiner Seite würde er sogar den Teufel besiegen. Gunjo öffnete den offenen Kanal des Schiffssystems und haspelte eine stotterige Warnung in sein Mikro. Seine Stimme hatte scheinbar noch nichts davon mitbekommen, dass er nun mutig war.

Die beiden verließen das Cockpit. Kaum das sie in den schmalen, verwinkelten Gang hinaus getreten waren, erlosch die Beleuchtung.

"Scheiße, sie hat das Stromnetz gekappt!", fluchte Melinda und schaltete die integrierte Leuchte ihrer Pistole an.

Der helle Lichtkegel beleuchtete nur einen kleinen Teil der Umgebung. Gunjo schaltete das Licht an seinem Karabiner dazu. Aber sehr viel heller wurde es dadurch nicht wirklich.

"Es hat auch noch niemand geantwortet", sagte Gunjo, dessen neugewonnener Mut dabei war, sich zu verflüchtigen. Er prüfte sein Funkgerät, welches im Kragen seines Hemdes eingearbeitet war. "Die Leitung ... ist tot."

Melinda bedeutete ihm, ihr zu folgen. "Leise!", flüsterte sie.

So leise sie konnten schlichen sie den Gang entlang. Dieses Biest würde bestimmt versuchen zum Hangar zu gelangen. Das würde Melinda zumindest an seiner Stelle tun. Und der kürzeste Weg führte am Zellentrakt vorbei. Vielleicht gab es ja noch eine Chance den Captain zu retten. Gunjo folgte Melinda zum Versorgungsschacht. Dort führte eine schmale Metallleiter von den oberen Stockwerten bis tief runter ins Schiff.

"Du hast doch keine Höhenangst?", fragte Melinda.

"Äh, eigentlich doch."

"Dann freu dich. Es ist dunkel. Du siehst nix." Melinda entfernte die Abdeckplatte und legte sie vorsichtig auf den Boden. Dann kletterte sie in den Schacht und begann damit hinunterzuklettern.

Gunjo spielte ein letztes Mal mit dem Gedanken doch noch abzuhauen. Dann atmete er tief ein und folgte Melinda in den Schacht. Gunjo schaute hinab, als er an der Leiter hing. Unter ihm konnte er Melinda im Schein ihrer Lampe erkennen. Sie hatte schon einige Meter Vorsprung. Gunjo befahl seinen Armen und Beinen endlich mit dem Klettern zu beginnen. Nur sehr zögerlich gehorchten sie. Eiskalt traf ihn die Erkenntnis, dass der Schacht fast fünfzig Meter in die Tiefe führte. Die Klauen des Abgrundes, die nach ihm lechzten, konnte er förmlich spüren. "Scheiße, Scheiße, Scheiße", flüsterte er.

Unter ihm zischte Melinda und blickte fordernd nach oben. "Jetzt komm schon!"

Mit puddingartigen Knien begann Gunjo seinen Abstieg. Leben oder Tod? Würde diese Entscheidung schon in diesem Schacht fallen? "Ha, fallen", dachte Gunjo, "wie treffend."

Gunjo atmete schwer und unruhig, als er endlich neben Melinda aus dem Schacht geklettert war. Am liebsten hätte er sich direkt übergeben. Aber er hatte zu viel Angst, dass das die Schattenwandlerin hören würde. Gunjo hoffte inbrünstig, dass dieses Vieh schon längst von Bord war. Darin sah er die einzige Chance, gemeinsam mit Melinda zu überleben.

Melinda winkte ihn mit der Hand hinter sich her, als sie sich auf die offene Zelle zu bewegte. "Gib mir Deckung!"

Mit zitternden Händen hob Gunjo den Karabiner in Anschlag. Sein Atem klang wie die rostige Kette eines Schlossgespenstes. Sein Geist schickte ein Stoßgebet zu allen guten Göttern in dieser Galaxie. Hoffentlich war das Monster fort.

Er sah, wie sich Melinda über Baker beugte.

"Captain?" Sie drehte ihren Kopf von seinem Körper fort. "Mein Gott."

Gunjo trat hinter sie. Er richtete den Lichtkegel auf den Mann am Boden. "Sein Kopf ... Wo ist sein Kopf?" Galle erkämpfte sich den Weg in Gunjos Speiseröhre nach oben. Nur mit Mühe konnte Gunjo verhindern sich zu übergeben.

Melinda deutete stillschweigend auf die Pritsche in der Zelle.

Dort lag er. Bakers Kopf, blutverschmiert. Augen und Mund vor Schreck aufgerissen, lag der Kopf seitlich auf dem rechten Ohr. Neben der Pritsche lag ein weiterer Körper, der von Trudi. Ihr Kopf befand sich noch am Rumpf. Aber die gesamte Leiche schien in einem See aus Blut zu schwimmen. Gunjo stand starr vor Schreck am Eingang, während Melinda zu Trudi

126

hinüberging und ihren Körper umdrehte. Der blutige Gesichtsausdruck ähnelte dem des Captains. In ihrem Hals war ein großes, unförmiges Loch. Das Biest hatte ihr die Kehle herausgerissen.

Sanft ließ Melinda Trudis Leichnam wieder zu Boden sinken. "Wir kriegen sie. Das verspreche ich euch."

Melinda stand auf und ging wortlos an Gunjo vorbei. Von ihren Händen tropfte noch Trudis Blut.

Gunjo wollte etwas sagen. Doch er wusste nicht was.

"Wir müssen weiter", sagte Melinda.

Sie verließen den Zellentrakt und bewegten sich auf die Sektion des Schiffes zu, welche die Mannschaftsquartiere und den Hangar beherbergte. Aus dem fernen Aufenthaltsraum erklangen hektische Schreie. Kreischen! Gewehrfeuer! Noch mehr Schreie! Melinda setzte zum Spurt an. Gunjo folgte ihr keuchend. Seine Gebete wurden nicht erhört. Das Biest war noch da.

Die Tür am Ende des Ganges stand offen. Es war totenstill. Melindas Lichtkegel tauchte vorsichtig in den Raum ein. Angeekelt drehte Gunjo den Kopf zur Seite. Der Anblick war abscheulich. Der Aufenthaltsraum, in dem er schon so einige gemütliche Abende mit den anderen Crewmitgliedern verbracht hatte, am liebsten natürlich mit Melinda, glich einem Schlachthaus. Über Tische, Stühle und Wände verteilten sich in unregelmäßigen Abständen schwallartige Flecken; das Blut seiner ehemaligen Kameraden. Körper lagen unter den umgekippten Möbelstücken und ein Teppich aus Blut dämpfte Melindas und Gunjos vorsichtige Schritte, im Vorhof zur Hölle. Hektisch leuchteten sie durch den Raum. Auf einem Tresen konnte Gunjo einen abgetrennten Arm liegen sehen. Abscheulich. Neben einem noch stehenden Spieltisch saß eine Frau. Blutüberströmt. Die Augenhöhlen waren leer. Blut sickerte über ihr ehemals hübsches Gesicht. Gunjo hatte sie nur flüchtig gekannt. Er wusste noch nicht einmal, wie sie richtig hieß, er nannte sie immer nur Sonnenschein. Doch ihre Sonne war versunken in ihrem eigenen Blut.

Aus der Vorratskammer, hinter dem Tresen, drangen seltsame Geräusche. Es hörte sich fast so an wie ein Schlürfen. Langsam näherte sich Gunjo der Tür. Er bedeutete Melinda zurückzubleiben. Jetzt lag es an ihm, mutig zu sein und ihr Held zu werden. Seine Chance. Vielleicht die eine Chance, auf die er immer gewartet hatte. Er ging hinter den Tresen, richtete seinen Karabiner in den Raum und feuerte blindlings das gesamte Magazin leer.

"Stirb du Ratte!" Er fühlte sich so gut. So stark. So dumm. So tot.

Als sein Magazin leergeschossen war, rauschte der Schatten blitzschnell aus dem hintersten Winkel des Raums auf ihn zu. Gunjo versuchte abwehrend den Karabiner vor seinen Körper zu bringen. Zu spät. Der stechende Schmerz in seinem Hals war intensiv und kurz.

Melinda schrie auf, als das blonde, blutbesudelte Tier Gunjos erschlaffenden Körper beiseite stieß. Dieses Monster grinste sie an. Der Schlund der Bestie war blutverschmiert. Seine eiskalten blauen Augen starrten Melinda unverhohlen an. Das Monster lächelte verführerisch.

"Jetzt sind nur noch wir zwei übrig", säuselte dieser blonde Todesengel.

"Zwei sind eine zu viel!", schrie Melinda und feuerte.

Der Energieblitz ihrer Pistole verfehlte nur knapp sein Ziel. Melinda glaubte angesengtes Haar riechen zu können, als die Blonde abtauchte und aus ihrem Lichtkegel verschwand. Hektisch suchte Melinda den Raum mit dem Licht ihrer Waffe ab. Wo war sie?

"Du hast keine Chance." Die Stimme war hinter ihr.

Melinda drehte sich um und schoss. Nichts.

Das Klirren einer Flasche links. Pfeilschnell wendete sich Melinda. Schuss. Kein Treffer. Die Blonde war zu schnell, zu flink, zu leise.

"Zeig dich, du feige Ratte!"

"Hier bin ich!" Desturia schlug Melinda die Waffe aus der Hand.

Augenblicklich erlosch das kleine Licht und Melinda hörte nur noch den nahen Atem ihres nahenden Todes.

"Du feiges Schwein! Das ist nicht fair!" Tränen der Wut brannten in Melindas Augen. Dann spürte sie die kräftigen aber feinen Hände Desturias, die sie an den Schultern packten und herumdrehten. Melinda nahm das schwache Glitzern in den Augen der blonden Frau wahr, roch den süßen Atem, der sich mit dem Hauch von Blut und Tod mischte. Desturias Finger glitten sanft über die Haut ihres Gesichtes. Das Funkeln der blauen Augen wirkte in der völligen Dunkelheit wie das blauschimmernde Licht zweier ferner Sterne, die ihr den Weg in eine andere Welt leiteten. Zart glitten die Finger Melindas Wangenknochen wieder hinunter, am Kinn vorbei, hin zu ihrem schmalen Hals. Dann weiter an Schultern und Schlüsselbein vorbei, die Taille hinab und dort verharrten sie.

Mit einem kräftigen Ruck zog Desturia Melinda fest an sich heran. Sie presste ihre Körper mit aller Macht zusammen und schlug ihre Fangzähne in Melindas Hals. Das Röcheln der sterbenden Frau klang nach der blubbernden Symphonie des Todes, die Desturia schon so oft gehört hatte. Sie schmeckte ihr süßes Blut, roch ihren erregenden Duft und fühlte sich so lebendig.

Kapitel 12

Sie sah richtig apathisch aus. Wie bei einem traurigen Mädchen ruhte ihr Gesicht in den Handflächen ihrer auf den Knien aufgestützten Arme. Ein winziges Häufchen Elend. Rachel räusperte sich. Keine Reaktion der Blonden.

"Hey! Wir sind da!"

Desturia hob ihren Kopf und funkelte sie an.

"Wir landen gleich. Kommen sie schon!" Rachel verlor so langsam die Geduld mit diesem gestörten Wesen. Jim hätte auf sie hören sollen, als sie Sadonia verlassen hatten. Der Container hätte beim Verglühen in der Atmosphäre einen zauberhaften Kondensstreifen nachgezogen. Bisher war die Reise zwar ohne Zwischenfälle verlaufen - kein Wunder, da der Schattenwandler die Kabine nicht verlassen konnte - aber Rachel traute diesem Frieden nicht.

Desturia stand auf und unterdrückte ihren gequälten Gesichtsausdruck.

"Wusste gar nicht, dass Bestien Depressionen haben können", stichelte Rachel.

Zur Antwort fauchte Desturia. Ihre Augen verengten sich zu Schlitzen.

"Kusch, kusch." Rachel drehte sich um und ging hinaus. "Wir können ja auch in diese Richtung gehen." Vage deutete sie zur Luftschleuse.

"Das würde Ihnen gefallen!" Desturia drückte sich an ihr vorbei und verpasste ihr einen leichten Rempler mit der Schulter.

"Miststück!", zischte Rachel und setzte dazu an, sie mit ihrem rechten Bein zu Fall zu bringen.

Desturia stolperte, konnte sich aber an der Wand festhalten und einen Sturz vermeiden. Sie drehte sich zu Rachel. "Wollen Sie's drauf ankommen lassen?"

"Nichts lieber als das." Rachel ließ die Knöchel ihrer Finger knacken, als sie in ihre Hände in Höhe ihres Brustkorbes faltete und knetete.

Desturia ging leicht in die Knie und fixierte ihr Gegenüber. Einen menschenähnlichen Androiden hatte sie noch nicht ohne Waffe getötet. Aber sie vermutete die Schwachstellen an den gleichen Positionen wie bei einem Menschen. Ein sauberer Biss in den Hals dürfte ...

"Was ist hier denn los?!" Jim stand mit verschränkten Armen vor dem Cockpit.

Wie aus einem Mund sagten die beiden Frauen: "Nichts."

Jims Blick verriet, dass er ihnen das nicht abnahm, aber er beließ es dabei. "Dann los, wir sind gleich dran."

"Das ging ja schneller als gedacht." Rachel schob sich mit finsterer Mine an Desturia vorbei. "Nicht viel Verkehr heute?"

Jims Stimme hallte aus dem Cockpit heraus, welches er bereits wieder betreten hatte: "Der Orbit ist voll von wartenden Schiffen. Wir haben einen Prioritätscode erhalten."

"Prioritätscode?", fragte Desturia.

"Efris scheint's wohl nicht erwarten zu können, uns zu sehen." Rachel verschwand gerade im Cockpit.

Desturia stand noch immer an der selben Stelle. Das gefiel ihr nicht. Wie konnte dieser Efris ihnen einen Prioritätscode verschaffen, wenn er nicht ... Sie ging ins Cockpit.

Jim und Rachel saßen bereits auf ihren Plätzen und bereiteten die Landung vor. Desturia stellte sich hinter die beiden und schaute auf den blauen Planeten, der den gesamten Teil des Sichtfeldes ausfüllte. Der Planet schien friedlich zu schlummern. Weiße Wolkenbänder legten sich über die kleinen, von Ozeanen umschlungenen, grünen Kontinente, wie daunenbefüllte Bettdecken. Auf der ihnen zugewandten Seite der blauen Perle war es gerade Tag. Vom Anflugsektor her schätzte Desturia, dass sie ihr Ziel, ein kleiner grauer Fleck in der Mitte der kleinsten Landmasse, zur Mittagszeit erreichen sollten.

"Raus mit der Sprache! Wer ist jetzt dieser Efris?" Diesmal würde sich Desturia nicht mit einer Wischiwaschiantwort zufrieden geben.

Jim legte einen Schalter um, und ihr Schiff begann mit dem Eintritt in die Atmosphäre. Leichte Stöße durchzogen den Rumpf des Schiffes, als die Luftmassen dichter wurden.

"Sie sollten sich besser setzen!", sagte Jim.

Desturia setzte sich an die Kommkonsole, hinter den beiden Piloten.

"Wir kommen zu schnell rein, Jim!" Rachel fuhr ihren Partner scharf an.

"Das Schiff kann das ab!"

Ein leichter Feuerkranz bildete sich an der Rumpfspitze und ließ kleine Funken über das Cockpitfenster tanzen. Die Vibrationen des Schiffes wurden von den

Trägheitsdämpfern vollständig kompensiert. Nur ein dumpfes Dröhnen drang in den Innenraum des Schiffes und in Desturias Hörgang.

"Ach egal", murmelte sie leise. Sie würde diesen Efris schon früh genug kennenlernen.

Das Dröhnen in Desturias Ohren wurde heftiger, schriller. Es verwandelte sich schlagartig in ein durchgängiges Rauschen. Desturias Puls beschleunigte sich. Ihre Sicht verschwamm leicht. Ein süßer Duft drängte sich in ihre Nase. Der Duft von Jims Blut.

Sie musste hier raus. Sie musste raus, bevor sie die Kontrolle verlor. Sie dachte flüchtig an das Pärchen auf Sadonia. Ihre letzte Mahlzeit war schon zu lange her. Nasser Schweiß bildete sich auf ihrer Stirn. Nein! Sie wollte nicht! Nicht Corrin!

"Halt durch Mädchen!", hörte sie ihre eigene Stimme in ihrem Kopf. Gleich nach der Landung würde sie auf die Jagd gehen. Aber jetzt, jetzt musste sie bloß weg hier.

Desturia stand auf, schwankte ...

"Alles in Ordnung?" Die Stimme des Schmugglers klang besorgt. Er hatte sich halb umgedreht und schaute Desturia an. "Sie sehen nicht gut aus."

Desturias Sinne waren im Jagdmodus, messerscharf und präzise. Sie sog den Duft seines Blutes, seiner Haut, seines Schweißes, seines Lebens tief ein.

"Töte ihn!" Wieder war es ihre Stimme. Dunkler, bestialischer als zuvor.

Desturia spürte förmlich, wie sich ihre Zähne ihren Weg durch die verschlossenen Lippen suchten. Blut, sie brauchte Blut!

Kaum merklich öffnete sie den Mund einen Spalt und trat einen Schritt auf Jim zu.

"Tu es!"

"Sie sehen blass aus." Jim stand auf und ging ihr entgegen.

"Nicht anders als sonst!", blaffte Rachel und fixierte Desturia mit zusammengekniffenen Augen. Sie schnellte hoch. "Pass auf, Jim!" Rachels Augen weiteten sich vor Schreck. Sie war zu langsam.

Desturia fiel regelrecht auf Jim zu. Jim öffnete die Arme und fing sie auf. Desturias Kopf lag auf seiner Schulter, der Mund geöffnet, die spitzen Zähne gebleckt.

"Jetzt! Töte ihn!" Die Stimme war verführerisch. Sie war kalt und sie hatte recht.

"Nein!" Krampfhaft schrie Desturia auf. Sie löste sich von Jim. Stieß ihn mit letzter Kraft von sich und fiel kraftlos in sich zusammen. Ihre Sinne waren bereits dunkel, als ihr schlaffer Körper auf dem Boden aufschlug.

Kapitel 13

Die Sonne strahlte mit Desturias Laune um die
Wette. So gut hatte sie sich lange nicht mehr gefühlt.
Desturia fühlte sich leicht und unbeschwert. Die saubere und klare Morgenluft tanzte mit ihren Geruchs-
zellen einen engumschlungenen Walzer. Desturia
blinzelte. Wie herrlich sich die Sonnenstrahlen doch
auf der Oberfläche des sanft dahingleitenden Baches
spiegelten, dem Glitzern von Millionen Diamanten
gleich. Das leise Rauschen des Wassers untermalte
zart den lieblichen Gesang eines Vogels, den Desturia
ganz in der Nähe des flachen Ufers auf dem Ast einer
uralten Trauerweide sitzen sah. Das Aussehen des
kleinen Piepmatzes passte so ganz und gar nicht zu
seinem süßen Gesang. Er war pechschwarz wie ein
Rabe und hatte seltsam lange Krallen, die eher denen
einer Raubkatze glichen. Aus seinen rotglühenden
Augenhöhlen schaute er Desturia an und verstummte. Er plusterte sich bedrohlich auf und unter ohren-
betäubendem Krächzen schwang er sich mit seinen
bedrohlichen Schwingen in die Lüfte und setzte zum
Sturzflug an. Nur wenige Millimeter über Desturia
flog er hinweg. Sie spürte den Luftzug. Ihr blondes
Haar flatterte leicht. Desturia drehte sich pfeilschnell
um. Der Vogel war weg. Verschwunden, spurlos verschwunden.

Eine eiskalte Hand packte sie an der Schulter.
Desturia reagierte ohne zu zögern. Sie tauchte ab in
die Hocke. Ein kurzer Dreher in der Hüfte. Dann ein
harter Schlag ... ins Nichts.

Da war niemand. Sie war alleine. Alleine und auf sich gestellt, seit Onkel Ove damals ... Die Leichtigkeit verschwand aus Desturias Bewusstsein und machte dem schwermütigen Sumpf von Trauer und Verzweiflung Platz. Ihr Atem ging nun flacher und ungleichmäßiger, als sie die kleine, nicht bewachsene Uferböschung emporkletterte. Oben erstreckte sich knöchelhohes Gras, soweit das Auge reichte. Grün und satt. Eine sanfte Windböe glitt langsam über die biegsamen Halme und formte ein wellenförmiges Muster im Gras. Am Horizont traf der zartrot gefärbte Himmel auf die Erde. Wenige weiße Schäfchenwolken tanzten über ihn hinweg und lachten zu Desturia hinunter, die inmitten des immer aufgewühlter scheinenden Grases stand und zum Himmel empor schaute. Das Doppelgestirn, welches sich wie ein Schäfer zwischen die Wölkchen mischte, hatte eine beunruhigende Ähnlichkeit mit dem Blick des singenden Rabenvogeletwas.

Die Kraft des Windes schien mit jeder Sekunde an Stärke zu gewinnen. Desturia hatte Mühe ihre blonden Haare aus dem Gesicht zu halten. Die Wolken am Himmel wurden dunkler, bedrohlicher und wilder. Desturia senkte den Blick. Das Gras ... das Gras färbte sich blutrot.

Desturia musste hier weg. Aber wohin? Sie schaute sich um. Eine Hütte. Nicht weit entfernt stand eine kleine Blockhütte, mitten auf dem vor Blut triefenden Feld. Desturia überlegte nicht lange und lief los.

Auf halbem Weg wurde sie langsamer. Ein Schatten stand neben dem Eingang der kleinen Hütte. Der Umhang der schwarzen Silhouette flatterte im Wind.

Das Gesicht lag verborgen unter einer schweren Kapuze.

Desturia näherte sich der Gestalt. Der Fremde stand unbewegt und starr im Schatten der Hütte. Es roch verbrannt. Desturia roch den verbrannten Geruch von Holz und ... Fleisch. Im nächsten Moment brach eine gewaltige Stichflamme aus der Tür der Hütte heraus und umschlang die dunkle Gestalt. Ein gellender Schrei kam aus dem Inneren der Hütte. Der Schrei einer Frau. Einer sterbenden Frau. Ihrer Mutter.

Die dunkle Gestalt trat einen Schritt hinaus aus den Flammen. Sie stand nun wenige Schritte von Desturia entfernt. Rauchfahnen lösten sich vom schweren und schwelenden Umhang. Der Fremde hob den Kopf und schlug die Kapuze zurück. Das Gesicht war zur Unkenntlichkeit verbrannt, die Augenlider zusammengeschmolzen durch die Hitze des Feuers. Teile der verkohlten Haut lösten sich und rieselten in grauen Aschekrümeln herunter.

Desturia wagte nicht zu atmen und starrte die halbtote Kreatur an. Der aufkeimende Sturm umschlang sie und Desturia hatte Mühe sich auf den Beinen zu halten. Die Flammen aus der Hütte züngelten und loderten, doch Desturia fror. Eiseskälte umklammerte sie und packte ihr Herz.

Der verkohlte Mann hob den rechten Arm und streckte ihn in ihre Richtung aus, verharrte aber an Ort und Stelle. Sein verbrannter Mund zitterte, als wolle er zu ihr sprechen. Ein Glühen flammte unter den geschlossenen Augenlidern auf. Erst schwach, wie das fahle Licht einer fernen Kerze und dann ...

und dann brachen die Flammen der Hölle durch Augen und Mund hervor! Die Gestalt schrie vor Schmerzen. Das Brüllen des glutroten Todes. In Sekundenbruchteilen verwandelte sich Desturias Vater in ein kleines Häuflein Asche, das zu ihren Füßen vor sich hinqualmte.

Nein! Nein! Desturia schlug sich die Hände vors Gesicht. Nein! Sie wollte das nicht sehen. Sie konnte das nicht sehen. Sie sackte auf die Knie und schrie: "Neiiiiin!"

Das Knistern des Feuers mischte sich mit dem Brüllen des Sturms. Desturia fiel zu Boden. Sie trommelte mit den Fäusten auf das blutende Gras ein. Wieder und immer wieder. Und mit jedem Mal schienen ihre Hände tiefer im Blut zu versinken. Desturia stockte. Der Blutpegel stieg. Desturia roch den metallisch süßen Geruch, der bereits ihre Kleider tränkte und nun auch nach ihrem Gesicht griff. Sie versuchte aufzustehen. Vergebens. Eine unsichtbare Hand schien sie dicht an den Boden zu pressen. Das Blut stieg und stieg. Desturia versuchte verzweifelt nach Luft zu ringen, doch das Blut drang bereits durch ihre Nase. Sie hustete, röchelte, verzweifelte ...

Sie versuchte aufzublicken, zur Hütte, die auch versunken im Blut noch lichterloh zu brennen schien. Desturia sah in der offenen Tür die Gestalt einer zierliche Frau. Desturia schaute ihr ins Gesicht. Doch anstatt das längst verblasste Gesicht ihrer Mutter zu sehen, starrte sie auf ein rotes Auge in der Mitte eines fünfarmigen Sterns, umgeben von einem Feuerkranz.

Desturia versuchte sich loszureißen. Sie zappelte wild und schlug wie besessen um sich. Stimmen drangen in ihr Ohr. Aus weiter Ferne schienen sie zu kommen und nicht für sie bestimmt zu sein. Jemand sprach über Desturia. Über sie, nicht mit ihr.

"Sie wird wach."

Die Worte umgarnten ihren Geist. Hoben ihn. Senkten ihn. Spielten mit ihm.

Desturia versuchte zu schreien. Doch sie würgte nur das Blut aus ihren Lungen.

"Scheiße! Sie übergibt sich!"

Desturia versuchte die Augen zu öffnen. Sie waren schwer wie Blei. Künstliches Licht schimmerte schwach durch ihre geschlossenen Lider. Schatten bewegten sich vage vor ihrem Sichtfeld. Endlich schaffte sie es die müden Augen zu öffnen. Der saure Geschmack von Erbrochenem füllte ihren Mund. Desturia lag auf dem Rücken, festgeschnallt auf einer Pritsche, inmitten eines klinisch weißen, sterilen Raumes. Jim stand gebeugt vor ihrem Bett und wischte sich angeekelt die Reste ihres Mageninhalts von seiner blauen Uniformhose.

Desturia stöhnte leise. Jim warf den feuchten Lappen achtlos beiseite und setzte ein charmantes Grinsen auf. Wirklich böse schien er ihr nicht zu sein. Ein Gedanke, der Desturia sehr erleichterte. Desturia schaute in sein warmes, markantes Gesicht und erschrak. Er sah älter aus. Viel älter. Die ersten Falten zeichneten sein, nicht mehr ganz so straffes, Gesicht und ein leichter silbergrauer Schimmer lag in seinen vollen Haaren.

Desturias Herz begann zu rasen. "Wie lange war ich ..." Ihre Stimme versagte den Dienst.

"Zehn Jahre." Jim unterdrückte ein Grinsen.

"Zehn!" Schlagartig war sie hellwach. "Zehn Jahre?", fragte sie ungläubig und schaute Jim aus vor Schreck geweiteten Augen an. Erst jetzt bemerkte sie seine dunkelblaue Uniform, die regelrecht mit Lametta bespickt zu sein schien. Ihr Gesichtsausdruck glich einer gondranischen Kuh, die mit Kufen an den Hufen, auf der Mitte eines zugefrorenen Sees stand.

"Deine neue Freundin ist echt heiß", feixte Jim zu einem Mann am anderen Ende des Raumes.

Der Mann trat näher. "Sie ist nicht meine Freundin."

"Als ob du jemals was anbrennen lassen hättest", sagte Jim zu ... Jim? Dem jüngeren Jim, wie Desturia ihn kannte.

Die gondranische Kuh verwandelte sich gerade in einen glotzäugigen Grumban. Ihr verwirrter Blick zitterte zwischen dem alten und dem jungen Jim hin und her.

Abwehrend hob der junge Jim die geöffneten Handflächen vor die Brust. "Ich doch nicht." Er trat neben Desturias Bett. "Wenn Sie mir versprechen, nicht mehr wie wild um sich zu schlagen, löse ich die Manschetten."

Desturia nickte zaghaft.

Während der junge Jim ihre Fesseln löste, hob der alte das zu Boden geworfene Handtuch wieder auf und wischte noch einmal grob über seine Hose.

"Sie müssen meinem Bruder verzeihen", sagte der junge Jim.

"Bruder?"

"Nichts für ungut, Kleine. Aber das Gesicht war's wert", lachte Lamettajim.

"Mein Bruder Efris." Jim lächelte. "An seinem Verhalten merkt man nicht unbedingt, dass er der ältere ist."

"He Vorsicht!", brüskierte sich Efris Corrin.

"Ihr Geschäftspartner Efris?" Desturia verstand erst allmählich.

"Ach, soweit sind wir schon, dass ich für dich nur noch ein Geschäftspartner bin?" Der ältere Bruder verpasste Jim einen festen Klaps an den Hinterkopf. "Aber um dich immer wieder aus der Scheiße zu ziehen, ist der werte Herr Gouverneur immer gut genug, oder was?"

"Ja, ja", raunte Jim. Als er Desturia endlich aus der Bewegungslosigkeit befreit hatte, setzte diese sich auf und rieb dabei ihre Handgelenke. "Also, wie lange liege ich jetzt hier?"

"Drei Tage", antworteten beide Brüder wie aus einem Mund. Die Ähnlichkeit zwischen den beiden war faszinierend. Efris war eine exakte Kopie seines Bruders, mit dem einzigen Makel des Älterseins.

"Sie beide sind aber schon Menschen, oder?"

"Wie?", fragte Jim.

Efris verstand schneller. "Natürlich. Sie denken doch nicht etwa an Klone, oder?"

Desturia schwieg. Genau das hatte sie vermutet.

"Bullshit", knurrte Jim und funkelte sie an.

"Die Ähnlichkeit ist zu verblüffend." Desturia schüttelte leicht den Kopf.

"Tja, unser alter Herr war ein Langweiler. So gleich und eintönig sein Leben verlief, sollten wohl auch seine Kinder sein", sagte Jim.

"Nur gut, dass wir nie eine Schwester hatten." Efris stieß Jim den Ellenbogen in die Seite und lachte laut auf.

Desturia schmunzelte.

"Siehst du, sie lacht wieder." Efris drehte sich zur Tür, wandte sich aber noch einmal kurz zu den beiden um. "Ich lass euch beide mal alleine und zieh mir was frisches an. Will nicht wissen, was da so alles über meine Hose gerutscht ist." Sein Gesicht versuchte sich vor Ekel zu verziehen, aber er schaffte es, aus purer Höflichkeit, diesen Impuls zu unterdrücken. Er winkte seinen Bruder zu sich. "Hör mir jetzt gut zu, Jim!", flüsterte er, "lass sie auf keinen Fall aus den Augen und kommt auf direktem Weg in mein Büro! Nehmt den abgeschirmten Aufzug zum Hintereingang!" Er schaute verstohlen zu Desturia, die sich langsam versuchte aufzuraffen. "Ich will nicht, dass sie hier jemand sieht!"

Desturia blickte zu den Brüdern herüber.

Efris lächelte ihr freundlich zu. Das verlogene Lächeln eines Politikers. Dann drehte er sich um und ging, durch die sich automatisch öffnende Tür, hinaus. "Ich seh euch gleich in meinem Büro!", schallte es noch aus dem Flur, bevor sich die Türe wieder zischend schloss.

"Ihr Bruder scheint ja ganz nett zu sein."

Jim fragte sich, wie viel Desturia gehört hatte, als er zurück zu ihr ans Bett ging. Sie schaute ihn mit durchdringenden Augen an. Vermutlich alles.

Verlegen kratzte er sich am Hinterkopf. "Er tut nur so."

"Liegt wohl in der Familie." Ihre Lippen verzogen sich kaum, aber aus ihren Augen sickerte eine kleine Portion Ironie.

"Hm." Jim verschränkte die Arme auf dem Rücken und schlenderte langsam am Bett vorbei und stellte sich ans Fenster. Er betrachtete die dunkelrote Sonne, die schon bald versinken würde. "Was ist da eigentlich auf dem Schiff passiert?" Sein Blick schweifte weiterhin in die Ferne.

Desturia schaute auf seine Hände, die sich langsam auf seinem Rücken kneteten. Er machte einen nervösen Eindruck, dennoch oder vielleicht gerade deswegen, drehte er ihr immer noch den Rücken zu.

"Was meinen Sie?"

"Ach bitte!" Seine Stimme wurde fester und dunkler. "Das wissen Sie schon ganz genau!" Er löste seine Hände und führte sie langsam an seinen Körper. Dann drehte er sich zu Desturia um, wobei sich seine flachen Hände, samt Hintern, an der Fensterbank abstützten. "Rachel behauptet felsenfest, Sie hätten versucht mich umzubringen!"

Desturia senkte den Blick.

"Sie hat recht, oder?"

Was sollte sie sagen?

"Hat sie also." Jim schüttelte enttäuscht den Kopf.

"Ich hätte es fast!" Desturia hob den Kopf. Ihre Augen funkelten nun vor Wut. "Aber ich hab's nicht!" Ihre Fäuste ballten sich und umklammerten dabei die von Blut und Magensäure verschmutzte Bettdecke, um sie sogleich zu Boden zu werfen. Dann fügte sie leiser hinzu: "Es tut mir leid, Jim. Ich wollte Sie nicht töten. Ich habe dagegen angekämpft!" Ihre Stimme wurde wieder lauter, fiel aber schnell wieder ab, wurde dafür aber eindringlicher: "Das müssen Sie mir glauben!"

Jim machte einen kleinen Satz von der Fensterbank und verschränkte die Arme vor seinem Körper.

"Vielleicht hat Ihr Bruder recht."

Jim schaute sie fragend an.

"Sie sollten mich vielleicht wirklich nicht frei rumlaufen lassen."

Langsam schwang Desturia die Beine von der Pritsche, blieb aber noch mit schmerzverkrampftem Gesicht sitzen. "Au, verdammt!"

"Langsam." Jim ging zu ihr und bot ihr seinen Arm.

Desturia packte zu und zog sich vorsichtig auf die Beine. "Danke." Ihre Beine zitterten leicht. "Wir sollten so schnell wie möglich aufbrechen. Corvin wird nicht ewig warten."

Jim nickte. "Rachel ist bereits auf dem Weg zum Schiff."

Sein Gesicht machte einen verkniffenen Ausdruck. Wie sollte er sich nun Desturia gegenüber verhalten? Sie wieder in die Kabine sperren? Oder auf Rachel hören und sie zum Teufel jagen?

"Es geht wieder. Danke." Desturia befreite sich aus seinem Arm.

Jim schien darüber sehr erleichtert zu sein und ging zu einem Stuhl, über dessen Rückenlehne seine abgewetzte Pilotenjacke hing.

"Ihre Sachen sind da drüben in dem Schrank." Jim zeigte auf einen kleinen offenen Spind auf der anderen Seite des Bettes.

Desturia ging hinüber und warf sich in Windeseile ihre schwarze Kluft über. "Dann folgen wir mal ihrem Bruder."

Desturia ging als Erste durch die Tür. Im Flur blieb sie stehen. "Wo lang?"

"Hier." Jim übernahm die Führung und geleitete sie durch den schmalen, verwaisten Korridor zu einer Liftkabine.

"Wieso ist außer uns hier niemand?", wunderte sich Desturia.

"Wir sind auf Efris' privater Krankenstation. Sein Büro befindet sich einige Stockwerke über uns." Er deutete auf den geöffneten Aufzug.

Ein kalter Hauch zog über Desturias Nacken und die feinen Härchen stellten sich augenblicklich auf. Ein vertrautes Flüstern drang in ihre Ohren: "Desturia."

"Ist was?" Jim schaute sie besorgt an.

"Nein, nein, alles in Ordnung." Desturia stieg in die Liftkabine.

Jim folgte ihr und gab der KI den Befehl das Stockwerk des Gouverneurs anzufahren.

Die Fahrt war kurz und ruhig. So ruhig, dass man hätte meinen können, sich nicht bewegt zu haben.

Desturia bereitete sich auf das rege Treiben eines Regierungsbüros vor. Sie sah schon förmlich diese Bürokraten und Speichellecker. Doch als sich die Aufzugtüren wieder öffneten, empfing sie nur gähnende Leere und das leise Surren eines Droiden.

"Bereit?", fragt Jim und machte sich ohne eine Antwort abzuwarten auf den Weg.

Desturia hatte Mühe Schritt zu halten und musste beim Verlassen des Aufzuges einem hüfthohen Reinigungsdroiden ausweichen, der ihre Bahn kurz hinter Jim kreuzte.

"Pass doch auf, du Schrotthaufen!", zischte sie.

Schrotti schien sie entweder nicht zu hören oder gekonnt zu ignorieren und setzte seinen Weg unbeirrt fort.

"Efris' Büro ist am Ende des Ganges."

Ja, ja, dachte sich Desturia, wie sollte es auch sonst sein.

"Desturia!"

Diese Stimme. Desturia drehte sich um und blieb ruckartig stehen.

Kurz vor dem Eingang zum Treppenhaus stand eine dunkle Gestalt, gekleidet in einem tiefpurpurnen Umhang.

"Desturia? Kommen Sie jetzt?" Jim tippte sie an die Schulter.

Desturia reagierte nicht und starrte die dunkle Gestalt an.

Jim stellte sich neben sie und schaute angestrengt in die selbe Richtung. "Ist da was?" Scheinbar nahm er den schattenhaften Menschen nicht wahr.

"Nein." Sie schaute Jim zögerlich an. Als sie wieder den Blick in die Ferne schweifen ließ, war die Gestalt verschwunden.

"Macht es Ihnen was aus, wenn ich mich mal draußen umsehe?" Wie in Trance ging sie los.

"Halt! Warten Sie!" Jims Griff ging ins Leere. "Desturia!", brüllte Jim so laut er konnte und lief ihr nach. Kurz vor dem Treppenhaus holte er sie ein und packte sie an der Schulter.

Erschrocken drehte sie sich um.

"Hier bleiben! Ich will nicht, dass Sie ..."

Desturias Kopf schnellte ruckartig vor. Ihre Stirn traf Jims Kopf mit unerwarteter Härte. Er glaubte kleine Vögelchen zwitschern zu hören, als er benommen zu Boden ging.

Desturia ging kurz neben ihm in die Hocke und nahm seinen Kommunikator. Sie drehte das Gerät kurz in den Händen und steckte es dann ein. Sie nickte Jim zu. "Es tut mir leid, Jim. Ich melde mich." Dann stand sie auf, machte kehrt und nahm wieder Tempo auf.

Sie musste diese Gestalt zu fassen kriegen.

Wie auf der Jagd stürmte Desturia ins Treppenhaus und horchte. Ferne Schritte drangen aus der Tiefe empor.

Der Vorsprung des Fremden war schon verflucht groß.

Desturia schaute über das Geländer hinweg. "Treppen sind was für Anfänger." Sie schwang sich hinüber, als vollführe sie eine simple Übung am Barren und sprang. Sie hatte nur wenige Millimeter Spielraum, schaffte es aber mühelos zwischen den Treppen in die Tiefe zu gleiten. Ihre Haare flatterten wie der feurige Schweif eines Kometen.

Mit dem lauten Klacken ihrer Stiefel kam sie auf dem Boden auf und federte in die Hocke. Mit Daumen, Zeige- und Mittelfinger der rechten Hand berührte sie den Boden und schaute sich um. Die Gestalt war nirgends zu sehen. Außer Desturias eigenem, gleichmäßigen Atem konnte sie auch nichts hören.

"Verdammt!" Desturia machte einen kräftigen Satz in den Stand und ging quer durch die opulente Empfangshalle auf den Ausgang zu. Von den uniformierten Beamten und herumwuselnden Bürokraten schien niemand Notiz von ihr zu nehmen. Nur eine Wache am Ausgang pfiff ihr lässig hinterher, als sie das Gebäude verließ.

Eine laue Sommerbrise schlug ihr entgegen, als sie auf dem Absatz der breiten Marmortreppe vor dem Regierungsgebäude zum Stehen kam. Es war schon spät und die versinkende Sonne tauchte den kleinen Park vor dem Gouverneurssitz in ein kräftiges Rot.

Am Ende des Parks konnte Desturia die purpurne Gestalt sehen. Sie stand unter einem blumenberankten Torbogen, der auf eine dicht befahrene Straße führte und schaute Desturia mit funkelnden Augen an. Die Skyline der Stadt erhob sich dahinter grau und bedrohlich wie ein schlafender Riese.

Der Fremde drehte sich um und verschwand in der dahintrottenden Menge.

"Verdammt!", fluchte Desturia. Warum war dieser Fremde so schnell? Sie nahm die Verfolgung auf. Durch den Bogen. Hinaus auf die Straße. Und quer durch die Menschenmenge, entlang der Häuserschluchten.

"Scheiße! Wo bist du?" Desturia stand an einer Kreuzung. Sie hatte ihn verloren. "Mist!"

"Desturia."

Da war er wieder, der eiskalte Schauer, der ihr den Rücken hinunter lief.

Desturia drehte sich einmal um die eigene Achse. Da! Ein purpurner Schatten verschwand in einer kleinen Seitengasse. Hinterher!

"Du entkommst mir nicht!" Wie sehr Desturia doch die Jagd liebte. Es fühlte sich so lebendig an. Ihr rauschendes Blut. Die Lust ... die Lust zu töten. Blut. Desturia brauchte Blut. Ihre uralten Instinkte gewannen die Oberhand. Sie fauchte, warf den Kopf in den Nacken und fletschte die Zähne. Die Passanten in ihrer Nähe stoben auseinander wie eine verängstigte Schafherde. Desturia interessierte das allerdings nicht. Sie fixierte sich voll und ganz auf diese eine Beute.

Dann lief sie los. Schnell und präzise schlängelte sie sich durch verängstigte Passanten und herannahende Fahrzeuge und folgte dem Fremden in die Gasse.

"Bitte was?!" Efris schaute seinen Bruder aus geweiteten Augen an. Er stand hinter seinem stilvollen Edelholzschreibtisch und schlug sich die flache Hand an die Stirn.

Jim stand wie ein ungezogener Schuljunge vor dem Tisch, als habe ihn der Direktor wegen eines dummen Streiches herbeizitiert. Was regte er sich so auf? Jim hatte doch versucht sie aufzuhalten. Bei dem Gedanken rieb er sich unweigerlich die schmerzende Stirn. Das würde eine ordentliche Beule geben.

Efris wandte sich ab, stellte sich mit auf dem Rücken verschränkten Armen ans Fenster und ließ den Blick hinaus in den kleinen Park wandern. Die untergehende Sonne belegte diesen mit einem roten Schimmer. "Ach Jim", seufzte er.

Jim trat um den Tisch herum neben seinen Bruder. "Jetzt sag mir, was ist das Problem?" Er schaute ihn eindringlich von der Seite an.

"Was das Problem ist?" Efris blickte weiter aus dem Fenster. "Du weißt doch, was deine Freundin ist!"

Jim zuckte mit den Schultern. "Und?"

Efris drehte den Kopf zu Jim. "Und? Und ist gut." Er schaute wieder aus dem Fenster. "Ich kann dir sagen, was 'und'". Er packte seinen Bruder an der Schulter und zog ihn näher ans Fenster. "Schau mal hier raus!"

"Willst du jetzt mit deinem Park protzen?"

"Trottel. Schau dort rüber!" Efris' ausgestreckter Zeigefinger deutete auf die ferne Silhouette eines Turmes, der über die kleineren Gebäude am Stadtrand thronte.

"Was ist das?"

"Das, Bruderherz ...", Efris hatte Jim noch nie so genannt, "... das ist das Herz der Inquisition."

Jim stockte der Atem.

"Der Turm der Wahrhaftigkeit", fuhr Efris fort, "für dich mag das ganze eine Spinnerei sein. Aber mittlerweile solltest auch du die alten Geschichten glauben."

Zaghaft nickte Jim. Er erinnerte sich an seine Kindheit. Sah seinen größeren, pickelgesichtigen Bruder an seinem Bettchen stehen. Das Kinderzimmer lag im

Halbdunkel, als er Jim mit furchteinflößender Stimme wieder eine seiner Gesichten erzählte, damit er Angst vor dem Einschlafen bekam. Es war eine Geschichte über Schattenwandler, blutsaugenden Kreaturen, die Jagd auf kleine Jungen in Jims Alter machten.

Als Heranwachsender hatte Jim dann endlich begriffen, warum sich die alten Geschichten so zäh in den Köpfen der Menschen festgesetzt hatten. Die allgegenwärtige Inquisition nutzte sie als fadenscheinigen Vorwand, um sich an ihre jahrhundertealte Macht zu klammern und um politische Gegner ausschalten zu können. Die Zeiten der Scheiterhaufen waren zwar schon längst ein Teil der Geschichtsbücher, aber der eisige Hauch der Vergangenheit hielt diese Sekte fest im Sattel.

Doch was sollte Jim nun glauben? Spätestens seit der ersten Begegnung mit Desturia hatte sein Weltbild begonnen zu bröckeln.

"Jim, du ahnst nicht, wie viel Macht der Großinquisitor wirklich besitzt."

Wie viel Macht er besitzt? Die Worte geisterten durch Jims Schädel.

"Sollte deine Freundin der Inquisition ins Netz gehen und ihre Spur zu mir zurück verfolgt werden, wäre die noch angenehmste Todesart, auf dem Scheiterhaufen zu brennen."

"Du bist der Gouverneur! Das können die nicht ..."

"Und ob!" Er schaute Jim tief in die Augen. "Sammel deinen Schattenwandler so schnell wie möglich ein und verschwinde aus diesem Sektor!"

"Scheiße. Efris. Ich wusste nicht. Tut mir leid." Jims Aufmerksamkeit wurde von einem Tumult auf einer Kreuzung, außerhalb des Parks, auf sich gezogen.

Efris' Mine wurde finster. "Hoffentlich nicht deine Freundin."

Desturia war dem Fremden dicht auf den Versen. Zumindest hoffte sie das. Ihr innerer Jagdinstinkt hatte sie durch die dunkle Gasse und über verwinkelte Straßen und Gehwege bis hinaus in die Vororte der Hauptstadt geführt. Sie stürmte gerade eine schmale Steintreppe zwischen zwei uralten Backsteinhäusern empor. Hinter den Häusern war ihr Weg mit kleinen, wildwuchernden Sträuchern flankiert. Als sie den kleinen Hügel am Stadtrand endlich erklommen hatte, offenbarte sich ihr ein atemberaubender Blick über die Randgebiete der Stadt. Kleine Häuser prägten hier das Stadtbild. Häuser, die aussahen, als stammten sie aus einer Zeit, in der noch Ritter auszogen, um wilde Drachen zu jagen. Und über allem hier thronte ein ebenso alt wirkender viereckiger Turm, in dem gut und gerne ein mächtiger Magier wohnen mochte oder eine holde Maid gefangen war, die auf ihren Prinzen wartete, der sie zu befreien vermochte. Eine ringförmige Mauer mit Brustwehr umrandete den Turm und ein kleiner, bereits ausgetrockneter Burggraben rundete das Bild ab. Das Symbol, welches die gewaltigen Banner zierte, die an allen Seiten des Turms herabhingen, verfolgte Desturia bereits ihr ganzes Leben.

Natürlich. Wie konnte sie das übersehen haben? Desturia schlug sich mit den Fingerknöcheln ihrer rechten Hand zweimal an die Stirn. Palarias.

"Desturia", flüsterte die Stimme in ihrem Rücken.

Desturia drehte sich um. Nichts.

"Desturia."

Sie drehte wieder Richtung Turm. Und schaute ... in die dunkle Kapuze des Fremden. Der Fremden. Erst jetzt bemerkte Desturia die filigrane, weibliche Figur.

"Wer bist du?" Desturias Blutlust war schlagartig verschwunden. Die Gestalt kam ihr zu vertraut vor. Wer war sie?

Die Frau hob langsam die Arme. Aus den übergroßen und schlabbernden Ärmeln ihres Umhangs kamen knöcherige Hände mit blassen, schmalen Fingern hervor. Die Arme der Gestalt beugten sich und die dürren Finger umschlungen den Rand ihrer Kapuze. Dann offenbarte sie ihr Gesicht.

"Desturia." Die Stimme klang eiskalt und fern.

"Mutter?" Desturia streckte die Arme aus. Doch ihre Hände fuhren durch die Erscheinung ihrer Mutter hindurch wie durch zarten Nebel. Desturias Hände hinterließen winzige Luftwirbel, als sie sich zurückzogen.

"Bist du es wirklich?"

"Komm!" Mit einer winkenden Bewegung ihrer Rechten bedeutete ihre Mutter, ihr zu folgen. Der geisterhafte Schatten ihrer selbst schwebte dabei weg von Desturia, hin zum bedrohlichen Turm der Inquisitoren. Schneller und schneller entfernte sich das Abbild von Desturias Mutter und verschwand auf halber Höhe im Bauch des mittelalterlichen Bauwerks.

"Komm!", befahl die Stimme und erklang diesmal laut und kraftvoll, direkt in Desturias Kopf.

Desturia schüttelte sich. Das war nicht real. Das konnte nicht real sein. Die Zweifel an ihrem Verstand krochen brennend durch ihren Schädel. Sie sollte zur Vernunft kommen, den Kommunikator benutzen, sich mit Jim treffen und schleunigst den Planeten verlassen. Doch der Drang dem Abbild ihrer Mutter zu folgen war übermächtig.

"Nein, das ist falsch", flüsterte Desturia. Falsch und blanker Irrsinn, sich ins Herzstück ihrer Todfeinde zu begeben. Desturia roch schon förmlich die brennenden Holzscheite unter ihren Füßen.

Ein Knistern kroch in ihre Gedanken, gefolgt von Jims verzerrter Stimme: "Desturia, hören Sie mich?"

"Du blöde Karre, spring an!" Jim krümmte sich ungelenk unter die Steuerkonsole des Schwebegleiters und versuchte die Zündung kurzzuschließen. Dagegen war das Knacken des Türschlosses, des in einer unbelebten Seitenstraße abgestellten Fahrzeuges ein Kinderspiel gewesen. Jim hörte den überspringenden Funken zwischen den blanken Kabelenden und dann erwachte der Motor zufrieden schnurrend zum Leben.

"Na also." Jim kämpfte sich zurück auf den Sitz. "Autsch!" Sein Kopf stieß hart am Lenkrad an. "Scheißdreck!"

Heute lief scheinbar alles schief. Angefangen bei Desturias amoklaufartigem Auftreten, die Bilder der Überwachungskameras, die Efris aufgerufen hatte, waren herzallerliebst gewesen, bis hin zum Ultimatum, welches er Jim daraufhin gestellt hatte. Zwei Stunden Vorsprung würde ihm sein Bruder gewähren. Danach würde er Jagd auf ihn machen. Jim hatte regelrecht die Furcht in Efris' Augen ablesen können, die ihn zu diesem Schritt trieb.

Jim schaltete den Bordkommunikator ein und gab den Befehl Rachel anzufunken. Währenddessen legte er den ersten Gang ein und schaltete den Wagen in Schwebemodus. Das Fahrzeug gewann schnell an Höhe und beschleunigte, wie vom Teufel getrieben. Zwei Stunden, nicht mehr ganz. Jim fuhr sich mit der linken Hand über den Oberschenkel. So ein Mist. Die ganze Woche war elendig mies gewesen. Und das alles für einhunderttausend Krediteinheiten? War es das wert?

"Ja?", erklang Rachels Stimme verzerrt.

Hätte er auf sie hören sollen, über dem Himmel von Sadonia? Einfach die Kiste ausklinken und verglühen lassen? Er wäre jetzt nicht in dieser beschissenen Situation. Er hätte Desturia nie gekannt. Hätte nicht dieses Feuer gespürt. Diese elenden Gefühle, die nun sein Urteilsvermögen blendeten.

"Jim?"

Er sollte sie zurücklassen.

"Jim, meld' dich!"

"Rachel." Jim lenkte den fliegenden Wagen um eine Kreuzung und peilt das Ödland vor der Stadt an.

"Ist das Schiff startklar?" Er beschleunigte den Wagen weiter. Die Zeit ...

"Ja. Was ist los? Du klingst irgendwie panisch."

Vor Rachel konnte er sich nicht verstellen. Sie kannte ihn nur zu gut. "Starte!"

"Was?!"

"Starte das Schiff und komm raus ins Ödland. Ich schick dir die Koordinaten für den Treffpunkt!"

"Ist gut", sagte sie zögerlich. "Ist alles in Ordnung?"

"Verdammt, nein!" Jim zügelte sein Temperament. "Tschuldige", fuhr er ruhiger fort, "wir müssen in weniger als zwei Stunden hier weg sein."

"Was? Wieso?"

"Später." Jim unterbrach die Verbindung.

Er sollte sie zurücklassen. Zum Sterben zurück lassen.

Ach Scheiße. Er gab dem Kommunikator einen neuen Befehl. Leise knisternd baute sich die Verbindung auf.

"Desturia, hören Sie mich?"

Desturia schaute mit zusammengekniffenen Augen auf den Turm.

"Nicht jetzt, Jim", sagte sie leise, griff in die Tasche und schaltete den Kommunikator aus, ohne ihn herauszuholen.

Ihr Entschluss stand fest.

Kapitel 14

Die Sonne war mittlerweile ganz untergegangen und die Schatten der Dämmerung hatten sich zu einer durchgängigen Dunkelheit vereint.

Ein unschätzbarer Vorteil für Desturia, die merkte, wie die Finsternis in ihren Adern pulsierte.

Sie hatte sich vorsichtig der Anlage genähert, war durch den ausgetrockneten Burggraben gekrabbelt und stand nun am Fuß der mächtigen Außenmauer. Sie spähte in die Höhe. Ein schwachschimmerndes Licht glühte dort oben. Ein kleiner roter Punkt. Das Auf- und Abschwellen des Glühens folgte keinem Muster und schien eher der totalen Willkür zu entspringen.

Desturia sammelte sich für den Sprung. Es könnte knapp werden, mit einem Satz oben anzukommen. Egal. Sie musste sich zusammenreißen. Sie musste da hoch. Sie musste in den Turm. Sie musste ihrer Mutter folgen. Wohin auch immer. Desturia musste wissen, was vor sich ging. Was diese seltsamen Gedanken und Visionen zu bedeuten hatten. Und die Lösung schlummerte in den Eingeweiden dieses jahrhundertealten Turms.

Desturia presste die Luft aus ihren Lungen, ging in die Hocke und spannte jeden einzelnen Muskel bis zur totalen Belastbarkeit an. Sie schmeckte förmlich den Schmerz ihrer sich überdehnenden Gelenke. Süß wie ihr Blut. Ein dumpfes Rauschen malträtierte ihr Trommelfell. Ihr Herz raste und das Blut schoss förmlich durch ihre Adern.

Dann stieß sie sich mit aller Macht ab und raste in die Höhe, schnell wie eine Wasserstoffrakete aus uralten Zeiten, aber so leise wie ein zarter Windhauch am Spätsommerabend.

Das rotglühende Licht kam immer näher. Ein dunkler Schatten umrahmte den kleinen Punkt. Jetzt erkannte Desturia auch die winzig kleine Rauchfahne, die von dem roten Glühen der Zigarette aufstieg.

Der Soldat, der sie genüsslich rauchte, riss ungläubig die Augen auf, als Desturia über die Zinnen der Brustwehr sprang. Aus dem aufgerissenen Mundwinkel fiel der Glimmstängel lautlos zu Boden. Der Mann versuchte nach seinem Karabiner zu greifen. Die Waffe lehnte nur wenige Zentimeter entfernt an der Mauer. Doch es hätten auch tausend Meter sein können. So oder so, der Mann hatte nicht den Hauch einer Chance.

Mit wütendem Fauchen griff Desturia an. Pfeilschnell und präzise. Ihre spitzen Fingernägel schnitten durch die Halsschlagader des Mannes wie Rasierklingen. In grausig roten Intervallen spritzte eine Blutfontäne aus dem Hals des Mannes. Die vor Schreck geweiteten Augen blickten ins Leere. Stumm ging er zu Boden. Sein erschlaffender Körper fand noch nicht einmal die Kraft die Arme hochzureißen.

Desturia schaute sich um. Der Mann war alleine gewesen. Auch die benachbarten Mauerabschnitte schienen unbesetzt zu sein. Ihr Glück. Gedankenverloren lutschte sie an ihrem blutgetränkten Zeigefinger. Sie schaute auf den Körper des Mannes, der nur noch leicht zuckte. Für eine schnelle Mahlzeit sollte genug Zeit sein.

Sie bleckte ihre spitzen Reißzähne. Dann ging sie neben dem Toten in die Hocke, öffnete ihren Mund und biss ihm in den warmen Hals. Köstlich und lebendig schmeckte sein Blut. Desturia spürte, wie ihre Kräfte wuchsen. Die Schmerzen in ihren Beinen begannen zu verblassen. Kraft, Macht, Leben, Blut. Desturia reckte ihren Kopf gen Himmel. Ein Rinnsal des roten Saftes tropfte von ihrem blassen Kinn. Ein gellender Schrei entfuhr ihrer Kehle. Schaurig und angsteinflößend. Der wilde Schrei einer Bestie der Nacht. Leben, das war das Leben, ihr Leben.

Desturia wischte sich mit dem Handrücken den Mund ab und schaute dem Toten ins Gesicht. "Habt ihr Retinascanner?" Sie legte den Kopf schief, als würde sie ernsthaft überlegen, was zu tun sei. Gleichzeitig schob sich jedoch schon ihre linke Hand in die Seitentasche ihres Mantels, um nach einem kleinen Plastikbeutel zu fischen. Desturia schaute in die erstarrten Augen des Mannes. "Egal, die brauchst du eh nicht mehr." Sie lächelte und langsam glitten ihre Finger über die Wangen des Toten.

Jim stand im gleißenden Scheinwerferlicht des Raumschiffes. Seine Haare wuselten wie verrückt umher, als habe jedes einzelne von ihnen eine Stange Schnotozin geschnieft. Jim schirmte sein Gesicht mit dem gebeugten Arm ab und wartete, dass Rachel die Lady endlich zu Boden brachte.

Sanft wie eine Feder setzte sie das Schiff auf und öffnete die Einstiegsluke. Die Triebwerke ließ Rachel jedoch laufen. Sie löste die Sicherheitsgurte. Diese Schrottkiste. Das elende Trägheitsdämpfungsfeld hatte bei der Landung einen Kurzschluss erlitten. Rachel hatte den Fehler nur provisorisch ausbügeln können.

Genervt schnaubte sie. So langsam war die Dark Lady reif für eine Generalüberholung, auch wenn Jim das sicherlich nicht hören wollte. Sie stand auf und ging zum Einstieg des Schiffes.

Jim kam ihr bereits entgegen und blieb kurz in der Schleuse stehen.

"Hey, Jim! Die Triebwerke laufen noch!"

"Ich merk's." Er schaute Rachel gehetzt an. "Dann los! Keine Zeit verlieren!" Er schob sich an ihr vorbei und begab sich ins Cockpit.

"Jetzt sag mir erst mal, was passiert ist!" Rachel blieb im Eingang zur Pilotenkanzel stehen und stemmte fordernd die Hände in die Hüften. "Du schnallst dich auch besser an!"

"Kein Trägheitsdämpfer?"

"Nur schwach. Wir haben Probleme mit der Energiekopplung. Wird langsam Zeit für eine Neue." Rachel ging einen Schritt nach vorne, ohne die Position ihrer Hände zu ändern. "Also?"

"Ja", begann Jim, "Desturia ist wohl leicht ausgeklinkt."

"Dachte ich's mir doch, dass sie uns noch Ärger macht. Was ist passiert?"

Während die beiden sich daran machten das Schiff zu starten, erzählte Jim in aller Ausführlichkeit, zumindest soweit er das beurteilen konnte, von Desturias plötzlichem Ausraster in der Stadt, von dem Ultimatum, welches ihm Efris daraufhin gesetzt hatte und von der Angst, die dieser vor der Inquisition zu haben schien.

"Vor diesen Spinnern?", fragte Rachel ungläubig.

Jim zuckte mit den Schultern. "Versuch meinen Kommunikator anzupeilen!"

Rachel schaute ihn mit großen Augen an.

"Desturia hat ihn", erklärte er.

"Du willst sie doch nicht etwa holen?"

"Meinst du ich lass sie zurück?"

"Du? Ich hab ja hier wohl auch noch ein Wörtchen mitzureden!" Rachel plusterte sich auf.

"*Wir* können sie nicht zurücklassen. Zufrieden?"

"Du, wir, scheißegal. Die Frau bringt uns noch um. Wir hätten sie schon über Sadonia zum Teufel schicken sollen!"

"Rachel, denk an das Geld!"

"Von dem wir nix haben, wenn wir tot sind!" Ihre künstliche Gesichtshaut gewann leicht an roter Farbe.

Eine vernünftige Diskussion hatte keinen Sinn mehr. Und vielleicht hatte Rachel ja sogar recht, dachte Jim.

Sein Blick fiel auf den Höhenmesser. Rachel hatte die Lady schon fast bis zur Grenze des Weltraums gebracht.

"Du solltest lieber schauen, dass du die Koordinaten für den Sprung berechnest!", fuhr Rachel ihn an.

Jim zögerte. Er schaute Rachel an, den Weltraum, der nun unendlich vor ihnen lag, den Planeten unter ihnen. Er dachte an Desturia und an sein Leben. Er strich sich mit der flachen Hand durch das Haar. Dann betätigte er den Navcomputer, auf der Suche nach einem möglichst weit entfernten Ziel. Er schluckte. Er fühlte sich mies, aber Rachel hatte recht.

Desturia befand sich mittlerweile auf dem Dach des Turms. Der Sprung von der Mauer hier herüber war ein Kinderspiel gewesen. Seltsam, auch hier oben befanden sich keine Wachposten. Wie ein wildes Tier versuchte sie Witterung aufzunehmen. Ein mulmiges Gefühl machte sich in ihrem Magen breit. Das roch verdächtig nach einer Falle. Sie blickte sich um und schaute in die Ferne. Nein, sie war so nah dran. Sie würde jetzt keinen Rückzieher machen. Sie griff nach ihrer Pistole und prüfte, ob sie geladen war. Zufrieden steckte sie die Waffe zurück ins Holster.

"Dann wollen wir mal", flüsterte sie. Ihre linke Hand knetete die Augäpfel in ihrer Manteltasche, während sich Desturia der Zugangstüre näherte.

Einen Retinascanner konnte sie nicht sehen. Okay, dann ein einfaches Schloss. Sie nahm den Codeknacker aus ihrem Gürtel und suchte nach der digitalen Verriegelung der Tür.

"Scheiße!", fluchte sie. Ein gottverdammtes mechanisches Schloss.

Sie steckte den Codeknacker zurück in die Gürteltasche und kniete sich vor die Tür.

"Mal sehen." Sie nahm einen kleinen Laserbrenner aus dem Werkzeuggürtel. Ein filigranes kleines Gerät, nicht größer als eine Schachtel Streichhölzer, aber mit einer glühenden Klinge, die Temperaturen erreichte, bei denen jede Sonne neidisch werden würde. Der einzige Nachteil war die geringe Brenndauer. Viele solcher alten Türen sollten Desturia also besser nicht den Weg versperren.

Der Geruch von geschmolzenem Stahl stieg in Desturias Nase. Vorsichtig schnitt sie um den Verschluss der Tür herum und achtete peinlich genau darauf, dass sie keine glühenden Stahltröpfchen trafen, die aus der Schnittstelle flossen.

Als Desturia den präzisen Schnitt gesetzt hatte, schaltete sie den kleinen Schneidbrenner aus, stand auf und prüfte mit einem flüchtigen Blick die Ladung. Fünfzig Prozent, genug für eine weitere Tür. Eine. Nur eine. Vorsichtig berührte sie den Auslass des Brenners. Die integrierte Kühlung hatte das Gerät bereits auf Handwärme zurückgekühlt. Grimmig steckte sie das Werkzeug zurück in den Gürtel.

Dann trat sie kräftig gegen die Tür. Mit metallischem Knirschen gab diese nach und öffnete sich.

Desturia zog ihre Waffe und betrat den Turm. Ein fahles Licht beleuchtete die schmale Wendeltreppe, die in die Tiefe führte. Das 'Wo lang?' war auf ihrer ersten Etappe nicht das Problem. Es gab nur den einen Weg nach unten. Die Frage war nur, wie tief runter musste sie? Und wonach suchte sie überhaupt?

"Das wäre jetzt ein guter Zeitpunkt für etwas Hilfe, Mutter."

Vorsichtig tastete sich Desturia Stufe für Stufe, die spärlich beleuchtete Wendeltreppe, hinab. Die Wände bestanden aus blanken, grob gemauerten Steinquadern, in deren Fugen der Finger der Zeit seine Spuren hinterlassen hatte. Ein seltsamer Geruch lag in der Luft. Desturia konnte ihn nicht direkt zuordnen.

Er war ... er wirkte fehl am Platz. Es roch nach verbranntem Kerzenwachs, gemischt mit irgendwelchen ätherischen Dämpfen. Desturia erinnerte dies eher an das Innenleben eines Gebetshauses.

Je tiefer Desturia den Turm hinunterschritt, desto intensiver wurde dieser Hauch der Göttlichkeit. Jetzt spürte sie auch einen leichten, warmen Luftzug, der sich ihr entgegen bewegte und die Treppe kamingleich emporstieg.

Angestrengt versuchte Desturia etwas zu hören; die Stimme ihrer Mutter, verräterische Zeichen ihrer Feinde oder sonst irgendwas. Aber das Einzige, was in ihre Ohren drang, war ihr eigener Atem und der schaurige Widerhall ihrer Stiefel.

Ihre Finger umklammerten den Griff ihrer Pistole, als wollten sie ihn zerquetschen. Desturias Herzschlag war unnatürlich hoch. Sie hörte förmlich das Pulsieren ihres Kreislaufes im Trommelfell.

In den Takt der Anspannung mischte sich aber nun ein fremdes Gemurmel. Eher ein nicht zu definierender Singsang aus sakral anmutenden Klängen. Desturia würde es nicht wundern, am Ende der Treppe inmitten einer Prozession von steinalten Mönchen zu landen.

Desturia hielt inne. Was tat sie hier? Was versprach sie sich davon, einer wilden und unsinnigen Vision hinein ins Herzstück der Inquisition zu folgen. Das man sie noch nicht entdeckt hatte, grenzte an ein Wunder. Sie sollte ihr Glück nicht noch weiter strapazieren, auf der Stelle kehrt machen und verschwinden.

Doch die unsichtbare Hand ihrer Vision packte sie an den Schultern und zog sie weiter. "Komm!", klang es eiskalt in Desturias Ohren.

Wie im Autopilotmodus ging ihr Körper weiter, während sich ihr Geist noch die Gefahren und Konsequenzen dieses Handelns ausmalte.

Ein feuriger Lichtschimmer benetzte nun die Wände der Treppe und tanzte über Quader und Fugen wie der Schein einer brennenden Fackel.

Desturia erreichte den Treppenabsatz. Was sie sah, verschlug ihr den Atem.

Der von Kerzen und Fackeln beleuchtete Raum, der sich vor ihr erstreckte, wirkte wie das Innere eines mittelalterlichen Kirchenschiffes. Kunstvoll gearbeitete Fresken zierten die Wände und tiefschwarze Steinplatten kleideten den Boden aus. Die rauchgeschwängerte, warme Luft roch intensiv nach verbrannten Kräutern und Wachs. Mehrere Reihen von Holzbänken säumten das Innenleben dieser Gebetshalle. In der vorderen Reihe konnte Desturia eine kapuzenverhüllte Gestalt sehen, die scheinbar im Gebet versunken, einen fremd klingenden monotonen Gesang vor sich her brummte. Alles in diesem Raum lenkte die Blicke des Betrachters auf einen zentralen Punkt. In einer Kirche hätte an jener Stelle ein überschwerer steinerner Altar gestanden. Doch hier liefen die Blicke auf einen absolut fehl am Platz wirkenden Computerterminal. Der Anblick irritierte Desturia und weckte sogleich ihre Neugierde. War das ihr Ziel? Wollte der Geist, oder was immer es war, ihrer Mutter ihr dieses hier zeigen? Was verbarg sich in diesem Computer, der in diesem Raum wie ein Götzenbild aus Datenchips und Kabeln wirkte.

Desturia steckte die Pistole zurück ins Holster, presste sich an die Wand und schlich so leise sie konnte an ihr entlang. Als sie die vordere Reihe mit dem betenden Mönch erreicht hatte, ging alles blitzschnell. Sie stieß sich ab und flog halb auf den Mann zu. Sein murmelnder Singsang klang gespenstisch. Desturia riss seinen Körper zurück. Er verstummte abrupt. Seine Augen weiteten sich. Sein Mund setzte an zum Schrei. Doch nur ein leises Blubbern erklang aus seiner durchbohrten Kehle.

Desturia zog die blutverschmierte Hand aus dem Hals des Mannes und ließ seinen erschlafften Körper zwischen den Bänken zu Boden sacken. Grob wischte sie ihre Hand an seiner dunkelbraunen Kutte ab. Dann erhob sie sich und ging, mit grazilem Hüftschwung, zum Terminal. Prüfend wanderte ihr Blick über das Eingabefeld.

"Was hast du für mich?" Desturia nahm einen Datenchip aus ihrer Tasche und suchte einen freien Port am Computer. Ihre Finger glitten über die spiegelblanke Oberfläche. "Da bist du ja." Desturia schob den Chip in den Port, der sich seitlich des Anzeigefeldes befand.

Der Bildschirm flackerte auf und forderte die Eingabe des Zugangscodes.

"Dann wollen wir mal." Desturia setzte ein schiefes Grinsen auf, während die automatische Software auf ihrem Datenchip versuchte den Code des Rechners zu knacken.

Desturia schaute zu dem toten Mönch in der ersten Reihe. Sein Blut sammelte sich in einer roten Lache, die bereits den halben Boden zwischen Bank und Altarcomputer bedeckte. Das Licht eines nahen Kerzenständers tanzte flackernd über die Oberfläche der Blutpfütze. Desturias Blick löste sich und wanderte den Mittelgang entlang, hinauf zu einer Empore, die sich über dem Eingang befand, durch den Desturia diese Halle betreten hatte. Ein imposantes Bleiglasfenster nahm den Großteil der hinteren Fassade in Anspruch. Das Motiv, welches es zeigte, war Desturia so vertraut wie verhasst; der brennende Stern der Inquisition, von seinem Inneren beleuchtet mit einem schwach rotglühenden Licht.

Ein leises Fiepen lenkte Desturias Aufmerksamkeit zurück zum Computer. Die Software ihres Chips hatte den Zugangscode geknackt. Die Datenbanken des Rechners lagen frei und schutzlos zu Desturias Füßen. Die schiere Fülle an Informationen würde die Rechenleistung ihres Chips jedoch sprengen. Also, wonach suchte sie?

Desturia schloss die Augen. "Der Bluttempel", flüsterte sie, "suche den Bluttempel!" Ihre Finger glitten über das transparent in der Luft schimmernde Tastenfeld.

Nichts. Kein Eintrag.

"Verfluchte Scheiße!" Sie schlug mit der Faust auf die Tasten. Ihre Hand sauste ungebremst durch die Projektion und donnerte auf den Computertisch. "Nächster Versuch." Sie tippte das Wort 'Schattenwandler' ein.

Kein Eintrag.

"Das darf doch nicht ..." Desturia schlug sich mit der flachen Hand an die Stirn. Dieser scheiß Computer hielt sie zum Narren. Es musste eine weitere Chiffrierebene geben, die ihr Chip nicht knacken konnte. Desturia tastete den Terminal ab. Vorsichtig glitten ihre Hände an der Unterseite der Arbeitsfläche entlang und ertasteten einen Hebel. Desturia zog. Mit lautem Knacken klappte ein Retinascanner aus der Tischplatte hervor.

"Na also." Desturia griff in ihre Manteltasche und holte einen Augapfel des toten Wachmannes hervor. Sie hielt das glitschige Überbleibsel seines Augenlichtes vor den Scanner.

Keine Berechtigung.

Desturia ließ das Auge achtlos fallen und ging zur Bank. Ihre Stiefel ließen kleine Blutspritzer aus der Pfütze empor springen. Desturia schob sich in die Sitzbank, setzte sich und hievte den toten Mönch neben sich. "Ich hoffe, du hast die erforderliche Berechtigung", säuselte sie lieblich und stach ihm ohne lange Umschweife das rechte Auge aus.

Mit ihrer blutigen Beute ging sie zurück zum Computer und hielt sie vor den Scanner.

Zugriff gewährt.

"Ja!" Jackpot Desturia war drin. Erneut gab sie als Suchbegriff 'Bluttempel' ein. Diesmal erhielt sie den Link zu einer Datei. Desturia versuchte sie zu öffnen. "Scheiße!" Dreifach verschlüsselt. So langsam war sie mit ihrem Latein am Ende. Corvin hatte die Mittel die Datei zu knacken. Sie musste es nur schaffen die verschlüsselten Daten auf ihren Chip zu kopieren. Der

Hurensohn war ihr noch so einiges schuldig, nach dem beschissenen Tipp von Epidon.

Desturia aktivierte die Kopierroutine ihres Chips, um den Kopierschutz zu umgehen. Ein Ladebalken erschien auf dem Bildschirm. Es klappte. Fünfundzwanzig Prozent.

"Komm, mach hinne!"

Vierzig Prozent.

Nervös trommelte Desturia mit den Fingernägeln auf der Arbeitsplatte. Das klickende Geräusch hallte in der, seit der Mönch tot war, stillen Halle laut wider.

Fünfzig Prozent.

Ein rotes Licht flammte auf dem Bildschirm auf. "Alarm! Unautorisierter Zugriff auf Datenbank!", blinkte in großen roten Buchstaben auf dem Schirm. Desturias Chip schaffte es jedoch die Datenübertragung stabil zu halten.

Sechzig Prozent.

Jetzt setzte auch eine schrille Alarmsirene ein. An den Decken begannen kleine Warnleuchten bedrohlich zu flackern.

Fünfundsechzig Prozent.

"Mach schon!" Nervös griff Desturia zu ihrer Waffe.

Auf der Empore bewegte sich was. Desturia ging in die Hocke. Soldaten. Ein Zischen ertönte. Das Zischen eines Energieschusses. Knapp über Desturias Kopf hinweg. Der Energiestoß schlug in der Wand hinter ihr ein. Desturia fixierte den Mann, der geschossen hatte. Sie entsicherte ihre Waffe, legte an und schoss. Laut knallend verließ das Projektil ihre Waffe und verfehlte ihr Ziel. Die Kugel zerschmetterte das Bleiglasfenster auf der Empore. Der Soldat hob sich aus der Deckung. Ein weiterer Energieblitz verließ seine Waffe. Diesmal ungezielter, hektischer und viel weiter vorbei. Sein Kamerad, neben ihm, tat es ihm gleich.

Desturia feuerte zurück.

Der zweite Mann schrie auf. Streifschuss. Mist, er war noch kampffähig. Er tauchte wieder auf. Zu früh, das war sein Fehler. Die zweite Kugel traf ihn genau zwischen die Augen. Er kippte nach hinten. Der erste Soldat bückte sich nach ihm. "Verdammt!"

Siebzig Prozent.

Wie von Sinnen deckte der Mann nun den Innenraum der Halle mit Sperrfeuer ein. Desturia schmiegte sich, so eng sie konnte, an den Terminal und hielt den Kopf unten. Sie wartete. Wartete, bis die Waffe des Mannes überhitzte.

Achtzig Prozent.

Die Energiewaffe verstummte. Desturia sprang auf. Der Mann war bereits abgetaucht. Desturia lief los. Konzentrierte sich. Spannte die Muskeln und sprang. Das Gesicht des Mannes zeigte Verblüffung in Reinform, als Desturia neben ihm landete und mit ihren scharfen Fingernägeln die Halsschlagader durchtrennte. Röchelnd ging er zu Boden. Beide Hände hielt er an den Hals gepresst. Ein verzweifelter und hoffnungsloser Versuch, sein Blut im Körper zu halten. Noch ehe Desturia zurück am Terminal war, versagten seine letzten Kräfte und sein Lebenslicht verlosch.

Neunzig Prozent.

Stiefel. Desturia hörte den lauter werdenden Widerhall von schweren Kampfstiefeln. Unzähligen Kampfstiefeln.

Fünfundneunzig Prozent.

Im Türrahmen eines Seiteneinganges erschien ein weiterer Soldat, bewaffnet mit einem altmodischen Sturmgewehr. Er lud die Waffe durch und schickte einen Feuerstoß in Desturias Richtung. Die Projektile pfiffen ihr um die Ohren. So langsam wurde es brenzlig.

Hundert Prozent. Kopiervorgang abgeschlossen.

"Keine Sekunde zu früh!", zischte Desturia und fingerte nach dem Datenchip, streng darauf bedacht, den Kopf in Deckung zu halten. Endlich ertastete sie den kleinen Datenschatz und zog ihn aus dem Rechner. Desturia lugte über den Altar. Der Soldat war mittlerweile nicht mehr alleine. Sie zählte mindestens drei weitere Männer. Sie verteilten sich im Raum, um sie ins Kreuzfeuer zu nehmen. Sie musste hier raus. Schnell.

"Macht sie alle!", schrie einer der Männer. Mehrere Salven an Kugeln folgten der Aufforderung. Die kostbar anmutenden Artefakte, die hinter Desturia an der Wand standen, waren nur noch ein Haufen wertloser, durchlöcherter Schrott. Teile des Wandputzes splitterten ab und rieselten auf Desturia nieder wie kalkhaltiger Schnee.

In Windeseile verstaute sie den Datenchip und steckte ihre Waffe ein. Zurückschießen war so gut wie unmöglich. Zumindest wenn sie ein drittes Nasenloch vermeiden wollte. Desturia atmete ruhig ein und aus. Ihren Fluchtweg hatte sie bereits gewählt. Es musste schnell und präzise gehen. Nur eine winzige Abweichung und sie war tot.

"Ihr zwei! Vorrücken!", bellte der Mann, scheinbar ein Offizier.

Eine kurze Feuerpause setzte ein.

"Jetzt oder nie", sagte Desturia leise. Dann richtete sie sich auf. Die Männer rissen ihre Waffen hoch. Laut knatternd erwachten die Läufe zum Leben. Desturia sprang. Wie eine Spinne heftete sie sich an die Wand zu ihrer Rechten. Augenblicklich stieß sie sich wieder ab und schoss, wie ein Überschallflummi zur gegenüberliegenden Seite. Nur um das gleiche Manöver in umgekehrter Richtung zu wiederholen. Die Männer änderten im wilden Zickzack die Richtung ihres Beschusses, jedoch immer einen winzigen Tick zu spät. Desturias letzter Satz katapultierte sie zielgenau durch die kleine Tür unter der Empore.

Bäuchlings landete sie auf den Treppenstufen. "Uff! Verdammt!" Schnell richtete sie sich wieder auf. Von unten drangen weiter Stiefelschritte zu ihr. Der einzige Weg führte also wieder nach oben. Sie spurtete los und nahm zwei, drei Stufen gleichzeitig.

"Ihr nach!", schallte es ihr hinterher, "macht sie kalt!" Die Verfolger waren ihr dicht auf den Versen. Mal ein anderes Gefühl die Beute zu sein und nicht die Jägerin, dachte sich Desturia. Hoffentlich war es das Risiko wert gewesen.

Nur noch wenige Stufen. Desturia konnte bereits die Türe sehen, die sie fixiert und einen Spalt offen gelassen hatte. Grelles Mondlicht ergoss sich durch den schmalen Schlitz. Zehn Stufen, fünf, oben.

Desturia stieß die Tür auf. "Scheiße!"

Das grelle Licht kam nicht vom Mond. Ein verdammter Suchscheinwerfer. Augenblicklich zischten Energieblitze an Desturias Kopf vorbei. Sie zog sich zurück ins Treppenhaus. Die Stiefel von unten kamen näher. Draußen ergoss sich ein gnadenloses Sperrfeuer. Sie war am Arsch.

Sie zog die Pistole. Ein paar von denen würde sie noch mitnehmen. Sie gab zwei Schüsse ins Leere ab. Die Stiefel hielten kurz inne. Dann donnerten Schüsse zurück. An der Biegung, die Desturia gerade noch sehen konnte, schlugen einige Kugeln ein und ließen den Speis aus den Fugen rieseln. Ihre Häscher waren fast da. Desturia schätzte, dass sie sich genau unter ihr befinden mussten.

Ein metallisches Zirpen erklang, fast wie ein zaghaftes schleifendes Geräusch. Dann klimperte Desturia etwas metallisches entgegen. Rund und faustgroß. Eine Granate! Desturia machte einen verzweifelten Satz hinaus aufs Dach. Mitten rein ins Sperrfeuer. Sie rollte sich ab. Jetzt war es an der Zeit mit sich selbst Frieden zu schließen. Den sicheren Tod vor Augen.

Die Granate im Gang explodierte. Die feurige Zunge der Explosion leckte Desturia hinterher. Doch verfehlte sie. Energieblitze schlugen neben ihr ein. Und dann brach die Hölle los. Eine gewaltige Explosion erfasste einen der Wachtürme. Desturia fühlte die Glut des Feuerballs in ihrem Gesicht und spürte den dumpfen Knall in ihrem Magen. Die Luft wurde aus ihren Lungen gepresst. Sie rang nach Atem. Feuer, überall Feuer. Es regnete Feuer und Tod.

Jim starrte auf die Zieleingabe. Plendex, eine kleine Minenkolonie am Rand des Spiralarms. Weit genug weg, um von dort einen weiteren unbemerkten Sprung machen zu können. Sein Bruder würde die Spur von dort bestimmt nicht weiter verfolgen.

"Hast du's endlich?", fragte Rachel gereizt und schaute rüber. "Plendex? Naja, warum nicht? Ich bereite alles für den Sprung vor."

Rachel schaute ihn eindringlich an. Sah seinen verzweifelten Blick. "Nein, Jim."

"Rachel, wir müssen!" Er deaktivierte den Navcomputer.

"Spinnst du jetzt ganz?"

"Peil ihren Kommunikator an und bring uns runter!" Seine blau-grünen Augen schienen Rachels Seele anzuflehen. "Bitte, Rachel!"

Rachel hasste es, wenn er sie so anschaute. Sie hasste ihr künstliches Herz, dass jedes Mal darauf rein fiel und hasste es, dass Jim einfach nichts von ihren Gefühlen bemerken wollte. Oder konnte? Dieser Hornochse. Rachels Hochleistungsprozessoren liefen auf Hochtouren. Welche Alternativen blieben ihr? Sollte sie Jim helfen, dieses blonde Scheusal zu retten? Eine absolut unlogische Entscheidung, ihre Konkurrenz um Jim wieder ins Rennen zu holen. Aber ein tiefes Glitzern in Jims Augen sagte ihr, dass sie die zweite Möglichkeit vollends von ihm entzweien würde. Pest oder Cholera, sie hatte die Wahl.

Wortlos drückte sie den Steuerknüppel bis zum Anschlag. Der blaue Planet unter ihnen füllte schnell das vordere Sichtfenster.

"Danke, Rachel." Jim lächelte.

Rachel schnaubte nur verächtlich. Sie wusste jetzt schon, sie würde es bereuen. Während sich beim Wiedereintritt in die Atmosphäre ein leichter Feuerkranz um das Schiff legte, betätigte Rachel bereits die Funkkonsole, um die Ortung von Desturias Kommunikator durchzuführen. "Ich hab sie."

"Funk sie an!"

Rachel schüttelte den Kopf. "Geht nicht. Ausgeschaltet."

"Mist." Jim wandte ihr den Kopf zu. "Wo ist sie?"

Die Stadt war bereits sichtbar und wurde immer größer.

"Genau da wo sie nicht sein sollte."

"Du meinst ...?"

Rachel nickte. "Im gottverdammten Turm." Rachels Reue kam noch schneller, als sie es sich hätte vorstellen können. "Hoch ziehen?"

Jim schaute stumm nach vorne. Letzte Chance sich umzuentscheiden. Der Turm mit seinem Befestigungswall und den Wachtürmen rückte näher. Wie ein Greifvogel stürzte ihr Schiff aus luftiger Höhe auf ihn hinunter. Wildes Flackern flammte auf den Dächern auf.

"Computer, vergrößern!", befahl Jim.

Auf einem kleinen Sichtschirm erschien eine vergrößerte Darstellung der Festung. Jim entdeckte unzählige Soldaten, die sich auf das Zentrum des Turms einschossen. Jetzt oder nie!

"Mach die Waffen scharf!"

Eine Explosion auf dem Turm. Eine dunkle Gestalt flog förmlich durch die Luft und landete im Kreuzfeuer. Jim erkannte die blonde Frau sofort. Wenn sie nicht schnell handelten ...

Jim griff zur Waffenkontrolle. "Der Turm!" Knirschend presste er die Zähne zusammen und feuerte eine Rakete ab. Der Wachturm verwandelte sich innerhalb von Sekundenbruchteilen in einen glutroten Feuerball. Dann ließ Jim Energie und Tod auf die äußere Mauer regnen. Mit einem Angriff aus der Luft hatten sie wohl nicht gerechnet. Ein Kinderspiel.

Ein Signalton ertönte. Ein leises Surren gefolgt von einem Fiepen. Der Kommunikator.

Jim öffnete einen Funkkanal. "Desturia? ... Sind Sie ... Gott sei Dank! ... Bleiben Sie, wo Sie sind! Wir kommen runter." Er deaktivierte den Kommunikator und legte ihn auf die Armaturen vor sich. "Rachel, bring uns in eine stabile Position über dem Turm!" Jim schnallte sich ab und stand auf. Beim Verlassen des Cockpits rief er noch: "Und hau noch was Deckungsfeuer raus!"

"Bin kein Anfänger!", zischte Rachel. Wäre sie ein Mensch, würden nun Gift und Galle ihre Speiseröhre empor klettern. Sie hämmerte regelrecht auf die Waffenkontrolle und spuckte eine Phalanx an Energieblitzen in den Ostturm und zielte dabei nur knapp über Desturias Kopf hinweg. "Biest!"

Das reinste Inferno wütete um Desturia herum. In die brüllenden Explosionen und zischenden Energieblitze mischten sich die klagenden Laute sterbender

Menschen. Es roch nach Feuer, Ozon, Verzweiflung und Tod. Desturia liebte es.

Wie ein tosender Racheengel schleuderte das hinabstürzende Raumschiff seine Energieblitze in die Verteidigungsstellungen der Festung. Vorsichtig ging Desturia in die Hocke. In dem Chaos hatte der konzentrierte Beschuss ihrer Position schlagartig aufgehört. Jim, fuhr es ihr durch den Kopf. Das konnte nur Jim sein. Sie griff nach ihrem Kommunikator und schaltete ihn ein. Jetzt erkannte sie auch eindeutig die Silhouette der Dark Lady. Einen kurzen Moment später hörte sie die vertraute, von Interferenzen verzerrte, Stimme des Schmugglers.

"Jim ... Ja, ich bin unverletzt ... Pah, der hat am wenigsten damit zu tun ... Ist gut. Was ...?"

Die Verbindung war bereits unterbrochen.

Das Schiff sank weiter herab und drehte die Nase in ihre Richtung. Plötzlich flammten erneut die Bordkanonen auf. Eine tödliche Ladung Energie raste auf Desturia zu. Verfehlte sie um Haaresbreite. Und schlug mit aller Macht im Turm, hinter ihr ein.

"Spinnt ihr!?", rief Desturia der Lady entgegen, die nun relativ ruhig über ihr schwebte.

Die seitliche Luke öffnete sich und Desturia erkannte Jim, der einen Schritt auf die ausgefahrene Rampe hinaustrat.

"Spring!", schrie er, kaum fähig das laute Getöse der Triebwerke zu übertönen.

Desturia nahm einen kurzen Anlauf und stieß sich mit aller Kraft vom Boden ab. Sie landete direkt in den Armen des Schmugglers, der mit ihr mehrere Schritte, hinein ins Schiff, taumelte.

"Ich hab dich", sagte er erleichtert und schaute sie aus sehnsuchtsvollen Augen an. Er drückte sie, so fest er konnte, an sich. Er roch den betörenden Duft ihrer Haare, den Schweiß und den Dreck, der ihr anhaftete. Er schaute in ihre tiefblauen Augen. Er spürte die Wärme ihres Atems zart auf seiner Wange. Langsam näherten sich ihrer beider Lippen an.

Ruckartig schoss die Dark Lady in die Höhe. Jim und Desturia fielen zu Boden und lösten die Umklammerung. Die Druckluke schloss sich zischend und die Lady gewann schnell an Höhe.

Der Klang unsicherer Schritte drang durch den Gang nach vorn ins Cockpit. "Ich hab dich." Jims Stimme klang wie die eines verliebten Teenagers.

Rachel schnaubte verächtlich und schaute nach hinten in den Gang. Dort standen sie. Wie ein verliebtes Pärchen im Sommerregen. Fehlte nur noch, dass sie sich die Kleider vom Leib rissen. Jim hielt dieses Monster fest im Arm. Sein Kopf näherte sich dem ihren. Zeit zu handeln.

Rachel zog den Steuerknüppel bis zum Anschlag nach hinten und prügelte die Maschine in Richtung Weltraum. Jim und Desturia strauchelten und gingen zu Boden. Das sollte sie erst mal abkühlen. Rachel verschloss die Außenluke und grinste zufrieden.

"Mensch, Rachel! Was soll das?", presste Jim hervor, als er ins Cockpit strauchelte, das blonde Gift im Schlepptau. Er setzte sich neben sie auf den Pilotensitz und schnallte sich fest. Desturia tat es ihm an der Kommkonsole hinter ihnen gleich.

Die Farbe der Atmosphäre wechselte bereits von Blau zu Schwarz und das helle Funkeln der Sterne begrüßte sie im Weltraum.

"Okay", sagte Jim, "Kurs auf Plendex und von dort dann weiter zum Ziel."

"Hoffentlich folgt Efris uns nicht."

Desturia verstand den Sinn von Rachels Worten nicht. "Wieso sollte er uns folgen?"

"Mist!" Jim schlug mit der Faust aufs Pult. "Zwei Kreuzer versuchen uns den Weg abzuschneiden."

Rachel schaute aus dem Fenster. Mit bloßem Auge unterschieden sich die näher kommenden Schiffe nicht von den Lichtern ferner Sterne. "Die zwei Stunden sind noch nicht rum."

"Zwei Stunden?" Was sollte das? Sie sprach in Rätseln.

Jim lachte auf. "Bei der Show gerade bleibt ihm nichts anderes übrig, als seine Hunde sofort loszuhetzen." Jim prüfte ihren Kurs zum Sprungpunkt und verglich sie mit dem geschätzten Kurs ihrer Verfolger. Er atmete durch. "Die werden uns nicht gefährlich."

Rachel strich sich eine schwarze Strähne aus der Stirn. "Gut."

"Meine Damen und Herren, hier spricht der Kapitän. Wir haben unsere Flughöhe erreicht und tauchen nun ein in den Hyperraum. Bitte haben Sie Verständnis, dass wir auf dieser Reise keine Häppchen servieren", witzelte Jim und führte den Sprung durch.

Funken sprühten auf, als der Antriebsgenerator die Schwelle zum Hyperraum aufbrach und das Schiff in die Parallelebene katapultierte. Zurück blieben Palarias und zwei waffenstarrende Kreuzer, die nicht einmal den Versuch unternahmen, ihnen weiter zu folgen. Ein letztes Geschenk unter Brüdern. Beim nächsten Zusammentreffen würde Efris Jim töten müssen. Eine Last die schwer auf den Schultern des Gouverneurs lag und ihm das Herz aus dem Leib zu reißen drohte. Der Krieg war in ihrer Familie angekommen.

Kapitel 15

Die Blicke des Rotschopfes wanderten zwischen dem schweren Kreuzer, der fast das gesamte Panoramafenster ausfüllte und dem blauschimmernden Hologramm, des nicht minder imposanten Mannes, hin und her. Selbst durch die blaue Projektion wirkte er noch dunkel und bedrohlich. Das vernarbte Gesicht schaute unter der schweren Kapuze seiner Kutte hervor. An der linken Brust trug er eine kunstvoll verzierte Brosche, einen fünfarmigen, brennenden Stern.

"Ich hoffe, um Ihretwillen, dass ich den weiten Weg nicht umsonst gemacht habe." Die Stimme des Großinquisitors war kraftvoll und bedrohlich.

"Sie wird kommen. Ich versichere es Ihnen." Der Rotschopf baute sich vor dem Hologramm auf. "Auf mich ist Verlass."

Der Inquisitor funkelte ihn düster an. "So wie auf Epidon?"

"War ja wohl nicht meine Schuld!" Was glaubte dieser zerlumpte Fatzke eigentlich, wer er war? Er konnte ihm nicht das Wasser reichen. Nicht ihm, dem unwiderstehlichen Corvin, der Reinkarnation aller Genialität. "Ich hab sie genau dahin gebracht, wo Sie sie haben wollten." Corvin wischte sich den Rest des weißen Pulvers von den Nasenflügeln. "Wenn Ihre Leute zu dämlich sind den Sack zu zumachen."

Unvermittelt holte der rechte Arm des Hologramms aus und ließ seine Faust mitten in Corvins Gesicht donnern. Dieser polterte ein Stück zurück und fiel auf den Hosenboden. Blut strömte aus seiner schmerzenden Nase. Corvin hasste diese materialisierenden Hologramme. Wie schön war es doch vor dieser Erfindung, als ein blaues Licht nicht mehr als ein blaues Licht war und nicht die körperliche Gewalt des Senders auf den Empfänger übertragen konnte.

Der Schlag hatte seine Wirkung nicht verfehlt. Corvins Höhenflug war beendet. Verängstigt schaute er das Abbild des Großinquisitors an. "Sie kommt. Ganz bestimmt."

Ohne ein weiteres Wort erlosch das Hologramm und ließ Corvin alleine zurück in seinem abgedunkelten Saal. Er ging hinüber zum Podest mit seinem Schreibtisch und blinzelte dabei das Flaggschiff der Inquisition wütend an. Corvin setzte sich auf den bequemen Stuhl, den er mit echtem Leder hatte überziehen lassen, eine kleine Kostbarkeit und öffnete eine der Schubladen seines Schreibtisches. Er hatte sich mit dem Teufel eingelassen. Corvin griff in die Schublade und warf einen kleinen Blister mit grasgrünen Tabletten auf den Tisch. Er hatte sich verkauft, sie verkauft. Corvin drückte zwei der kleinen Muntermacher aus ihrer Schale und schmiss sie in seinen Mund. Aber zu einem guten Preis. Dieser Teufel lieferte verdammt guten Stoff. Corvin schluckte und konnte fast augenblicklich die belebende Wirkung in seinem Geist spüren. Das war erst der Anfang. Desturia würde seine Eintrittskarte in eine bessere Welt sein.

Corvin wirbelte wie von Sinnen in die Mitte des Saales und jauchzte wie ein Kleinkind. Er fühlte sich schwerelos und unbesiegbar.

"Tanzt ihr Hunde! Tanzt für mich!"

Kapitel 16

Das Licht des goldgelb leuchtenden Sterns spiegelte sich sanft in den glatten, dunklen Stahlplatten der Außenhaut der Dark Lady. Wie ein schlafwandelnder Habicht glitt das Schiff gemächlich von seinem Eintrittspunkt in das planetenleere System und peilte den äußersten der sechs Asteroidengürtel nicht weit von ihm entfernt an. Die traurigen Überreste der einstmals sechs großen Gesteinsplaneten zogen schon seit einigen hundert Jahren ihren immerwährenden Trauerzug um ihr Gestirn. Gier, Fehlkalkulation und unbändiger Durst nach Rohstoffen waren den lebensfeindlichen, aber rohstoffreichen Planeten zum Verhängnis geworden. Die Minengilde, die damals ihre Außenposten hier aufgeschlagen hatte, war auf die Idee gekommen, die Planeten mittels thermonuklearen Planetenknackern in ihre Einzelteile zu zerlegen, um dann gemächlich die Trümmer abbauen zu können. Jedoch hinkten die Gewinne den Prognosen weit hinterher und es dauerte nur wenige Jahrzehnte, bis sich die Gilde aus dem Sektor zurückzog und das Feld kleineren Schürfgesellschaften und zwielichtigen Gesellen überließ.

Langsam näherte sich die Dark Lady einem der größeren Brocken, der die Ausmaße eines kleinen, ungleichmäßig geformten Mondes hatte und auf dessen Oberfläche unzählige Lichter blickten und tanzten. Hier befand sich der zentrale Umschlag- und Verladehafen von Ring sechs. Autonome Schürfdrohnen wuselten um die Einflugschneise herum und warteten darauf, endlich ihre Beute aus den umliegenden Gesteinsbrocken abladen zu können. In diesem munteren Bienenschwarm wirkte die Dark Lady wie ein schwerfälliger, übergroßer Kondaipelikan. In seinem Auge, dem seitlichen Cockpitfenster, tauchte ein Kopf mit langem, blondem Haar auf, der sich nach vorne zum Piloten beugte.

"Und du denkst wirklich, dass das nötig ist?"

"Glaub mir, Desturia! Um nicht aufzufallen, sollten wir wenigstens so tun, als wollten wir handeln. Ich kann die Spürhunde meines Bruders förmlich riechen", sagte Jim und verrenkte den Kopf, um Desturia in die Augen zu schauen. Dieses liebliche, tiefvolle Blau. Er verdrängte den Gedanken dieses nach einem weiteren Sprung von sechs Stunden vielleicht nie mehr wieder zu sehen. Jim würde alles tun, um ein wenig mehr Zeit zu erkaufen. Seine Idee sich hier als Rohstoffhändler auszugeben, um so besser unterzutauchen, war schon mehr eine Verzweiflungstat seiner Gefühle. Keine wirklich brillante Idee. Sie kam selbst ihm unglaubwürdig vor. Das ihm die beiden Frauen das ebenfalls nicht abkauften oder zumindest oberflächlich nur so taten, hatte er bereits an ihren Gesichtern ablesen können, als er seinen tollen Plan preisgab.

"He! Und vielleicht können wir ja noch ein Schnäppchen machen." Sein kindliches Grinsen steckte Desturia an.

"Wenn du meinst." Wie zufällig berührte ihre Hand sanft seine Schulter, als sie sich umdrehte und sich wieder auf ihren Platz setzte.

Rachel saß schweigend auf ihrem Sitz und beobachtete die beiden mit ausdrucksloser Mine. Unter dem offenen, langen schwarzen Haar konnten gerade so ziemlich alle Gedanken los sein. Es war schwer zu erkennen, ob dort bunte Regenbogenponys freudig tanzten, oder Dantes Inferno tobte.

"Hier Bodenkontrolle", plärrte es aus den Lautsprechern, "halten Sie Kurs und Geschwindigkeit bei! Sie haben Landeerlaubnis auf Plattform neun. Schalten Sie den Autopiloten auf!"

"Negativ", antwortete Jim, "ich lande manuell." Diesen Spaß ließ Jim sich ungern nehmen. Im Gegensatz zu den monotonen Reisen im luftleeren Raum boten die Starts und Landungen noch das letzte wahre Gefühl zu fliegen.

Der Lotse zögerte kurz, bevor er antwortete: "Haben Sie Schwierigkeiten? Wir schicken einen Schlepper."

"Negativ. Keine Schwierigkeiten. Lassen Sie die Jungs weiter ihren Kaffee trinken!" Schnaps traf es wohl eher, dachte sich Jim. Er kannte den Schlag an Schlepperpiloten nur zu gut. Abgewrackte Schiffskapitäne, die kaum noch in der Lage waren, in ihrer eigenen Wohnung, wenn sie denn eine besaßen, zu navigieren. "Ich bringe den Vogel immer manuell runter."

Diesmal antwortete der Mann sofort und verlor selbst den letzten Rest an Förmlichkeit: "Scheiße Mann, dann pass bloß auf, dass du uns nicht die ganze Einrichtung schrottest!"

"Ich doch nicht."

"Bodenkontrolle Ende."

Jim brachte die Dark Lady ruhig in das Innere des Hangars. Dieser glich eher einer dicht besiedelten Tropfsteinhöhle als einem Raumhafen. Viel Spielraum hatte Jim hier nicht zum Manövrieren. Endlich mal eine kleine Herausforderung. Sein Blick folgte der blassroten Leitlinie, die ihm die Bodenkontrolle auf den Sichtschirm geworfen hatte und nahm den ihnen zugewiesenen Landeplatz in Augenschein. Links und rechts ihrer schmalen Landeplattform lagen mittelgroße Erzfrachter vor Anker. Jim schätzte, dass die Dark Lady in den Bäuchen der, im Verhältnis kleinen, Schiffe immer noch gut und gerne dreimal Platz gefunden hätte.

Eine Vielzahl an Verladerobotern war emsig damit beschäftigt, die beiden klobigen Frachter zu beladen. Eine handvoll menschenähnlicher Kandorani, die sich nur in ihrer blauen Haut und den winzigen Auswüchsen am Kopf von ihrer verwandten Spezies unterschieden, stand gelangweilt vor einem der Schiffe. Sie trugen keine Raumanzüge. Gut, die Luft im Hangar war also atembar. Konnten sie wenigstens die umständliche Ausrüstung an Bord lassen, dachte sich Jim.

Präzise und so ruhig, dass nicht ein Tropfen Wasser aus einem randvoll gefüllten Glas gelaufen wäre, setzte Jim sein Schätzchen auf. Als er die Maschinen abschaltete, küsste er sich auf die Fingerspitzen und streichelte dann sanft über das Armaturenbrett. "Meine Damen, der Adler ist gelandet."

Desturia schenkte ihm zaghaften Applaus, ein seichter Abklatsch dessen, was sich bei der Landung einer Passagiermaschine eingebürgert hatte. "Bravo, mein Held", säuselte sie sarkastisch und betörend zugleich.

Im Aufstehen verneigte Jim gespielt sein Haupt.

Wie in einem schlechten Schmierentheater, dachte sich Rachel und verdrehte die Augen. "Und was jetzt, du Superheld?"

"Schaun wir uns mal um." Jim streckte sich und ließ die müden Schultern rotieren. "Erst mal nen Happen essen würde vielleicht nicht schaden." Jim schaute Desturia fragend an.

"Bevor du mich jetzt fragst, ob ich nur Menschen aussauge, nein, ich esse zuweilen auch einfache Hausmannskost." Sie grinste. Dabei kamen die Spitzen ihrer Reißzähne zum Vorschein. Messerscharf, absolut tödlich und so sexy, fand Jim.

"Dann wäre das ja geklärt", raunte Rachel und schob sich zwischen den beiden, die nun nah beieinander standen, durch. "Ich hab übrigens auch Hunger, falls es dich interessiert, Jim." Ohne sich umzuschauen verließ sie das Cockpit.

Jim zuckte mit den Schultern. "Auf geht's."

Nickend nahm Desturia ihren Mantel, der über der Rückenlehne ihres Sitzes hing und zog ihn über. Dann folgte sie Jim und Rachel hinaus auf die Landeplattform.

Die Gruppe Kandorani schaute sich flüchtig nach ihnen um. Ein seltsames Bild; Jim, der in abgewetzter Lederjacke und ausgewaschenen Hosen daherging, mit seinen verwuselten Haaren und Dreitagebart und flankiert wurde von zwei hochgewachsenen, betörend wirkenden Frauen. Die eine mit schwarzen Haaren und hautengem, weißen Pilotenoverall, die andere blond und ganz in Schwarz gekleidet, eingehüllt in einen schweren Mantel. Nein, Jims Plan zur Unauffälligkeit ging nur zur Hälfte auf. An ihn würde sich hinterher mit Sicherheit kein Schwein mehr erinnern. Aber an die beiden Frauen ...

Jim schaute auf seinen kleinen Multifunktionscomputer, den er wie eine Armbanduhr, um das linke Handgelenk trug und rief eine Stationskarte auf. Wie von Geisterhand gehalten, schwebte sie wenige Zentimeter über Jims, vor dem Körper gebeugtem, Arm.

"Hier entlang." Jim führte sie zu einer kleinen Luftschleuse, nicht weit entfernt von ihrem Anlegeplatz. Die Schleuse stand offen und wurde von zwei gelangweilt aussehenden Sicherheitsleuten flankiert. Einer der Männer glotzte Rachel unverhohlen auf die Brüste und fast schlagartig verwandelte sich sein gelangweilter Gesichtsausdruck in das lüsterne Sabbern eines Teenagers.

"Verlier deine Augen nicht, Schätzchen!", sagte Rachel und deutete sachte an, ihm mit Zeige- und Mittelfinger die Augen auszustechen.

Der Mann räusperte sich, grinste aber unverhohlen weiter, als die Drei die Schleuse passierten. "Passiert schon nicht, Knackarsch!"

Sein Kollege unterdrückte ein Prusten und starrte weiter geradeaus zum Raumhafen.

Die Höhle, in die Jim sie geführt hatte, war eine exakte Kopie des Raumhafens, zumindest von der Größenordnung. Die Bebauung des riesigen Hohlraumes, den man in den Fels gesprengt hatte, war jedoch eine ganz Andere. Zwei- bis vierstöckige Gebäude drängten sich dicht an dicht, durchzogen von schmalen, dicht bevölkerten Gassen. Von der Höhlendecke schimmerte das Licht einer künstlichen Sonne herunter und vermittelte die Stimmung eines jungen Tages, der sich gerade erst von der Morgenröte befreit hatte. Eine seltsam anmutende Gruppe von Vögeln flatterte über Jim, Desturia und Rachel hinweg und zog ihre weite Bahn quer über die kleine Stadt.

In der Mitte der Höhle schien ein kleiner Marktplatz zu sein, zumindest laut Karte auf Jims Armcomputer. Sehen konnte man ihn nicht.

Jim tippte auf den Platz. "Da gibt's bestimmt ein gemütliches Restaurant."

"Dann bring uns mal hin, Captain", sagte Desturia süffisant.

"Bring uns mal hin, Captain", äffte Rachel sie flüsternd nach und warf ihr einen hasserfüllten Blick zu, der unbemerkt blieb.

Jim schaute sich mit gestrecktem Kopf um und verschaffte sich die nötige Orientierung. Wortlos ging er los und verschmolz mit der Masse an geschäftig hin und her eilenden Geschöpfen. Desturia und Rachel folgten ihm auf dem Fuß.
"Schwer was los", meinte Desturia und schaute sich um. Die Häuser in der Gasse wirkten alt, aber gepflegt. Fast jedes von ihnen besaß übergroße Schaufenster, welche die Waren, die ihre Besitzer anboten anpreisten. Das Angebot reichte von einfachen und exotischen Speisen von Nah und Fern, über Ausrüstung und Waffen, bis hin zu Rauschmitteln und Diensten eindeutig zweideutiger Art. Einige Ladenbesitzer hatten provisorische Verkaufsstände vor ihren Gebäuden aufgebaut und machten lauthals schreiend

auf sich aufmerksam. Desturia erinnerte diese Szenerie an einen mittelalterlichen Basar aus einem X-beliebigen alten Filmschinken.

Rachel antwortete ihr nur mit einem undeutlichen Grummeln.

Desturia blinzelte sie an, entschied sich aber, nichts weiteres zu sagen.

Als sie den Marktplatz erreichten, staunte Desturia nicht schlecht. Er war verhältnismäßig geräumig und nicht so dicht bevölkert wie die Gasse, die sie hergeführt hatte. Umrandet wurde der Platz mit kunstvoll verzierten, zweistöckigen Gebäuden aus der Gründerzeit. Und in der Mitte stand eine zehn Meter große Marmorsäule, auf deren Spitze die Skulptur einer langhaarigen und athletischen Frau thronte. Die graue Figur stemmte gebieterisch die Hände in die Hüften und blickte streng hinunter auf den Platz, auf dem ein kleiner Springbrunnen und kleine, liebevoll begrünte Beete angelegt waren. Hier zeigte sich der wahre Wohlstand, den diese freie Minenkolonie erwirtschaftete.

Jim schaute flüchtig auf sein Armdisplay und deutete auf das Monument. "Das ist Viktoria Stoischee, die Gründerin der ersten Bergbaukolonie in Gürtel sechs", las er ab und klang dabei wie ein desinteressierter Touristenführer. "Und dort drüben", seine Stimme wurde etwas enthusiastischer, "soll es laut Karte ein gutes Restaurant geben."

Desturia folgte seinem Blick und nahm das Haus, zu dem er zeigte, in Augenschein. Wie seine Nachbargebäude machte es einen einladenden Eindruck. Die Fenster waren mit buntem Bleiglas verziert und der

kleine Eingang, der von einem stämmigen Türsteher
bewacht wurde, stand offen. In einer holografischen
Leuchtschrift wurde dezent der Name 'Jäger der See-
len' über der Tür projiziert.
"Seltsamer Name", bemerkte Rachel, die sich zwi-
schen Jim und Desturia gestellt hatte.
Jim zuckte nur mit den Schultern. "Hauptsache das
Essen ist gut." Er schaute nacheinander die beiden
Frauen an. "Also, wollen wir?"
"Ich sterbe vor Hunger", grinste Desturia.
"Na, hoffentlich", dachte Rachel und war sich nicht
sicher, ob sie diese Worte auch laut ausgesprochen
hatte. Die düsteren Blicke, die sie von Desturia ernte-
te sprachen zumindest dafür.
Jim ging als Erster los. Der Türsteher ging einen
Schritt zur Seite und ließ die Drei passieren.
    Eine Wand aus Gemurmel und abgestandener Luft
schlug ihnen entgegen. Der halbdunkle Innenraum
teilte sich grob in zwei Bereiche ein. Links des Ein-
gangs war eine Theke, an der sich allerlei seltsamer
Gestalten versammelt hatten. Jim erkannte unter der
Vielzahl unterschiedlicher Rassen einen fellbesetzten
Ironasier, der mit seinen krallenbewehrten Händen
einen großen, gefüllten Krug an die wulstigen Lippen
seiner spitzen Schnauze führte, zwei Menschen, die
scheinbar miteinander stritten und einen kleinwüch-
sigen Gondarian, ein echsenartiges Wesen, der sich
auf einen Barhocker gestellt hatte und verzweifelt
nach dem Barkeeper winkte. Der dämmrige Bereich
zur Rechten war mit voll besetzten Tischen gesäumt.
Durch die Dampfschwaden, die einen seltsam exo-

tischbetörenden Duft verströmten, konnte er nur erahnen, was sich dort alles niedergelassen hatte.

Der übergewichtige Barkeeper, ein blauhäutiger Kandorani, winkte die drei Neuankömmlinge direkt zu einer Treppe, die am linken Rand der Theke ihren Anfang nahm und ins obere Stockwerk führte. Seine Lippen formten dabei so etwas wie 'hier unten ist alles voll' oder so. Jim war nicht besonders gut im Lippenlesen und durch den Lärm kamen auch nur undeutliche Fetzen der gesprochenen Worte durch.

Jim nickte knapp und sie gingen zielstrebig zur Treppe.

Der obere Raum war um einiges offener und heller gestaltet, was nicht zuletzt an den klaren und großen Fenstern lag, war aber mindestens genauso verraucht wie der untere Bereich. Jim ließ das schwach blinkende Rauchverbotsschild am oberen Treppenabsatz links liegen, scheinbar wie alle Gäste hier und schaute sich nach einem freien Tisch um. Direkt am Fenster hatte gerade ein menschliches Pärchen, mittleren Alters, gezahlt und befand sich im Aufbruch. Perfekt. Noch bevor der Sitz ganz ausgekühlt war, saß Jim schon auf seinen vier Buchstaben. Desturia und Rachel hatten es nicht ganz so eilig und setzten sich mit weniger Hektik an den Tisch.

Ein herannahender Kellnerdroide räumte die leeren Gläser ab und trottete tonlos zurück in den Nebenraum, aus dem er gekommen war. Zeitgleich erwachte die Mittelkonsole des Tisches zum Leben und projizierte eine dreidimensionale freischwebende Speisekarte in der Luft. Jim begann augenblicklich mit wischenden Handbewegungen darin zu blättern.

Gelangweilt schaute Rachel aus dem Fenster. Von ihrem Platz aus konnte sie die Rückseite des Denkmals betrachten. "Also, warum tun wir das hier?" Sie wandte den Blick von dem zu fett wirkenden Hintern Stoischees ab und schaute Jim direkt in die Augen.

"Weil wir Hunger haben?" Er schaute zurück und grinste dann Desturia an.

Rachel folgte seiner Kopfbewegung.

Das Gesicht der Blonden blieb kühl und undurchsichtig, als sie Rachels Blick erwiderte.

"Im Ernst jetzt, Jim. Keine sechs Stunden Flugzeit trennen uns von unserem Ziel. Was soll der Aufenthalt?" Rachel trommelte mit den Fingerspitzen ihrer Rechten auf der Tischplatte.

"Ich nehme das Gundraksteak", sagte Jim und tat so, als hätte er Rachels Frage überhört.

"Gute Wahl", säuselte Desturia, "nehm' ich auch. Blutig." Sie grinste.

"Was kriegst du, Rachel?" Endlich schien er wieder Notiz von ihr zu nehmen. Allerdings nur halbherzig, denn seine Blicke wanderten schon wieder zur Seite.

"Mir ist der Appetit vergangen."

Jim schaute sie fragend an.

Rachel stand auf. "Ich geh zurück zum Schiff und bereite alles vor." Sie verließ den Tisch, nicht ohne die Rückenlehne von Desturias Stuhl beiläufig anzurempeln. "Wenn ihr hier fertig seid, können wir weiter." Ein zerstörerischer Blick formierte sich in ihren Augen und stach in die von Jim. "Der Aufenthalt dürfte für dein Geschäft lang genug gewesen sein." Sie betonte das Wort 'Geschäft' dabei wie eine ansteckende Krankheit. Dann drehte sie sich um und ging.

"Was ist denn jetzt los?" Jim wirkte ratlos.

"Hast du's nicht bemerkt?"

"Bemerkt? Was?"

"Männer." Desturia schüttelte den Kopf. Doch selbst als Jim sie fordernd anschaute, blieb sie ihm jede weitere Antwort schuldig und gab stattdessen ihre Bestellung im Hologrammfeld des Tisches auf. "Ich bestell direkt für dich mit. Wie nimmst du dein Steak?"

"Durch, bitte."

Desturia verzog das Gesicht. "Bist du sicher? Steak, nicht Schuhsohle."

"Ist nicht jeder so scharf auf Blut wie du." Seine Stimme klang selbst in seinen Ohren eine Spur zu vorwurfsvoll.

Desturia bestellte sein trockenes Stück Fleisch. "Und was soll das jetzt?"

Jim zuckte mit den Schultern. Dann lehnte er sich ein Stück weit über den Tisch, um nicht so laut sprechen zu müssen. "Ich mein, wenn du dich normal ernähren kannst, warum tötest du dann?"

"Normal, normal. Was ist schon normal?"

"Na, Menschenblut zum Beispiel nicht!" Er wurde ungewollt lauter und schaute sich direkt um, ob jemand sie belauschte. Erleichtert merkte er, dass dies nicht der Fall zu sein schien.

"Du isst doch auch diesen armen Gundrak. Und lässt ihn sogar zweimal töten."

Jim überging ihre Spitze. "Das ist ja wohl was anderes?"

"Ach ja? Und wieso?"

"Na ... na, weil das ein Tier ist. Es ist sein Zweck."

"Sein Zweck also. Ein Tier." Desturia platzierte ihre Ellenbogen auf dem Tisch und legte ihr Kinn in die offenen Handflächen. Dabei sah sie Jim nachdenklich an. "Ein Tier", sagte sie erneut. "Und sein einziger Lebenssinn ist es also, gegessen zu werden. Verstehe. Und wer bestimmt das? Du? Die Menschen? Oder wer?"

"Die Natur! Das Gesetz des Stärkeren!"

Desturias Augen funkelten und sie stieß mit dem rechten Zeigefinger in die Höhe, als hätte sie den Geistesblitz. "Ja, genau. Der Stärkere." Sie grinste und entblößte die Spitzen ihrer Fangzähne.

"Das gilt aber nicht für intelligenzbegabte Wesen", ergänzte Jim, dem Desturias überheblicher Gesichtsausdruck nicht gefiel.

"Also hängt es von der Intelligenz eines Wesens ab, ob man es als Nahrung sieht oder nicht." Nachdenklich schaute sie zum Fenster raus. "Da kenne ich ne ganze Liste an Kandidaten, die dann ganz oben auf dem Speiseplan stehen müssten." Sie schaute zurück zu Jim. "Wo ziehst du diese Grenze?"

"Wie?"

"Na, wie intelligent muss ein Geschöpf denn sein, um nicht als Nahrung zu gelten?"

Jim schaute sie an, wie ein Ochs vorm Berg.

"Muss es fühlen können oder sprechen? Oder vielleicht Raumschiffe bauen können? Wo ist die Grenze?" Mit naiv fragendem Blick schaute sie Jim an.

Eine kurze Weile saßen sie sich einfach nur stumm gegenüber und schauten sich in die Augen. Noch bevor Jim fertig überlegt hatte, was er nun antworten würde, trennte ein tiefes Räuspern ihren Blickkontakt. Beide drehten zeitgleich den Kopf und fixierten den stämmigen, dunkelhäutigen Mann, der sich zu ihrem Tisch herunter gebeugt hatte. Das Licht des Fensters spiegelte sich in seiner Glatze.

"Entschuldigen Sie, dass ich Ihre interessante Diskussion unterbreche ..."

Jim schluckte. Scheiße, sie hatten zu laut geredet. Er tauschte einen flüchtigen Blick mit Desturia. Sie schien das Selbe zu denken.

Kapitel 17

Rachel schnaubte regelrecht vor Wut, als sie aus dem Lokal stürmte und dabei mit einem entgegenkommenden Mann zusammenstieß.

"Pass doch auf, Glatzkopf!", blökte sie ihn an.

Stumm schaute er sie aus seinen tiefbraunen Augen an, die farblich perfekt zu seiner Haut passten. Er schüttelte lediglich den Kopf, als sich Rachel, vor sich hin fluchend, von ihm entfernte. Dann verschwand er im Lokal.

Den Weg zum Schiff legte Rachel im Eiltempo und mit allerlei Beschimpfungen zurück. Die beiden Wachen an der Schleuse bekamen dabei das meiste Fett weg. Der von Rachel provozierte Streit wäre fast in einem handfesten Gemenge geendet, wäre nicht gerade zufällig eine Gruppe der örtlichen Miliz aufgetaucht. Stattdessen hatte Rachel beherzt die Kuppe ihres Mittelfingers geküsst und diesen dann ihrer Lieblingswache gezeigt.

Und jetzt saß sie hier im Schneidersitz auf ihrem Bett und wartete, vor Wut kochend, dass Jim endlich mit diesem Miststück zurückkam. Oder besser ohne. Aber das war reines Wunschdenken. Sie entknotete ihre Beine, richtete die Knie auf und umschlang sie mit beiden Armen. Ein tiefer Seufzer entglitt ihr, als sie sehnsüchtig das Meerespanorama anschaute, welches die digitale Wandanzeige ihrer Kabine darbot. Fehlte nur noch die sanfte Brise und das Rauschen der Wellen. Und jemand an ihrer Seite.

Er würde es nie kapieren. Dieser vollkommen ver-
blödete Taugenichts. Sah er in Rachel denn nicht
mehr als eine langjährige Partnerin? Merkte er nicht,
was sie für ihn empfand?

"Ich bin doch keine Maschine", säuselte sie. Rein
technisch gesehen war diese Aussage falsch und das
wusste sie auch. Sie war ein Android, daran war nicht
zu rütteln. Aber sie hatte Gefühle, Gedanken, Bewusstsein, sie lebte, liebte und litt.

"Simulation beenden!", befahl sie mit harter Stimme und augenblicklich versickerte das blaue Meer
und machte einer tristen grauen Wand platz. Rachels
Blick wanderte hinunter zu ihren Zehen, die ungeduldig wackelten. "Mist, verdammter." Sie sprang förmlich vom Bett und ging zu dem kleinen Schreibtisch
hinüber und blickte auf den Monitor, der darauf
stand. Die vier Außenbordkameras zeigten den Bereich rings um das Schiff. Die Landebucht zu ihrer
Rechten war mittlerweile verwaist. Der Kandoranifrachter war gerade im Begriff zu starten, als Rachel
vorhin zum Schiff zurückgekehrt war.

"Wo bleibt ihr nur?", flüsterte Rachel und gab auf
der Konsole einen Befehl ein, um die Kameras zu
schwenken. Sie richtete den Fokus auf die Schleuse,
die zur Stadt führte. Die beiden Wachmänner wurden
gerade von zwei Kameraden abgelöst. Ihr kleiner
Liebling gestikulierte dabei wie ein stolzierender Pfau
und zeigte in die Richtung der Dark Lady. Rachel
konnte sich in etwa denken, womit er gerade prahlte.
Die Männer machten langsam den Durchgang frei.
Dort kam jemand. Eine dunkle Gestalt mit blondem
Haar, die Rachel am liebsten ins Vakuum des Alls

befördern würde. Mit festem Schritt ging sie an den Wachen vorbei. Einige Schritte hinter ihr folgte Jim. Rachel verdrehte die Augen. "Ochse!"

Scheppernd ging der Monitor zu Boden und erlosch.

"Entschuldigen Sie, dass ich Ihre interessante Diskussion unterbreche ..."

Desturia prustete einen Sprühnebel Antonischen Whiskeys aus vor Lachen, als Jim zum wiederholten Male den Mann im Lokal nachäffte.

Anfangs hatte dieser ihnen einen gewaltigen Schrecken eingejagt. Mit seiner stämmigen Figur hätte er gut und gerne ein Kopfgeldjäger sein können, welches auch Jims erster Gedanke gewesen war. Umso amüsierter war Jim, als sich der Fremde als Prediger des Mondlichtordens zu erkennen gegeben hatte, eine zwar nicht ganz kleine, aber doch recht unbedeutende Glaubensgemeinschaft, denen jegliches Leben heilig und kostbar war. Angesprochen von Jims und Desturias hitziger Diskussion über den Verzehr von Tieren, Gottlob hatte er den Teil mit dem Menschenblut nicht mitbekommen, hatte ihn an ihren Tisch gezogen. Der seltsame Gesichtsausdruck des Mannes, als trotz ihres vorangegangenen Streitgespräches beide ein saftiges (naja, bei Jim nicht ganz so saftiges) Steak serviert bekamen, war für Jim Gold wert gewesen.

"Entschuldigen Sie, entschuldigen Sie", sagte er noch dunkler und bohrte seinen Kopf zwischen

Desturias Schulter und Brust. Lachend zog er sich wieder zurück und warf den Kopf in den Nacken. "Gib mir auch noch nen Schluck!" Er griff nach der Flasche.

"Hey!" Desturia zog sie pfeilschnell beiseite. "Wie heißt das?"

"Sofort!"

Sie verpasste Jim einen Schlag mit der flachen Hand an den Hinterkopf.

"Bitte!"

"Na also, geht doch." Sie lächelte und gab ihm die Flasche. "Ich hab echt gedacht, das war's."

"Frag mich mal!" Jim setzte die Flasche an und nahm einen kräftigen Schluck.

Desturia schaute hoch zum Kuppeldach. Sie saßen beide auf dem steinigen Boden einer verlassenen Aussichtsplattform. Nach dem Essen hatten beide noch keine Lust gehabt zurück zum Schiff zu gehen. Darum hatten sie sich eine Flasche Whiskey geschnappt und waren auf gut Glück losgezogen, um die nähere Umgebung zu erkunden. Dabei hatte sie der Zufall hierher gespült. Oder hatte Jim vielleicht dem Zufall ein wenig auf die Sprünge geholfen?

Desturia war es egal. Hauptsache sie waren nun hier. Sie hatte die Beine weit von sich gestreckt und lehnte sich ein wenig zurück, wobei sie sich mit den Ellenbogen abstützte. Jim saß mit verschränkten Beinen, fast aufrecht, neben ihr und bewunderte ihre zarte Haut im Glanz der Sterne.

"Kaum zu glauben."

"Was?" Jim stellte die Flasche auf den Boden.

"Wie friedlich es da draußen wirkt." Desturias Blick schien sich in der Unendlichkeit zu verlieren.

"Wirkt ..."

Desturia legte ihm einen Zeigefinger auf die Lippen. "Schhh." Sie drehte ihren Körper in seine Richtung und richtete sich ein wenig auf. Sie zog den Finger sachte zurück und schaute ihm tief in die Augen. Behutsam legte sie ihre Hand auf seinen Oberschenkel und rückte näher an ihn heran.

Jim spürte den warmen Hauch ihres Atems an seinen Wangen. Die leichte Note des Whiskys verstärkte sein Verlangen. Zärtlich begann er ihre Hand zu streicheln, die immer noch regungslos auf seinem Schenkel ruhte. Wie sehr hatte er es sich gewünscht, ihr endlich so nah zu sein.

Desturias Brustkorb bebte fast unmerklich und ihr Atem wurde unruhig. "Jim", hauchte sie. Ihre Hand wanderte langsam von seinem Schenkel zu seinem Rücken und strich diesen langsam empor.

Jim berührte ihre Wange zart mit seiner Nasenspitze und sog den Duft ihrer Haut ein.

"Jim, nicht!" Desturias Hand erstarrte in seinem Nacken. Dann löste sie sich von ihm. Desturia setzte sich auf und drehte ihm den Rücken zu. Ein leichtes Schluchzen quälte sich aus ihr hervor.

"Was hab ich ...?" Jim war ratlos.

Was war los? Schlagartig verwandelte sich die Glut der Leidenschaft in ein dunkles und kaltes Nichts.

"Desturia?"

"Jim, ich kann nicht ... Ich darf nicht ..."

Jim rückte näher an sie heran und berührte sanft ihre Schultern. Er wagte es nicht, sie vollends zu umarmen.

"Was ist denn los? Ich dachte ..."

"Ich bringe den Tod, Jim. Den Tod." Sie vergrub die tränenfeuchten Augen in ihren Händen.

Jim rückte um sie herum und nahm ihre Hände von ihrem Gesicht und hielt sie sanft umklammert. Leicht fuhr er mit den Daumen über ihre Handrücken. "Ich weiß, wer du bist. Was du bist. Es ist mir egal. Ich l..."

Ihr Blick ließ ihn mitten im Satz verstummen. Sie sah gequält aus. Wie eine Seele, die Jahrtausende von Höllenpein erlitten hatte.

"Du weißt gar nichts, Jim."

"Dann erklär's mir!"

"Ich ..." Ihre Stimme versagte den Dienst. Desturia schaute zu Boden und atmete schwer. "Jeder", begann sie erneut, "der mir wichtig war ... den ich liebte ..." Sie zitterte. "Sie sind alle tot, Jim!", schrie sie vor Schmerz. "Tot! Tot! Tot!" Sie hämmerte mit ihren Fäusten verzweifelt auf seine Brust ein und legte dann den Kopf auf seine Schulter. "Tot, Jim, sie sind alle tot", flüsterte sie mit schwacher Stimme und begann zu weinen.

Sie wirkte mit einem Mal so schwach, zerbrechlich und Jim wünschte sich nichts sehnlicher, als sie vor allen Gefahren dieser Galaxie zu schützen. Koste es ihn, was es wolle. Er umschlang sie mit seinen Armen und drückte sie, so fest er konnte, an sich. Sanft strich er ihr mit einer Hand durchs Haar, während sie ihr Gesicht tief zwischen seinem Kinn und seiner Brust versteckte.

"Ich kann dich nicht lieben, Jim. Ich darf dich nicht lieben. Ich will dich nicht lieben." In kurzen verheulten Intervallen rang sie nach Luft. "Ich will nicht, dass du stirbst."

Jim fasste sie sanft am Kinn und schob ihren Kopf ein wenig nach oben, sodass sie sich in die Augen sehen konnten. "Ich werde nicht sterben." Er grinste schief. "Zumindest nicht so bald."

Desturias Augen waren rot geschwollen und aufgequollen. Ihr sonst schon blasser Teint wirkte wie die Oberfläche einer eisigen Schneelandschaft. "Jeder, Jim." Sie versuchte sein Lächeln zu erwidern. Doch der gequälte Gesichtsausdruck, den sie machte, ließ jede Spur von Hoffnung zerplatzen. Sie streichelte sanft über seine stoppelige Wange. "Jeder."

Sie erzählte Jim von ihren Eltern, dem grauenhaften Tod, der sie ereilt hatte, von ihrem Ziehonkel, der sie damals von dem Planeten, dessen Namen Desturia vergessen oder verdrängt hatte, gerettet hatte. Sie gab sich die Schuld an alldem. Sie hätte ihre Eltern retten müssen. Dass sie nur ein zwölfjähriges Mädchen gewesen war, ließ sie nicht gelten. Sie war schuld. Am Tod ihrer Eltern und am Tod ihres Onkels. Sie hatte die Söldner zu Ove geführt und mit ansehen müssen, wie er dafür büßte.

"Du kannst nichts dafür", versuchte Jim sie zu trösten. Er wusste nicht welche Gefühle zurzeit stärker waren. Das Mitgefühl und die Trauer, die er mit Desturia empfand, der Hass auf diese Inquisition, die ihr all das Leid angetan hatte oder die erschreckende Erkenntnis, dass er niemals mit Desturia würde zusammen sein können. Egal was sie auch für ihn empfand, sie würde es nie zulassen.

Nun rang auch Jim schwermütig nach Atem und schaute hinauf zum Kuppeldach. "Wie friedlich doch alles wirkt", sagte er.

"Ach Jim, ich wünschte es, wäre so."

Sie saßen noch eine Weile wortlos beisammen und starrten hinaus in die Finsternis des Alls.

"Wir sollten zurück zum Schiff", sagte Desturia, als sie sich vorsichtig aus Jims Umklammerung befreite.

Jim nickte.

"Bringen wir es einfach schnell zu Ende. Du setzt mich bei Corvin ab und dann trennen sich unsere Wege." Ihre Stimme war getränkt von Schwermut.

"So muss es nicht enden."

"Doch Jim. Muss es." Ein letztes Mal strich sie ihm über die Wange. "Es gibt keinen anderen Weg." Sie gab ihm einen flüchtigen Kuss auf die Stirn und stand auf.

Jim fiel direkt auf, dass der Kandoranifrachter fehlte. So wirkte die Dark Lady, auf ihrer Landeplattform, genauso einsam, wie er sich gerade fühlte. Desturia ging wenige Schritte voraus und zog die Blicke der Wachleute am Durchgang auf sich. Jim trottete mit hängenden Schultern hinterher. Den gesamten Weg von der Aussichtsplattform bis hierher hatten sie kein Wort miteinander gewechselt. Was hätte Jim auch noch sagen können? Denn Desturia hatte unmissverständlich klar gemacht, dass bereits alles gesagt war.

Rachel stand an der Einstiegsluke der Lady und schaute den beiden mit finsterer Mine entgegen. "Wird ja auch mal langsam Zeit!"

Desturia ging wortlos an ihr vorbei, ließ es sich aber nicht nehmen, Rachels düsteren Blick zu erwi-

dern. Die leichte Fahne eines alkoholischen Geträn-
kes flatterte ihr dabei hinterher.

"Wahnsinn. Der absolute Wahnsinn. Euch haben
sie ja wirklich ins Hirn geschissen!" Rachel drehte sich
halb nach ihr um und beobachtete mit zusammengekniffenen Augen, wie das blonde Miststück in ihrer
Kabine verschwand.

"Uns hängen ja nur Jims Bruder und die Inquisition
im Nacken. Da kann man durchaus mal angetrunken
durch die Gegend laufen. Besonders wenn man so ein
unscheinbarer Blutsauger ist!" Sie rümpfte die Nase
und schaute wieder nach vorn. "Und was bildest du
für eine traurige Nachhut?"

Jim machte gerade die ersten Schritte auf der Ein-
stiegsrampe. Vor der Luke und der davor aufgebau-
ten Rachel blieb er stehen. "Das Schiff ist startklar?"

Rachel nickte finster. "Den Antimaterievorrat habe
ich auch aufgefüllt." Sie machte eine kurze Pause,
bevor sie weiter sprach: "Damit dieser sinnlose Zwischenstopp wenigstens zu etwas gut war."

Jim nickte nur schwach und wollte gerade an Rachel vorbei gehen, als diese ihn am Arm festhielt.

"Habt ihr euch denn gut amüsiert? Du ... und dieses Ding?"

Jim schüttelte ihre Hand ab. "Lass es Rachel! Lass
es einfach!"

"Nicht so toll gelaufen?" Hohn und Spot trieften
aus Rachels Worten. Ihre Augen blickten Jim, der
bereits im Schiff verschwunden war, triumphierend
nach.

Stillschweigend und ohne sich noch mal nach seiner Partnerin umzudrehen, ging Jim zum Cockpit. Er

wollte nur noch weg von diesem Ort. Es endlich hinter sich bringen. Er ging zu seinem Sitz und blieb dahinter stehen. Er fühlte sich müde und leer.

"Du solltest besser deinen Rausch ausschlafen!" Rachel war ihm ins Cockpit gefolgt. "Ich schaffe den Flug auch ohne dich."

"Vielleicht hast du recht." Er vermied es Rachel in die Augen zu schauen und ging in sein Quartier. Das unausweichliche Ende wartete schon.

Desturia wälzte sich unruhig hin und her. Es war einer jener Träume, bei denen man genau wusste, dass man träumte, aber dennoch nichts unternehmen konnte, um die Handlung zu beeinflussen.

Desturia stand am Rand eines schneebedeckten, dichten Waldes. Die weißen Spitzen der Nadelbäume glitzerten friedlich im Schein der Sonne, die gelbstrahlend am blauen Himmel stand. Es war kalt. Bitterkalt. Desturia bemerkte, dass sie nur mit einem knappen, samtenen Nachthemd bekleidet war. Strahlend weiß wie der Schnee, wie die Unschuld und im Bezug auf Desturia völlig deplatziert.

Ihre nackten Füße versanken halb im Schnee und das eisige Gefühl des Erfrierens kroch langsam ihre Beine empor.

Ein Rascheln erklang aus dem Wald, gefolgt von einem beständigen Knistern, welches leiser wurde und sich entfernte.

"Wer ist da?" Desturia erschauderte. Ihr Körper ging auf den schmalen Pfad zu, der in den dunklen

Wald führte. Nein, was immer dort war, sie wollte nicht hin. Doch ihre Beine gehorchten ihr nicht. Langsam tauchte sie ein in die zwielichtige Welt im Schatten.

Der karge Waldboden war übersät von verdorrten Zweigen und Tannennadeln, die unangenehm an ihren Fußsohlen kratzten. Obwohl die Bäume hier unten nur wenig Äste hatten, reichte das trübe Licht nicht aus, um einen weitreichenden Blick zu ermöglichen.

Desturia wollte hier weg. Nur raus aus diesem Wald. Doch ihre zitternden Beine führten sie immer tiefer hinein.

Das Brechen eines Zweiges erklang. Nicht weit weg. Hinter ihr. Doch Desturia schaffte es nicht sich umzudrehen. Jemand kam näher. Ihre Nackenhaare sträubten sich. Dann spürte sie einen eisigen Hauch in ihrem Nacken. Ein trüber Nebel zog von hinten an ihr vorbei und verdichtete sich zu einem undurchdringlichen Schatten, der sich vor ihr zusammenzog.

Der Schatten schien einer nicht sichtbaren, gebeugten Gestalt zu gehören. Unheimlich dürre Finger streckten sich nach ihrem Gesicht aus. Die Berührung ließ Desturia das Blut in den Adern gefrieren. Dann verschwand der Schatten ebenso schnell, wie er aufgetaucht war.

"Das ist nicht echt!", schrie Desturia. "Das ist alles nicht wahr!" Sie versuchte krampfhaft die Kontrolle über diesen wirren Traum zu erlangen oder wenigstens aufzuwachen.

Doch sie schaffte es nicht. Ihre Beine gingen weiter.

Der kleine Trampelpfad führte sie auf eine unheimliche Lichtung. Die Sonne war verschwunden und hatte ihren Platz für einen grauen und unansehnlichen Mond frei gemacht. Mit düsterer Mine schaute der alte Trabant hinab auf die Steine, die aufgereiht wie stumme Soldaten inmitten der freien Fläche standen. Vor jedem einzelnen Stein erhob sich ein rechteckiger Erdhügel. Karg und unbepflanzt. Traurige und triste Gräber. Die Gravuren in den Grabsteinen waren verwittert und unleserlich, aber Desturia wusste ganz genau, wer dort unten lag. Tränen stiegen in ihre Augen.

"Ich will das nicht sehen", schluchzte sie. Doch ihre Beine führten sie gnadenlos an den Gräbern vorbei. Vor einem ausgehobenen, leeren Loch blieben sie stehen. Der Stein am Kopfende war noch sauber und tadellos. Desturia schaute ihn an. Es stand noch kein Name dort eingraviert. Sie erschauderte. War das wieder eine dieser Visionen? Sah sie ihren eigenen Tod nahen?

"Mutter!", schrie sie. "Bist du hier?"

Keine Antwort.

Ein schauriger Windhauch zog durch die nahen Bäume.

"Wach endlich auf!", befahl sich Desturia.

Der sanfte Wind trug einen wehklagenden Laut zu ihr. Es klang wie das stöhnende Ächzen eines sterbenden Mannes.

Desturias Beine setzten sich wieder in Bewegung. Zurück in die Richtung, aus der sie gekommen waren.

"Wo bringt ihr mich hin?" Desturia schaute zu ihren Füßen hinunter, als erwartete sie tatsächlich eine Antwort.

Wieder dieses Stöhnen. Lauter als zuvor. Deutlicher. Desturia kannte die Stimme, die vor Schmerz wimmerte.

Da war er. Er saß an einem Baum, am Rand der Lichtung und hielt die Hände an den Bauch gepresst. Blut rann durch seine Finger.

"Jim!" Desturias Atem stockte. Sie ging näher zu ihm.

Verzweifelt schaute er auf. "Warum?" Seine Stimme zitterte.

Desturia kniete sich vor ihn. Ihre Hände tasteten nach ihm. Sie glitten über seinen Körper hinauf zum Hals. Umschlossen diesen. Und drückten zu.

Jims entsetztes Gesicht schaute Desturia an.

"Nein!", schrie sie. Was tat sie nur? Was sollte das? "Jim! Nein!"

"Nein! Nein! Nein! Jim!" Desturia sah nichts. Ein Anflug von Panik setzte sich in ihr Hirn. Kalter Schweiß stand ihr auf der Stirn. Ihre Hände umklammerten krampfhaft die synthetische Bettdecke. Erschrocken ließ sie die Decke los, welche, halb zerknüllt, auf ihren Körper zurück fiel. Desturia war nur mit ihrer dunklen Unterwäsche bekleidet, fühlte sich aber, als hätte sie in voller Wintermontur in der Sauna genächtigt.

"Jim?", flüsterte sie ins Dunkel hinein. Erst langsam wurde sie sich bewusst, dass sie nur geträumt hatte. "Licht!", befahl sie und augenblicklich erhellte sich ihre Kabine. "Argh!" Desturia schirmte die Augen ab. Verfluchter Alkohol. "Leuchtintensität reduzieren! Fünfunddreißig Prozent!"

Der Computer gehorchte und tauchte Desturias Kabine in ein angenehmes Dämmerlicht.

Desturia schlug die zerknautschte Decke vollends zur Seite und stand langsam auf. Sie streckte ihre müden Glieder und versuchte nur halbherzig ein heftiges Gähnen zu unterdrücken. Sie musste schnell fit werden. Heute war es so weit. Jim würde sie zum Treffpunkt bringen. Desturia ging zum Schreibtisch hinüber, setzte sich und öffnete die kleine Schublade. Sie fischte ihren Datenstick hervor und hielt ihn prüfend vor ihr rechtes Auge. Was würde dieses kleine Stückchen Elektronik wohl heute offenbaren? Desturia spürte eine leichte Erregtheit, fast so, als ginge es auf die Jagd. Mit der Zungenspitze fuhr sie über ihre Reißzähne.

Ein Summen riss sie aus ihren Gedanken.

"Ja?"

Der Holoprojektor erwachte und ließ Jims Gesicht über der Tischplatte schweben. Er sah müde und ungepflegt aus. "Rachel hat sich gerade gemeldet. Wir sind fast da. Wenn du dann so weit wärst ..." Er stockte und selbst durch die Projektion konnte Desturia tief in seine traurigen Augen sehen. "Wir treffen uns auf der Brücke."

"Brücke", schmunzelte Desturia. Vier Sitze und ein paar Terminals waren für Jim schon eine Kommandobrücke, wie süß. "Ich bin gleich so weit, Jim." Desturia rang sich ein schwaches Lächeln ab. "Gib mir noch ein paar Minuten!"

Jim wirkte erleichtert und enttäuscht zugleich. Er nickte und beendete die Verbindung.

Desturia blickte das erlöschende Hologramm an. Ihr Lächeln erstarb sogleich wieder, als sich ihr Herz vor Schmerz und Sehnsucht zusammenballte.

"Ich darf nicht", flüsterte sie und wischte sich eine Träne aus dem Auge. Dann stand sie auf und legte den Stick auf den Tisch. Sie ging langsam wieder um diesen herum. Auf dem Weg zum Bett fischte sie ihre Klamotten auf, die sie am Abend achtlos auf dem Boden verstreut hatte. Dann fiel ihr Blick auf die Nasszelle.

Egal ob sie schon da waren oder nicht, die Zeit für eine heiße Dusche würde sie sich nehmen. Die paar Minuten konnte Corvin noch warten. Sie würde ihm noch früh genug die Fresse polieren. "Aber erst, nachdem du mir den Code geknackt hast", sagte sie zu ihrem Spiegelbild über dem Waschbecken. Desturia hielt inne und schaute sich selbst tief in die Augen. Zweifel stand dort geschrieben. Unendlicher Zweifel. Sie kam ohne eigenes Schiff hierher. Ein Umstand ihrer, nicht selbst herbeigeführten, Planänderung. Klar, Corvin schuldete ihr was. Aber würde sie von ihm auch ein neues Schiff bekommen? Wenn sie ihm die Birne zurechtformte sicherlich nicht. Vielleicht sollte sie Jim fragen, ob er sie nach dem Treffen wieder mitnahm und auf einem nahen Planeten absetzte. Oder vielleicht kam er mit ihr? Nein! "Nein!" Sie schüttelte den Kopf. Das auf keinen Fall. Wenn alles aus dem Ruder laufen sollte, würde sie sich einfach einen von Corvins Gleitern schnappen und die Fliege machen. Hauptsache er knackte vorher diesen verdammten Code.

"Finde den Bluttempel", geisterte die Stimme ihrer Mutter durch ihren Kopf.

"Ich finde ihn!" Desturias Entschlossenheit war zurück. Ja, sie würde den Tempel finden, um jeden Preis.

"Na, ich hoffe ihr hattet euren Spaß gestern?"

Der Sternenhimmel, der hinter Rachel zu sehen war, wirkte im Gegensatz zu ihr sanft und friedlich. Jim konnte keine Verzerrungen oder Verwerfungen erkennen, also schienen sie sich schon im Normalraum zu befinden.

"Sind wir schon da?"

Rachel drehte sich nicht zu ihm um. "Fast." Ihr schwarzes Haar hing offen über ihre Schultern. Ungewohnt. Sonst trug sie doch immer diesen streng anmutenden Pferdeschwanz.

Jim ging zu seinem Platz und setzte sich.

"Boah, du stinkst wie ein Penner", schnaubte Rachel und funkelte ihn an. "Du hättest dich wenigstens waschen können, nachdem du dieses Tier angepackt hast."

"Rachel, es reicht!"

"Ganz deiner Meinung." Sie schaute ihn finster an. "Nach dieser Passage hau ich ab. Dann kannst du mit deinem blonden Täubchen durch die Lüfte sausen."

"Sie ist nicht mein Täubchen." Jim starrte starr geradeaus. "Rachel, es tut mir leid."

"Was tut dir leid?"

"Ich ..." Er suchte nach den passenden Worten, denn nur langsam wurde ihm klar, was Rachel für ihn zu empfinden schien. "Ich ... Einfach alles, Rachel."

"Alles. Aha. Alles also." Sie schüttelte den Kopf.

Jim schaute sie an. "Ich verstehe, was du ..."

"Verstehen?! Du verstehst gar nichts Jim!"

Er verstummte.

"Nichts", spukte sie aus und wandte sich dem Sternenmeer zu.

Das war nicht der richtige Moment, um diese Diskussion zu Ende zu führen, erkannte Jim. Wenn Rachel sich endlich beruhigt hatte und sie Lichtjahre von Desturia entfernt waren, würde er es bestimmt schaffen, die Wogen wieder zu glätten. Ganz bestimmt. Da war er sich sicher. So sicher, dass er nicht eine Krediteinheit darauf wetten würde. Er schaute Rachel verstohlen an. Ihr hübsches Gesicht war kühl und zornig. Eine schwarze Haarsträhne fiel ihr in die Stirn. Das schummerige Licht betonte ihre roten Lippen, die sich vom Rest ihres blassen Gesichtes abhoben. Jeder Mann bei gesundem Menschenverstand sollte froh sein, in ihrer Nähe zu sein.

Wenn er jetzt auch sie verlieren würde ...

"Unser Ziel liegt da vorne." Mit monotoner Stimme ging Rachel zur Routine zurück. Einfach den Job professionell und emotionslos zu Ende bringen. Das war ihr Ziel. Und dann würde sie weitersehen.

Jim schaute in die Richtung, in die sie deutete und sah einen kleinen blauen Lichtpunkt.

"Der siebte Planet dieses Systems, ein Gasriese", fuhr Rachel fort. Sie tippte etwas in die Konsole. "Auf dem Scanner ist ein Schiff im Orbit zu erkennen. Aber die Energiesignatur ist merkwürdig ... sieht aus, als wäre vor Kurzem etwas Großes da gewesen."

Jim schaute sie nachdenklich an. "Eine Falle?" Auch er versuchte zu einer gewissen Normalität zurückzufinden. Es gelang ihm allerdings nicht so gut, wie Rachel.

"Möglich. Mir gefällt's nicht."

"Was nun?"

"Als ob dich meine Meinung interessiert." Wenn es nach ihr gegangen wäre, flöge Desturia schon lange als gefrorener Eiszapfen durchs All.

"Warten wir auf Desturia."

"Klar." Rachel knirschte mit den Zähnen. "Was auch sonst?"

"Corvin macht sich die Mühe und holt uns persönlich ab?" Desturia fixierte erstaunt den schmächtigen Rotschopf, der flankiert von zwei Leibwächtern, auf dem Flugdeck seines Trägerschiffes auf sie wartete. Die Ungeduld stand ihm regelrecht ins Gesicht geschrieben. Immerhin wartete er an dieser Stelle des Weltraums schon ein paar Tage mehr, als ursprünglich geplant waren.

Jim schaute zu Desturia, die auf Rachels Platz saß. Ob ihm dieser Anblick gefiel oder nicht, konnte er selbst nicht beantworten.

Als Desturia vorhin Jim endlich ins Cockpit gefolgt war, hatte auch sie Bedenken an dem bevorstehenden Treffen geäußert. Rachels erster Vorschlag war es daraufhin gewesen, den Rückwärtsgang einzulegen und zu verduften. Aber Desturia hatte fest auf das Treffen mit Corvin de Jong bestanden. Es wäre mehr als lebenswichtig. Was immer das heißen mochte.

Letztendlich hatten sie sich darauf geeinigt, wie vereinbart zum Treffpunkt zu fliegen, wobei sich Rachel in dem, vor Scannern abgeschirmten, Schmuggelbereich des Schiffes versteckte. Dann könnte sie, so der Plan, im Falle eines Hinterhalts eine wertvolle Trumpfkarte darstellen.

"Der Feuermelder da?"

Desturia nickte.

"Sehr imposant wirkt der ja nicht."

"Lass dich davon nicht täuschen!" Desturia schaute Jim an und lächelte matt. Dann stand sie auf. "Und du bist sicher, dass die Abschirmung stark genug ist, um Rachel zu verbergen?"

"Das werden wir jetzt rausfinden." Jim legte sich in Gedanken noch mal die Story zurecht, die er de Jong auftischen würde, um ihre Verspätung zu erklären. Falls es ihn überhaupt interessieren würde.

Jim folgte Desturia zum Ausstieg. Es kostete ihn einige Anstrengung, ihr nicht auf den Hintern zu glotzen, welcher sich trotz des darüber liegenden Mantels dezent abzeichnete. Nervös prüfte Jim, ob seine Energiepistole auch sicher im Holster, an seiner Hüfte, saß. Nun war es so weit. Wenn alles gut lief, würden sich hier ihre Wege trennen und er und Desturia sich nie mehr sehen. Gut? Wirklich? Das Stechen saß tief in seinem Herzen.

Desturia blieb an der verschlossenen Einstiegsluke stehen. "Was immer da passiert, ich brauche ihn lebend."

"Du sprichst hier von deinem Geschäftspartner. Oder ziehen wir hier ne geheime Kommandooperation durch?" Er salutierte lässig. Doch sein schlechter Scherz entlockte ihr keinerlei Reaktion.

Jim spürte, wie sein Puls unruhiger wurde. Er hatte so ein seltsam flaues Gefühl in der Magengegend. Desturias verschärftes Misstrauen, ihrem Partner gegenüber goss nur noch mehr unnötiges Öl in dieses Feuer. Wieder glitten die Finger über seine Waffe. Ein Gefühl von Sicherheit vermittelte das jedoch nicht.

Desturia merkte seine Unruhe. "Ich denke nicht, dass er uns gleich niederballern lässt." Sie deutete mit ihrer Nase auf seine Waffe. "Vielleicht brauchst du die nichtmal." Sie trat einen Schritt näher an Jim heran und packte ihn sachte mit beiden Händen an den Schultern. "Es ist nicht deine Sache. Wenn ihr direkt wieder startet, mache ich euch keine Vorwürfe." Sie schenkte ihm ein freundliches Lächeln. "Ich komme auch alleine klar."

Jim verlor sich fast in ihren Augen. Er atmete tief durch. "Wir verschwinden erst, wenn alles klar ist."

"Danke, Jim." Desturia beugte sich vor und hauchte ihm einen Kuss auf die Stirn.

Jim nickte. "Bringen wir's hinter uns!"

Desturia betätigte den Schalter und die Luke öffnete sich zischend. "Ich wünschte, es gäbe einen anderen Weg", sagte sie leise und ging nach draußen.

"Ich auch." Jim folgte ihr.

"Desturia!" In künstlich wirkender Freude breitete Corvin die Hände aus und ging auf die beiden Neuankömmlinge zu. Kurz bevor er jedoch dazu ansetzte, Desturia zu umarmen, verschloss er seine Arme wieder und schaute pikiert auf sein leeres Handgelenk, als würde er dort die Uhrzeit ablesen. "Ganz schön spät geworden."

Seine beiden Leibwächter waren zurück geblieben und wirkten eher wie Statuen, denn wie Menschen.

"Hi, Corvin", antwortete Desturia, die nun zum Gegenschlag ansetzte: "Dein prima Tipp hat mich etwas Zeit gekostet." Nun funkelte sie ihn aus brennenden Augen an. "Und mein Schiff."

Corvin winkte lässig ab. "Du gibst mir doch jetzt nicht die Schuld daran, dass dich die Polizei überrascht hat?"

Desturia stutzte. Hatte sie ihm das erzählt? Sie warf Jim einen beunruhigten Blick zu, doch dieser war zu beschäftigt damit, die Umgebung auszukundschaften. Von innen hatte er noch nie ein bortkanisches Schiff gesehen. Der zweckmäßige Aufbau des Flugdecks, mit Landebuchten und Reparatureinheiten war gepaart mit formvollendeter und prachtvoller Architektur. Der Ehrfurcht gebietende Effekt, den die große gewölbeartige Halle darbot, war von den Konstrukteuren des Schiffes bewusst eingesetzt worden und stammte aus einer längst vergangenen Zeit, in der diplomatische Treffen zumeist auf Schiffen wie diesem stattfanden.

Anerkennend stieß er einen lang gezogenen Pfiff aus.

"Beeindruckend, nicht war?" In Corvins Stimme klang eine gehörige Portion Stolz mit. "War auch nicht ganz billig die Kleine." Er bedeutete ihnen, ihm zu folgen.

Als die Drei an den, immer noch still verharrenden, Leibwächtern vorbei waren, erwachten diese ruckartig aus ihrer Bewegungslosigkeit. Militärisch zackig drehten sie sich um und folgten Corvin und seinen Gästen in diskretem Abstand.

"Wie sagten Sie doch gleich, war Ihr Name?" Corvin ging voraus und drehte sich noch nicht einmal um zum sprechen.

"Corrin, Jim Corrin."

"Aha." So gelangweilt hatte Jim noch nie jemanden dieses kleine Wort aussprechen hören, wie de Jong es tat. "Und Sie arbeiten alleine?"

"Nein. Meine Partnerin befindet sich zurzeit auf Plendex und wickelt dort schon mal ein Geschäft ab, welches sich auf dem Hinweg zu Ihnen ergeben hat."

"So, so." Für Corvin schien damit das Gespräch fürs Erste beendet zu sein.

"Wie sieht es mit meiner Bezahlung aus?", fragte Desturia. "Immerhin muss ich Captain Corrin noch die Passage bezahlen."

"Bezahlung? Wofür?" Nun blieb er doch stehen und drehte sich um. Sein Gesicht zeigte Unverständnis.

"Für den Auftrag den ..."

"... du nicht erfüllt hast!", beendete Corvin Desturias Satz. Er verzog leicht die Mundwinkel. "Vielleicht gibt's da doch ne Möglichkeit uns zu einigen." Seine grünen Augen funkelten verschlagen.

"Die da wäre?"

"Gleich, gleich. Alles zu seiner Zeit." Er drehte sich wieder um und ging weiter. "Ich hab alles Nötige in meinem Büro."

Jim beugte sich zu Desturia und flüsterte ihr ins Ohr: "Das gefällt mir nicht."

"Mir auch nicht", gab sie leise zurück.

"Nun denn, da wären wir", sagte Corvin, nachdem sie den kurzen Weg zu seiner persönlichen Empfangshalle zurückgelegt hatten. Die übergroße Tür öffnete sich fast lautlos und gab den Blick frei auf einen, großen, fast leeren Saal. Nur ein Podest mit einem Schreibtisch, der vor einem riesigen Sichtschirm stand, bewohnte den Raum. Der Schirm zeigte den blauschimmernden Gasriesen, in dessen Orbit sie sich befanden. Jim schaute genau hin. Die Wolkenbänder und Wirbel des Planeten standen still. Ein Standbild.

"Darf ich bitten?" Corvin führte die beiden in den Saal. Die Leibwächter postierten sich links und rechts der sich automatisch schließenden Tür.

Corvin und seine Gäste gingen zu dem Podest. Jim und Desturia blieben davor stehen, während Corvin die zwei kleinen Stufen bestieg.

"Also, Corvin, die Möglichkeit!" Desturia wurde unruhig.

Corvin schaute über ihre Köpfe hinweg. "Nun, zehn Millionen Krediteinheiten für mich", begann er und fing an, wie ein Irrer zu drucksen und zu kichern.

"Und?"

"Und ihr geht mit meinen Freunden mit."

Das Klicken mehrerer Waffen, die in Anschlag gebracht wurden, erklang hinter und über ihren Köpfen. Auch ohne sich umzudrehen, wusste Desturia, dass auf der Balustrade, die sich um die ganze Halle herum zog und in regelmäßigen Abständen von breiten Säulen gestützt wurde, die Schergen der Inquisition in Stellung gegangen waren.

In Jims Ohr rauschte es leise. Der kleine, getarnte Funkempfänger knackste. Als wären es seine eigenen Gedanken, erklangen Rachels Worte direkt in seinem Kopf: "Jim, wir kriegen Besuch. Von der Rückseite des Planeten nähert sich ein Schiff."

Noch mehr Besucher. Wie toll. Jim ärgerte sich, dass es keine Möglichkeit gab, Rachel unbemerkt

antworten zu können. Er deutete auf den Bildschirm.
"Ist das unser Planet?"

"Klar", lachte Corvin, "ne Aufnahme der Außen-
bordkamera. Ein schöner letzter Anblick für Sie, o-
der?" Corvin klatschte in die Hände.

"Ja, ich wünschte meine Partnerin wäre jetzt hier
und könnte den Anblick mit uns genießen."

"Wie rührselig." Corvin setzte sich an seinen
Schreibtisch und öffnete eine der Schubladen. Langsam griff er hinein. "Ah." Leise knisternd drückte er
eine kleine Pille aus ihrer Schale und steckte sie sich
in den Mund. "Aber vielleicht ..." Er schluckte. "...
vielleicht können wir es ja arrangieren, dass ihre
Freundin hergeschafft wird. Dann können wir sie
beide in den Orbit schießen", wie wild sprang er auf,
"und gemeinsam verglühen lassen!" Er schaute drein
wie ein beglückter Gockel und ließ die Finger wa-
ckeln, als seien sie kleine lodernde Flammen. "Ich
fürchte", fuhr er fort, "ein ähnliches Schicksal wird
dich auch erwarten." Mitleidig schaute er Desturia
an.

"Du dreckiges Arschloch!"

"Bitte, bitte, Desturia. Glaub mir, es ist wirklich
nicht persönlich gemeint." Er grinste. "Ja, ehrlich.
Eigentlich mag ich dich. Aber der Preis, den dein Kopf
bringt ..."

"Ich bring dich um!" Die Wut brachte Desturias
Blut zum Kochen.

"Versuch's doch!" Mit gebieterischer Geste ließ er
seinen rechten Arm durch die Luft gleiten, die voll
besetzte Balustrade entlang. "Ich schätze, dein süßer

Körper hat dreißig Löcher, bevor er vor meinen Füßen zusammenbricht."

Desturia fauchte und bleckte die Zähne. "Sei dir da nicht zu sicher!"

"Muss ich jetzt Angst haben?" Corvin kicherte. Das anfangs leise und unterdrückte Lachen wurde lauter und hemmungsloser.

Ein gewaltiger Knall übertönte sein höhnisches Gelächter. Vor Schreck riss er die Augen auf. Gehetzt blickte er sich um und tauchte hinter seinem Schreibtisch ab. Keine Sekunde zu früh, denn eine Ladung Energieblitze sauste durch den Raum und schlug in den Bildschirm ein. Das Standbild des Planeten erlosch augenblicklich.

Die Soldaten auf der Empore brauchten nicht lange, um zu erkennen was los war. Sie eröffneten sofort das Feuer. Rachel sprang über die rauchenden Überreste der Tür, die sie aufgesprengt hatte und ging hinter einer der Säulen in Deckung. Unter einem der Türflügel lugte noch ein blutender Arm eines Leibwächters hervor.

"Du hast mir doch ne schöne Aussicht versprochen, Jim! Wo ist sie?", schrie sie.

Jim und Desturia suchten ebenfalls nach Deckung. Desturia orientierte sich dabei daran, möglichst nah an Corvin heranzukommen, während es für Jim die nächstbeste Säule tat.

"Die hast du wohl grad versaut!", brüllte Jim zurück, zog seine Waffe und feuerte blind eine Salve zur Balustrade.

Die Antwort, die er darauf erhielt, sprengte kleine Teile des Putzes von der Wand. Winzige Splitter sprangen ihm ins Gesicht, als er sich wieder in die Deckung warf.

"Scheiße!", fluchte er.

"Wir müssen uns beeilen! Die setzen Enterfähren ab!"

"Na prima", dachte Jim. Als wenn sie nicht schon genug Gegner vor der Nase hätten.

"Los! Raus hier!" Rachel trat einen Schritt aus der Deckung vor. Jim erkannte, dass sie etwas in der linken Hand hielt. Rund und metallisch. Sie ließ den Gegenstand über den Boden rollen wie eine Kegelkugel. In der Mitte des Saales blieb der Gegenstand liegen. Jim kniff die Augen zu. Eine Blendgranate.

Der gewaltige Lichtblitz war noch deutlich durch seine geschlossenen Lider zu sehen und hinterließ wild tanzende Flecken auf seiner Netzhaut. Die Hände hatte er so schnell nicht mehr vor das Gesicht bekommen. "Au! Verdammt!", fluchte er, als er vorsichtig versuchte zu blinzeln.

Die Granate hatte ihre Wirkung nicht verfehlt. Das Kreuzfeuer von der Balustrade war verebbt. Das war ihr Moment.

"Desturia! Raus hier!", schrie er und blinzelte, im Versuch, sie zu entdecken.

Ein dunkler Fleck schoss aus dem Schatten einer Säule. Erst dachte Jim an die Nachwirkungen der Blendgranate. Doch im zweiten Augenblick erkannte er Desturia. Wie eine Spinne heftete sie sich an die Balustrade auf der gegenüberliegenden Seite und schwang sich in die Reihen der geblendeten Angreifer. Jim stockte der Atem. So etwas hatte er noch nie gesehen. Und er war wahrlich schon weit herumgekommen. Desturia pflügte durch die erstaunten Männer wie ein wildes Tier. Erbarmungslos und präzise schlitzte sie ihre Opfer mit bloßen Händen auf, biss in ihre Hälse oder entriss ihnen, mit schaurigem Fauchen, die Kehlen.

"Da drüben!", hörte er eine männliche, von einem Helm verzerrt klingende Stimme, die ihren Ursprung direkt über Jim zu haben schien. Die ersten Angreifer erholten sich bereits vom Schock der Granate. "Knallt sie ab!"

Jim handelte ohne nachzudenken. Er löste sich aus seiner Deckung und warf sich in die Mitte des Raumes. Er drehte sich. Zielte halbherzig. Und traf. Einer der Männer kippte tot über das Geländer und fiel vor Jim auf den Boden.

"Da unten!", schrie eine weitere Stimme.

Jim fuhr hoch, wirbelte herum und brachte auch diese Stimme zum Schweigen.

Energiegeschosse prasselten vor ihm nieder. Ein brennender Schmerz fuhr durch seinen Oberschenkel. Er war getroffen. Der Geruch von verbranntem Fleisch stieg ihm direkt in die Nase. Seinem Fleisch. Jim ließ sich fallen und rollte über den Toten am Boden. Die spärliche Deckung nutzend, feuerte er auf die Angreifer, die sich über der Eingangstür platziert hatten. Im Augenwinkel erkannte er Rachel, die gerade das Feuer auf die Stellung über Jims Kopf eröffnete.

Die Gegner, die eben noch auf Jim gefeuert hatten, änderten ihr Ziel. Panische Schreie machten sich in ihren Reihen breit. Desturia war bei ihnen.

Dann herrschte Stille.

Rachel kam zu Jim gelaufen und half ihm auf die Beine.

"Bist du verletzt?"

"Geht schon, nur ein Kratzer."

"Kratzer?"

Rachels geschockter Gesichtsausdruck veranlasste ihn, an sich herunterzuschauen. Er wünschte, er hätte es nicht getan. Fast zeitgleich mit dem Anblick, setzte der Schmerz ein. Jim sackte ein, doch Rachel schaffte es, ihn aufrecht zu halten. Sein halber Oberschenkel war eine verkohlte, unförmige Masse. Teile des angesengten Knochens schauten aus der Wunde hervor.

"Scheiße, Jim!" Rachel holte einen Injektor aus einer kleinen Gürteltasche hervor. "Gegen die Schmerzen", sagte sie und rammte ihm die Spritze mitten in die offene Wunde.

Dem explodierenden Schmerz folgte erlösende Taubheit. Jim würde in seiner Verfassung zwar keinen Hürdenlauf absolvieren können, aber wenigstens war es wieder möglich klar zu denken.

Rachel aktivierte einen sich selbst anlegenden Verband. "Hoffentlich schafft der Meddroide das", sagte sie und dachte an das veraltete Teil, welches in der mäßig ausgerüsteten Krankenstation der Dark Lady vor sich hin schlummerte.

"Ich denke den Weg zu Efris' Medzenter können wir uns sparen."

"Deinen Humor hast du ja wohl nicht verloren."

"Wie, Humor?" Jim grinste gequält.

Der Aufprall eines Paar Stiefels hallte wieder. Jim und Rachel drehten sich um. In der Mitte des Raumes stand sie da. Der blonde Todesengel. Das Blut ihrer

Feinde lief Desturia noch über Mundwinkel und Kinn. Die unbändige Urwut kochte in ihren kalten blauen Augen. Ihre Finger glichen den blutigen Krallen eines Kraitwolfes, der seine Beute zerfleischt hatte. Gespenstisch raschelte ihr Atem in der sonst totenstillen Halle. Langsam setzte sie sich in Bewegung. Schritt für Schritt näherte sie sich Jim und Rachel. Ohne sie zu beachten, ging sie an ihnen vorbei.

"Desturia?" Jim streckte die Hand aus, traute sich aber nicht, sie zu berühren.

Wortlos ging sie weiter. Sie erklomm die kleine Empore hinauf zu Corvins Schreibtisch. Ein leises Wimmern erklang, als sie den Tisch umrundet hatte und stehen blieb. Sie bückte sich und zog barsch, den vor Angst starren, Corvin in die Höhe. Sie packte ihn mit einer Hand an der Kehle und hielt ihn in die Luft. Seine Beine zappelten wenige Zentimeter über dem Boden.

"Desturia, bitte", röchelte er.

"Du dreckiger Verräter!" Der Teufel selbst hätte nicht wütender klingen können.

"Ich störe nur ungern", sagte Rachel. Vorsichtig ließ sie Jim los, der Halt an einer Säule gefunden hatte und ging ein paar Schritte auf Desturia zu. "Wir sollten machen, dass wir hier wegkommen. Jeden Moment kommen noch mehr von denen."

Desturia drehte ihr den Kopf zu. Ihre Augen verengten sich zu Schlitzen. Dann wandte sie sich wieder Corvin zu. "Du schuldest mir eine ganze Menge", fauchte sie.

"Sicher, sicher." Corvin rann nach Luft. "Alles, was du willst."

Mit brachialer Gewalt beförderte sie ihn in seinen Stuhl und knallte ihren Datenchip auf die Tischplatte.

Corvin schaute den Datenträger verwirrt an. Dabei rieb er sich mit beiden Händen den schmerzenden Hals.

"Ich will, dass du mir die Daten entschlüsselst!"
Corvin blickte sie unsicher an.

"Sofort!"

"Wir haben keine Zeit mehr!" Jim hatte das Gewehr eines toten Soldaten zum Gehstock umfunktioniert und kam zum Tisch gehumpelt.

Rachel war bereits zur Tür gelaufen und spähte vorsichtig in den Gang. "Die Luft ist noch rein. Macht hinne!"

Jim schaute Desturia flehend an.

"Es ist wichtig, Jim." Für einen kurzen Moment kehrte eine vertraut wirkende Sanftmut in Desturias Augen zurück. Doch nur den Bruchteil einer Sekunde später war das Feuer wieder da. "Entschlüssel den verdammten Code, Corvin!" Mit der geballten Faust schlug sie auf den Tisch.

Wie ein verängstigtes Kleinkind griff Corvin nach dem Chip und steckte ihn in seinen Computer. Dann tat er etwas, was Jim in Staunen versetzte. Er zog feste an seinem linken Ringfinger und mit lautem Flop kam unter der abgenommenen Kuppe ein quadratischer Stecker zum Vorschein, den er ebenfalls mit dem Computer verband. Jim humpelte die kleinen Stufen der Empore hoch, um sich das aus der Nähe anzusehen. Corvins Augen schienen der Welt entrückt zu sein. Die Pupillen waren regelrecht nach innen gedreht und das Weiße in seinen Augen war durchzogen von kleinen roten Äderchen, die wild pulsierten.

"Ist ... ist er ein Androide, oder so was?"

Desturia schaute Jim an.

"Hey! Was wird jetzt?!", rief Rachel, die ungeduldig an der Tür wartete.

"Gleich!", schrie Desturia zurück und sagte dann leiser zu Jim: "Nein, das nicht. Er hat sich nur modifizieren lassen."

"Modifizieren", wiederholte Jim nachdenklich, "faszinierend." Er kratzte sich am Ohr und verlor dadurch fast den Halt. Schwankend fing er sich am Tisch ab. Er umrundete diesen und stellte sich neben Desturia. Auf dem Bildschirm konnte er nur dahinflimmernde Zahlencodes erkennen, die für ihn keinen Sinn ergaben. "Wahnsinn", stammelte er und schaute auf zu Rachel, deren Gesichtsausdruck stroboskopartig zwischen flehend und zornig wechselte. Er schluckte. "Was meinst du? Wie lange braucht er noch?"

Desturia zuckte mit den Schultern.

Kapitel 19

Rachel kam es vor wie eine halbe Ewigkeit, in der Jim neben diesem blonden Etwas stand und darauf wartete, dass dieser Freak den Datenchip entschlüsselte. Ihr Blick wanderte durch den leeren Saal. Bis auf die zwei Leichen im Saal und den beiden Leibwächtern unter den Türflügeln, lagen alle Toten, von der Brüstung verborgen, außerhalb ihres Sichtfeldes. Dennoch bildete sie sich ein, den Geruch des Todes deutlich in ihrer Nase zu spüren. Und wenn sie hier nicht bald weg kamen, würden sich ihre Körper dazu gesellen. Sie überprüfte die Sensoren des Schiffes, mit denen sie, über einen eingebauten Sender in ihrem Kopf, verbunden war. "Verdammt!", presste sie hervor. Das erste Shuttle durchflog soeben die Energiebarriere, die den Hangar vom Weltall trennte. Sie waren da. "Wir bekommen Besuch!", schrie sie quer durch die Halle.

Jim und Desturia richteten ihre Blicke auf sie. Jim sah im Gegensatz zu Desturia besorgt aus.

"Wir brauchen nicht mehr lange!", rief Desturia kühl und gelassen zurück.

Und als hätte sie es damit beschworen, hörte Corvin endlich auf mit seiner Zittershow. Einzelne Schweißperlen liefen ihm vom roten Haaransatz in die Stirn. "Fertig", schnaufte er und zog seinen Finger aus dem Datenport des Computers. Mit der anderen Hand wollte er gerade nach Desturias Datenchip greifen.

"Schhh!" Desturia packte ihn am Genick. "Nicht so hastig! Lass erst mal sehen, ob du mich nicht verscheißerst!"

"Desturia, wir haben keine Zeit mehr", sagte Jim flehend.

Sie ignorierte Jim und bedeutete Corvin mit einer leichten Verengung ihres Griffes, die Daten auf dem Chip aufzurufen.

Corvin gehorchte und rief eine Übersicht der auf dem Chip gespeicherten Daten auf. Soweit Desturia es beurteilen konnte, sagte er die Wahrheit. Alles schien entschlüsselt und lesbar zu sein. Das musste im Anbetracht der kleinen Notsituation als Prüfung reichen. Desturia nahm den Chip an sich. "Vielen Dank, Corvin."

"Kann ich jetzt ..." Corvin spürte das kalte Metall einer Pistolenmündung an seinem Hinterkopf. Sein Herz raste. Dieses blonde Miststück. Das letzte Geräusch, das er hörte, war ein leises Klicken. Den lauten Knall der Pistole konnten seine Nervenbahnen nicht mehr zu seinem Gehirn transportieren, welches sich, getroffen durch das Projektil, in einen matschigen Brei verwandelte. Ein Schwall dieser Gehirnmasse spritzte auf den blinkenden Monitor.

Jim wandte angewidert den Blick ab. "Musste das sein?"

Desturia blieb ihm die Antwort schuldig. "Wir sollten jetzt schleunigst von hier verschwinden!" Sie packte Jim am Arm und stützte ihn beim Gehen.

"Das war nicht nötig. Hörst du?" Sein verwundetes Bein schmerzte und obwohl er gerade nichts als Ekel für Desturias kaltes Handeln empfand, war er dankbar, dass sie ihn stützte.

"Wir reden später darüber."

"Wenn es noch ein später gibt", sagte Rachel.

Desturia und Jim waren nun bei ihr an der Tür.

"Wie viele sind es?", fragte Jim.

"Gelandet sind zwei Enterfähren. Keine Ahnung. Werden so um die fünfzig Mann sein, schätze ich."

"Kinderspiel." Jim grinste schief. "Nicht das erste Mal, dass wir uns den Weg zum Schiff freischießen müssen."

"Ach ja?" Rachel schaute ihn grimmig an. "Hilf meinem Gedächtnis doch mal auf die Sprünge! Wann haben wir denn schon mal so tief in der Scheiße gehockt?"

"So tief vielleicht nicht. Aber auf Gondrosia ..."

"Das waren vier besoffene Kleinkriminelle. Das zählt nicht."

Jim zuckte mit den Schultern. "Na, dann bring ich den Spruch halt beim nächsten Mal wieder."

"Wenn's eins gibt", grollte Rachel. "Na gut, dann los! Mal sehen, ob wir hier lebend rauskommen." Sie funkelte Desturia an. Wenn dieses Miststück nicht gewesen wäre ... Rachel drehte sich um und ging als Erste in den Gang, der zum Hangar führte.

Jim legte den Arm fester über Desturias Schulter und gemeinsam folgten sie ihr.

"Hoffentlich verschanzen sie sich im Hangar", sagte Rachel und konnte förmlich Desturias verwirrten Blick in ihrem Rücken spüren, noch bevor diese zur Frage ansetzen konnte.

"Und was soll daran so gut sein?"

"Abwarten!" Ein überhebliches Grinsen stahl sich in Rachels Gesicht.

Der kurze Weg war, wie erhofft, frei von feindlichen Soldaten und so kamen sie ungehindert bis zur Hangarschleuse. Rachel stellte sich an ein Terminal neben der Schleuse und zapfte die Überwachungskamera an, die ihnen einen groben Überblick über den Hangar verschaffte.

"So weit, so gut", murmelte Rachel. Aber ihr Blick verriet, dass nicht alles in bester Ordnung war. "Hm."

"Was ist los?", fragte Jim und mühte sich ab, einen Blick auf das Display zu erhaschen, sehr zum Missfallen von Desturia, die bemüht war, seinen wechselnden Schwerpunkt auszugleichen.

"Sie haben die äußeren Schutztore geschlossen." Rachel schwenkte die Kamera ein wenig herum. "Da!"

Jim schaute gebannt auf den Bildschirm. "Was?"

"Der Kontrollraum liegt auf der anderen Seite des Hangars." Rachel überlegte kurz. "Zu schaffen, ist zu schaffen. Passt auf!" Sie drehte sich zu Jim und Desturia. "Ihr macht, dass ihr so schnell wie möglich an Bord kommt."

"Und die Wachen?" Desturia fehlte Rachels Zuversicht, einfach dort hineinspazieren zu können.

"Macht euch um die keine Sorgen. Ich hab da ne kleine Überraschung parat. Schaut nur, dass ihr den Vogel so schnell wie möglich startklar macht!"

Jim nickte. Er hatte eine vage Vorahnung, was Rachel mit dieser Überraschung meinte.

"Ich kümmere mich um das Außentor", fuhr Rachel fort. "Noch Fragen?"

"Ja, was für eine Über..."

"Keine Fragen? Prima!", unterbrach Rachel Desturia. "Dann los!" Ohne weitere Zeit zu verlieren oder auf irgendwelche Einwände einzugehen, öffnete Rachel, mit einem Tastendruck auf der Konsole, die schwere Schleuse zum Hangar.

Fast augenblicklich sausten die ersten Projektile durch den sich öffnenden Spalt, gefolgt vom lauten Krachen der Treibladungen. Die da drinnen fackelten nicht lange.

Rachel gab zwei unplatzierte Schüsse ab und zog sich dann wieder in den Gang zurück.

"Ist das deine Überraschung?!", schrie Desturia, um den Kampflärm zu übertönen.

Weitere Geschosse sausten in den Gang hinaus und prasselten erbarmungslos gegen die Wand. Da würden sie nie rauskommen, dachte Desturia. Und dann packte Rachel ihre Überraschung aus. Eigentlich war es noch nicht einmal zu sehen, dass sie etwas tat. Über den implantierten Funkempfänger in ihrem Kopf nahm sie Kontakt mit dem Bordcomputer der Dark Lady auf. Sie übermittelte dem automatischen Feuerleitstand einen kurzen und doch eindeutigen Befehl; Feuer frei, auf alles, was sich bewegt!

Die verschanzten Angreifer wussten nicht, wie ihnen geschah. Die Hochenergiegeschütze der Lady brachten in Sekundenbruchteilen Tod und Schrecken in ihre Reihen. Mit einem Angriff des unbemannten Schiffes hatte niemand gerechnet, erst recht nicht in der Enge eines Hangars. Das Zischen der tödlichen Energie, die sich bei jedem Schuss entlud, mischte sich mit den Todesschreien der Soldaten.

Als sich der Geräuschpegel endlich gelegt hatte, übermittelte Rachel den Befehl zum Feuer einstellen und lugte hervor, um in den Raum zu spähen. "Alles frei. Los geht's!"

Desturia schleifte Jim hinter sich her. Er hatte alle Mühe mit ihr Schritt zu halten.

"Nicht übel", sagte Desturia leise und schaute Rachel hinterher, die quer durch den Hangar, zu dem kleinen Kontrollraum lief. Vor dem Kontrollraum war eine provisorische Verteidigungsstellung aufgebaut worden, die nur noch ein rauchendes Häufchen Elend war, gespickt mit Leichenteilen. Einen ebensolchen Hügel aus Trümmern und verbrannten Körpern mussten Jim und Desturia überqueren, um zur Einstiegsluke der Dark Lady zu gelangen. Jim hatte kein gutes Gefühl, als er Rachel aus den Augen verlor, als er und Desturia um das Schiff herum gingen.

"Was ist los?"

"Ich weiß nicht. Ich hab da ein verdammt mieses Gefühl."

Desturia öffnete die Luke.

"Das ging zu einfach."

"Ach, quatsch nicht! Sei froh, dass wir hier raus kommen!"

Jim ließ die Schultern ein wenig hängen. "Das glaube ich noch nicht."

"Pessimist." Desturia zog Jim halb durch den schmalen Gang. Im Cockpit angekommen half sie ihm in seinen Sitz. "Sieht doch gut aus." Sie zeigte hinaus aus dem Fenster auf Rachel, die schemenhaft hinter der großen Panoramascheibe des kleinen Kontrollraums zu sehen war. Zeitgleich setzten sich die schwer gepanzerten Schleusentore knirschend in Bewegung.

Rachel verließ den Kontrollraum. Und blieb wie angewurzelt stehen.

"Was zum ..."

Ein schriller Alarm unterbrach Desturias Satz. Reaktionsschnell fuhr sie die Heckschilde hoch. Aus den Augenwinkeln sah sie Rachel. Diese setzte zum Spurt an. Ein lautes Zischen drang in Desturias Ohren, gefolgt von einer heftigen Explosion.

"Heckschilde kritisch getroffen!", meldete eine monotone Computerstimme. "Leistung bei fünfunddreißig Prozent!"

"Lauf Rachel!", schrie Jim.

Ein weiteres Zischen. Diesmal lauter. Ein rötliches Glühen spiegelte sich in den Seitenwänden des Hangars. Die zweite Rakete war nicht für die Dark Lady bestimmt. Jims Augen weiteten sich vor Schreck. Das Geschoss flog an ihnen vorbei und schlug in einen kleinen Gleiter ein, an dem Rachel gerade vorbei lief. Die Explosion war verheerend. Der Feuerball des sterbenden Schiffes breitete sich aus. Er erreichte Rachel. Und binnen eines Wimpernschlages verschlang er sie.

"Neeeiiiin!" Jim glaubte nicht, was er sah. Sein Magen verkrampfte sich. Tränen der Wut und Trauer schossen in seine Augen. "Rachel!" Er versuchte aufzuspringen. "Ich muss ihr helfen!"

Desturia drückte ihn zurück in den Sitz. "Sie ist tot, Jim."

"Nein! Nein! Nein!"

"Es tut mir leid."

Jim sackte in sich zusammen. Er hämmerte mit der Faust auf die Konsole.

"Wir müssen hier weg, Jim. Sonst sterben wir auch."

Jim starrte regungslos nach draußen in die Flammen.

"Jim!" Desturia rüttelte an seinem Arm. "Hörst du mich?"

Er reagierte immer noch nicht.

Die Dark Lady vibrierte, wie von dumpfen Faustschlägen getroffen. Laserbeschuss.

"Ach, verflucht!" Desturia regkonfigurierte die Schilde. "Hilfsenergie in die Heckschilde!", befahl sie dem Computer.

"Hilfsenergie umgeleitet", bestätigte der Computer. "Leistung bei fünfzig Prozent."

Desturia startete die Triebwerke. "Jim! Verdammt! Hilf mir!"

Verwirrt schaute er zu ihr. "Rachel ist tot", stammelte er leise. Sein Herz hasste seinen Verstand, der bereits begriffen hatte, dass er nun endlich handeln musste. Wie in Zeitlupe griff er zur Steuerkonsole.

"Du schaffst das, Jim! Reiß dich zusammen!" Desturia erhöhte die Leistung der Triebwerke und die Dark Lady hob schwerfällig ab, immer noch unablässig getroffen von Laserstrahlen.

Jim schwenkte das Schiff herum und glich die Schilde aus. Da war es. Das Schwein, das Rachel auf dem Gewissen hatte. Wie eine Katze, die an einem Mauseloch wartete, schwebte der schwere Angriffsjäger im luftleeren Raum, direkt vor dem Hangaraus-

gang und schleuderte ihnen seine tödlichen Energie-
ladungen entgegen.

Jims Augen verengten sich zu Schlitzen. Die Wut
kroch ihm den Hals hinauf und färbte sein Gesicht
glutrot. "Volle Energie auf die Buckschilde!" Er
schnaubte verächtlich. Dann setzte er die Dark Lady
in Bewegung.

"Bist du wahnsinnig? Du willst doch nicht etwa ..."
Desturia krallte sich instinktiv im Sitz fest.

Die Dark Lady beschleunigte und raste dem Weltall
entgegen. Genau auf das wartende Schiff zu.

"Das überleben wir nicht!"

Jim ignorierte Desturia. Er war eins mit seinem
Schiff. Er spürte die Beschleunigung, das Kribbeln der
Energiebarriere beim Verlassen des Hangars und die
Kälte des Alls.

Das feindliche Schiff nahm bereits den gesamten
Sichtbereich der Frontscheibe ein. Desturia hob ab-
wehrend eine Hand vor das Gesicht. Ein unsinniger
Verzweiflungsreflex.

"Schilde ausgleichen!", blaffte Jim und presste den
Steuerknüppel so hart nach vorn, wie er konnte. Nur
wenige Meter trennten die beiden Schiffshüllen. Die
Energie der beiden Schilde berührte sich. Hell leuch-
tende Turbulenzen breiteten sich vor den Fenstern
aus. Gelb, grün, blau, ein Chaos an Farben und Helligkeit. Ruckartig riss Jim das Steuer rum. Sie befanden
sich knapp unterhalb des Hecks ihres Feindes. Jim
schlug förmlich mit der geballten Faust auf die Waffenkontrolle und prügelte eine volle Salve hinaus auf
ihren Gegner. Der Feind, der voll auf einen Aufprall
eingestellt war, hatte sämtliche Energie auf die Bug-

schilde geleitet. Und so hinderte nichts die Energiegeschosse der Dark Lady daran, sich in deren Rumpf zu bohren. Zwei breite glühende Löcher entstanden. Und noch bevor das Vakuum die Flammen vollends löschen konnte, explodierte der Reaktor des Angriffsjägers. Der grelle Blitz der Explosion blendete Jim und nun hob auch er die Hände vors Gesicht. Die Druckwelle erreichte die Dark Lady und prügelte auf sie ein, als wäre sie die Faust eines Riesen. Die Flammen leckten an den Energieschilden und brachten sie fast zum Kollabieren.

Der Alarm schrille los. "Schilde bei zehn Prozent!"

Die Wucht der Explosion verpuffte langsam und Desturia konnte durch die Frontscheibe wieder Corvins Trägerschiff sehen. Bunte Flecken tanzten jedoch noch über ihre Netzhaut. Aber die Tatsache, dass sie noch etwas sah, bedeutete, dass sie noch lebte.

Angestoßen von der Wucht der Explosion, entfernten sie sich schnell von dem Schiff und es wurde kleiner und kleiner.

"Feindliche Jäger im Anflug!", plärrte der Computer.

Und als Quittung dessen prasselten die ersten Laserschüsse auf ihren arg gebeutelten Schild.

"Wir müssen hier weg!" Desturia versuchte den Alarm zu übertönen.

"Koordinaten für den Sprung!", bellte Jim knapp und beschleunigte die Dark Lady wieder, um dem feindlichen Beschuss auszuweichen.

"Welche?"

"Egal welche!"

Desturia wählte blindlings die Koordinaten. Sie würden sie irgendwo im planetenleeren Raum landen lassen. Egal. Erst mal hier raus und dann mit einem zweiten, sinnvollen Sprung weiter. "Koordinaten eingegeben!", schrie sie.

Das Schiff vibrierte unter den Erschütterungen der Laser, die den geschwächten Schild weiter bearbeiteten.

"Annäherungsalarm! Feindliches Schlachtschiff jeden Moment in Feuerreichweite!"

Noch mehr solcher Botschaften und Desturia würde die bordinterne KI in den Weltraum befördern.

"Fertig zum Sprung!" Jim startete die Sprungsequenz.

"Negativ!" Die KI spielte mit ihrem künstlichen Leben. "Energieniveau zu niedrig. Bitte deaktivieren Sie vorher die Schilde!"

"Was?!" Desturia fühlte einen unbändigen Hass auf diesen Computer. Sie wünschte sich fast, sie könne mit Elektronen ebensoviel anfangen wie mit Blut. Wütend fauchte sie die Konsole an.

"Verdammt!", murmelte Jim in sich hinein und schaute sich wild um. "Ja! Das ist es!" Er flog ein wildes Zickzack-Manöver und wich so der ersten schweren Salve des Schlachtschiffes aus.

"Was ist was?" Desturia war drauf und dran mit ihrem Leben abzuschließen. Doch Jims zuversichtliche Mine spendete ihr wenigstens einen Funken Hoffnung.

"Corvins Schiff ist die Lösung." Jim grinste.

"Corvins Schiff?" Desturia überlegte angestrengt. Dann erwiderte sie sein Grinsen. "Ja, klar! Brillant!"

Jim peilte das Trägerschiff an und raste darauf zu. Bisher hatte es sich nicht in die Raumschlacht eingemischt und lag, wie ein schlafendes Raubtier, ruhig und leise im Orbit des Gasriesen.

"Hoffentlich bleiben sie noch ein paar Minuten ruhig."

"Keine Sorge!" Desturias Stimme klang sicher und fest. "Die Aasgeier sind nach Corvins Tod erst mal mehr mit sich selbst beschäftigt. Bis die sich geeinigt haben, wer der legitime Nachfolger ist ... Hmmm, wenn ... Ich könnte mir auch vorstellen, dass die sich da gerade gegenseitig schöne Löcher in die Köpfe schießen."

"Solange sie uns gleich kein schönes Loch in unseren Rumpf brennen, wenn wir die Hosen runterlassen, ist mir das egal."

Eine zweite Salve des Schlachtschiffes verfehlte sie nur um Haaresbreite.

"Puh! Das war knapp." Jim ließ die Lady eine enge Schraube fliegen und dann einen scharfen linken Haken schlagen, der sie näher an Corvins Schiff brachte.

Zwei der leichten Jäger waren ihnen dicht auf den Versen. Die beiden mussten sie unbedingt noch los werden, wenn Jims Plan aufgehen sollte.

"Schau mal, ob du die zwei da runter kriegst!" Jim zeigte mit der rechten Hand kurz auf das Radar und umfasste dann schleunigst wieder das Steuer.

"Schon so gut wie erledigt." Desturia richtete die Heckgeschütze aus und gab mehrere kurze Feuerstöße ab.

Der erste der beiden Jäger verglühte in einem roten Feuerball. Der zweite trudelte, von einem Streifschuss manövrierunfähig geschossen, ziellos davon. Das reichte auch.

"Erledigt."

"Gut." Jim verkrampfte ein wenig, als er die letzte Kurve flog, die sie nun hinter Corvins Schiff in Deckung brachte.

Nun musste es schnell gehen. Wenn sie die Schilde unten hatten, musste der Sprung erfolgreich sein, bevor sie am anderen Ende des Schiffes wieder ins Schussfeld ihrer Gegner kamen. Ansonsten würden sie innerhalb von Sekunden in ihre Atome zerlegt.

Angespannt prustete Jim durch. "Jetzt! Schilde runter!"

"Schilde deaktiviert", meldete der Computer.

"Sprung!"

"Energieniveau kritisch. Sprung nicht zu empfehlen."

Das Heck von Corvins Trägerschiff kam näher. Ein Hagelsturm aus Energieblitzen ergoss sich dahinter. Der Tod rückte näher. Nur noch wenige Meter.

"Sprung! Ist mir scheißegal, was hier kritisch ist!", blaffte Jim und aktivierte die manuelle Kontrolle für den Hyperraumsprung. Energie knisterte über die Schiffshülle, die Sterne verschwammen. Das Heck des Trägerschiffs befand sich nun auf gleicher Höhe. Die Wand aus Energie und Tod war nah. Und dann ... verzog sich die Realität zum verzerrten Chaos des Hyperraums.

Wie gelähmt starrten Desturia und Jim noch eine Weile schnurstracks hinaus, in die wirren und verzerrten Bilder des Sternenmeeres. Sie waren ihrem sicher geglaubten Schicksal noch einmal von der Schippe gesprungen.

Desturia fühlte unendliche Erleichterung. Sie hatte es fast geschafft. Sie hatte die Koordinaten des Bluttempels. Zumindest hoffte sie es. Die Daten würde sie als erstes prüfen, wenn sie in Sicherheit waren. Sie lebte noch und an ihrer Seite saß Jim. Sie schaute zu ihm hinüber. "Wir haben es geschafft, Jim. Jim? Jim! Jiiiiim!"

Jim saß in sich gesunken und mit verkrampftem Gesicht in seinem Stuhl. Der provisorische Verband seines Beines war blutrot und triefnass.

Kapitel 20

Die Schmerzen vernebelten seinen Verstand. Wo war er? Wer war er? Warum litt er? War er tot? War dies die Hölle? Hatte er es überhaupt verdient in der Hölle zu schmoren? Er wälzte sich wild hin und her und stöhnte vor Schmerzen. Sein Bein brannte, als würden glühende Eisen ins Knochenmark getrieben. Warum diese Qual? Er spürte eine Hand, die ihm vorsichtig und zart über den fiebrigen Arm streichelte. Er schaffte es nicht die Augen zu öffnen oder etwas zu sagen. Er roch einen süßlichen Duft. Ein zarter Hauch. Feminin und sinnlich. Er stöhnte vor Schmerz. Seine Augenlider flimmerten. Dann wurde es wieder dunkel und er versank in einen unruhigen und schmerzgeplagten Schlaf.

Ruckartig erwachte er. "Wo bin ich?", flüsterte Jim. Er konnte nichts sehen. Die Dunkelheit um ihn herum war allmächtig, eng und kalt. Jims Bein pochte, aber er schaffte es sich vorsichtig aufzurichten. Er tastete mit den Händen seine Umgebung ab. Die gegenüberliegenden Wände des Raumes waren beide zu ertasten, ohne dass Jim den Arm ganz ausstrecken musste. Vor und hinter ihm war jedoch gähnende dunkle Leere. Es dämmerte ihm. Das war kein Raum. Es war ein Tunnel. Mit der langsamen Erkenntnis kroch ihm ein modriger Geruch in die Nase, feucht und kalt, als wäre Jim unter der Erde. Nochmals tastete er nach den Wänden. Sie waren glatt und eiskalt, als hätte jemand diese Röhre mit einem gigantischen Laser ins Eis geschmolzen. "Tja, alter Freund", sagte Jim zu sich selbst, "drei Möglichkeiten." Er versuchte irgendetwas zu erspähen, doch es war zwecklos. Die Dunkelheit war perfekt. Welche der drei Möglichkeiten versprach den größten Erfolg? Hier bleiben garantiert nicht. Blieben also nur noch den Gang nach vorn oder nach hinten zu gehen. Fifty-fifty-Chance. Hätte Jim etwas sehen können, hätte er eine Münze geworfen. So musste er eine Entscheidung aus dem Bauch heraus fällen. "Also ab nach vorn."

Langsam und unsicher tastete er sich den Tunnel entlang. Wo würde ihn dieser Gang nur hinführen? Jim stutzte. Wo kam er überhaupt her? Er versuchte sich krampfhaft zu erinnern. Er sah Rachel vor seinem inneren Auge. Schemenhaft. Sie lief vor irgendetwas weg. Oder irgendwo hin? Ein Stechen hinter seiner Stirn hinderte ihn daran, den Gedanken zu ende zu denken. Dann war Rachel auch schon wieder aus seinem geistigen Sichtfeld verschwunden, fortgetragen von einer züngelnden Flamme.

"Verdammt, Jim! Was ist passiert?" Er seufzte. Seine Erinnerungen glichen einem chaotischen und schleierhaften Brei, den er nicht klar fassen konnte.

Ein irres Lachen klang in seinen Ohren wider. Das Lachen eines Mannes, der scheinbar nicht ganz bei Sinnen war. Jim kannte dieses Lachen. Er war sich jedoch auch sicher, dass er es nicht oft in seinem Leben gehört hatte. Und dennoch verängstigte es ihn bis ins Mark. Das Lachen wurde lauter und schallte als Echo durch den schmalen Tunnel. Es konnte unmöglich nur in seinem Kopf sein.

"Wer ist da?!", schrie Jim.

Das Lachen wurde hysterischer. Dann verwandelte es sich in ein Glucksen und Röcheln. Dann war es totenstill. Jim hörte seinen eigenen Atem, spürte die kleinen Dampfwölkchen, die seinen offenen Mund verließen, die er jedoch nicht sehen konnte.

Da! Was war das?

Jim rieb seine Augen. Ein schwaches Licht. Am Ende des Tunnels war ein schwaches Licht zu erkennen. Hoffnung keimte auf. Er hatte den Ausgang gefunden. Euphorisch humpelte Jim weiter. Das Pochen in seinem Bein wurde langsam heftiger. Doch getrieben vom Adrenalinschub gab es für Jim kein Halten mehr. Mit jedem Schritt wurde das Licht größer und heller. Ein eiskalter Luftzug wehte Jim entgegen. Es war tatsächlich der Ausgang. Der Tunnel gewann allmählich an Höhe. Jim hatte, mit seinem verletzten Bein, ziemliche Mühe, die Steigung zu bewältigen. Die letzten Meter führten, gefühlt, senkrecht in die Höhe. Mit letzter Kraft zog sich Jim die Steigung empor und purzelte dann hinaus aus der Höhle. Er kullerte einen kleinen, schneebedeckten Abhang hinunter und blieb dann, völlig erschöpft, auf dem Rücken liegen und blickte in einen strahlendblauen und wolkenlosen Himmel.

Es war kalt. Viel kälter als in der Höhle. Wenn er im Schnee liegen blieb, würde er sterben. Fröstelnd rappelte sich Jim auf. Er blickte sich um. So weit das Auge reichte, sah er nur Schnee, Schnee und nochmals Schnee, bedeckt vom blauen Tuch des Himmels.

"Seltsam", murmelte Jim.

Obwohl es taghell war, stand keine Sonne am wolkenfreien Himmel. Wie war das möglich?

"Du hast mich zurückgelassen."

"Rachel?" Jims Herz machte einen Satz.

Das war Rachel. Er hörte ihre Stimme. Sie war hier. Hinter ihm.

"Du lebst!" Die Freude ließ Jims Blut regelrecht aufkochen. Wie ein kleiner Junge, der stundenlang auf eine Überraschung gewartet hatte, drehte er sich um.

"Nein, Jim."

Der Schreck presste ihm die Luft aus den Lungen.

"Ich lebe nicht."

Jims Gesicht wurde kalkweiß.

"Komm mit mir, Jim!" Rachel stand nur eine Armlänge von ihm entfernt. Das halbe Gesicht war verbrannt, die ehemals langen schwarzen Haare glichen nur noch kurzen verbrannten Stoppeln. Aus der rechten Augenhöhle funkelte das rotglühende Licht eines Fotorezeptors und offenbarte ihre ansonsten gut verdeckte Künstlichkeit. Das linke Auge, welches noch intakt war, erstrahlte in dem satten Grün, welches Jim so gut in Erinnerung hatte und sah ihn direkt an.

Jetzt erinnerte er sich wieder. Die Explosion. Die Explosion, die Rachel mit sich riss und tötete. War er auch ...? Sein Herz drohte zu erstarren. "Rachel, bin ich ... tot?"

Ihr entstelltes Gesicht schaute ihn mitleidvoll an. Dann sagte sie wieder: "Komm mit mir, Jim!"

"Nein! Ich will nicht! Ich bin nicht! Rachel! Nein!" Jim ging in die Knie. Er schluchzte, er brüllte, er verzweifelte.

"Jim! Bleib hier!" Desturias Stimme mischte sich mit einem fernen, monotonen und grellen Piepsen. "Scheiße!"

Der Boden unter Jims Füßen wackelte. Ein Erdbeben? Dann spürte er einen kalten metallischen Druck auf seiner Brust. Und nur Sekundenbruchteile später strömte tausendfacher Schmerz durch seinen Körper. Die Energie eines ganzen Kraftwerkes schien sich zu entladen und malträtierte ihn.

Das endlose Sternenmeer dort draußen glich einem geisterhaften Leichentuch, das nur darauf wartete sich über sie und Jim zu legen.

Desturia saß gedankenverloren im Pilotensitz und schaute hinaus zu den Sternen. Langsam strich sie mit der rechten Hand über die Armlehne, als könne sie, so Jims Nähe spüren. Die letzten Stunden als chaotisch zu bezeichnen wäre bei weitem untertrieben. In ihren Gedanken flammte Corvins hämisches Lachen auf. Dieses Schwein war noch zu leicht davongekommen. Der Zorn flammte in ihr auf. Der Griff um die Lehne festigte sich. Wenn Jim nicht durchkommen würde ... Ja, was dann? Wenn würde Desturia dafür büßen lassen können? Schmerzlich erinnerte sie sich an Jims zusammengesunkene Gestalt. Es kam ihr merkwürdig fern vor. Und unrealistisch. Kaum zu glauben, dass erst wenige Stunden vergangenen waren, seit sie ihn in die betagte Krankenstation der Dark Lady getragen hatte. Der alte Medizindroide hatte auf Desturia keinen beruhigenden Eindruck gemacht. Die Notoperation hatte gefühlte Tage gedauert und das synthetische Fleisch, welches Jim ins Bein gepflanzt wurde, war technologisch auch nicht mehr auf dem neuesten Stand. Genauso wie die Methode, mit der es angebracht worden war. Desturia wollte sich nicht vorstellen, welche Schmerzen der Laser Jim, trotz Narkose, hatte erleiden lassen. Es musste das pure Feuer in seinen Knochen gewesen sein. Den gesamten Eingriff hatte sie bei ihm gestanden, in der Hoffnung, ihm so beistehen und die Schmerzen lindern zu können.

Als er die Tortur endlich überstanden hatte, war sie zurück ins Cockpit gegangen und hatte sich erschöpft in Jims Sitz sinken lassen.

"Wenn er die Nacht übersteht, ist er über den Berg", hatte ihr der Droide in seiner blechernen Stimme mitgegeben.

Die Nacht. Desturia schaute in die Finsternis des Alls. Wie definierte man im Zentrum dieser Schwärze, die gesprenkelt war mit winzigen Lichtpunkten, die Nacht?

Desturia seufzte. Sie sollte etwas Sinnvolles machen, um gegen das schier endlosen Warten anzukommen. Ihre Augen brannten und ihr ganzer Körper schrie nach Erholung. Doch an Schlaf war jetzt nicht zu denken. Sie fürchtete sich zu sehr vor den Albträumen, die sie gewiss heimsuchen würden, vorausgesetzt sie würde, vor Sorge, überhaupt in den Schlaf finden. Nein, sie sollte sich die Daten auf dem Chip genauer ansehen.

Sie griff in ihre Gürteltasche und führte den Datenchip zum Lesemodul des Bordcomputers. Corvin hatte scheinbar wirklich saubere Arbeit geliefert. Die komplette Ordnerstruktur des Chips war frei von Verschlüsselungen. Jedoch bot die schiere Flut an Daten das nächste Problem. Es würde Tage brauchen, die wirklich wichtigen Daten zu finden, wenn man nicht wusste, wo und nach was man suchen sollte. Desturia hätte es nie für möglich gehalten, dass es eine solche Informationsflut über Schattenwandler und den Bluttempel geben würde. Die Bibliothekare der Inquisition hatten sich mit der Sammlung selbst übertroffen. Von einfachen Gedichten aus der Feder unbekannter, längst vergessener Schattenwandler, bis hin zu den komplexesten Abhandlungen der inquisitionellen Forschung, war alles dabei. Staunend begutachtete Desturia die Abbildung eines frühzeitlichen Kupferstiches, der eine Prozession vor den Toren des Tempels zeigte. Inmitten der festlich gekleideten Schattenwandler waren Menschen abgebildet, die gefesselt zu sein schienen und in das Innere des Bluttempels geführt wurden. Unter dem Bild stand in goldener Schrift 'Die große Ernte - unbekannter Künstler - ca. 350 v.U.Ph.' Desturia strich sich eine blonde Haarsträhne aus der Stirn. Was für eine seltsame Zeitangabe. Worauf bezog sich nur dieses v.U.Ph.?

"Unwichtig", murmelte sie. Es spielte keine Rolle, wann dieses Bild entstanden war. Desturia brauchte Koordinaten, eine Wegbeschreibung oder Karte oder irgendwas in der Art. Sie wechselte in den übergeordneten Dateiordner. Langsam fuhr sie mit dem Zeigefinger über die unzähligen Datenpakete. In welches sollte sie als nächstes stochern? Sie schloss die

Augen. Langsam atmete sie ein und aus. Nicht nachdenken. Einfach fühlen. Ihr Finger glitt langsam nach unten, stockte und fuhr dann wieder ein wenig hoch. Desturia wählte die Datei, ohne die Augen zu öffnen.

"Wo bist du?" Ihre Stimme klang wie der Hauch des Windes. Einen kurzen Moment verweilte sie in absoluter Regungslosigkeit. Dann öffnete sie die Augen. Was sie sah, erstaunte sie. Vor ihr schwebte die dreidimensionale Abbildung eines Planetensystems in der Luft. Um die goldgelbe Sonne zogen mehrere Planeten gemächlich ihre Bahnen, fünf innere Gesteinsplaneten, gefolgt von vier Gasriesen und einer winzigen Schneekugel am äußersten Rand. Um den fünften Planeten, eine dunkelblaue Perle, gespickt mit üppigem Grün und wirbelndem Weiß, war ein digitaler Zielmarker gezogen. Da war sie, die Wiege ihrer Existenz, die Heimat ihrer Vorväter. Desturia las die Zielkoordinaten ab und ließ sie durch den Navigationscomputer laufen. Das Ergebnis ergab keinen Sinn. Desturia prüfte die Eingabe. "Was zum ..."

Die blecherne Stimme des Medizindroiden erklang aus der Kommkonsole: "Sein Zustand ist kritisch. Bitte kommen Sie schnell!"

Desturias Herz schlug bis in den Hals.

Als Desturia die kleine Krankenstation betrat, zeigte der Monitor neben Jims Kopf bereits eine schwache und unregelmäßige Herzkurve.

"Was ist passiert?", blökte Desturia den Droiden an, der dabei war eine klare Flüssigkeit in den Tropf zu füllen. Sie stellte sich neben Jims Bett und schaute auf die geschlossenen Augenlider.

"Sein Kreislauf droht zu kollabieren. Ich gebe ihm ein Mittel, um ihn zu stabilisieren."

Desturia griff nach Jims Hand und drückte sie fest. Ihre Blicke schweiften hilfesuchend und flehend durch den spärlich eingerichteten weißen Raum und fanden sich am dünnen Schlauch des Tropfes wieder, der in einer Nadel in Jims Venen endete.

Der Herzkreislaufmonitor schlug Alarm. Die Herzkurve sackte auf null. Das gleichmäßige und schrille Piepen schoss in Desturias Ohren.

"Bleib bei mir, Jim!", schrie sie ihn an und umklammerte fest seinen Oberkörper. "Verdammt!"

"Treten Sie zurück!" Unwirsch zog sie der Droide von Jim fort.

Desturia war kaum in der Lage klar zu denken oder zu atmen. Wie in einem schlechten Traum stand sie da, den Blick auf den Rücken des Droiden gerichtet, der sich vor Jims Bett aufgebaut hatte. Desturia machte ein paar Schritte nach links, um Jim wieder ins Sichtfeld zu bekommen. Eine automatische Bewegung, gesteuert von ihrem Unterbewusstsein.

Der Droide breitete seine metallischen Hände über Jims Brust, die er entblößt hatte, aus und sagte mit warnender Stimme: "Zurück bleiben!" Dann begannen kleine Funken über seine Hände zu tanzen, begleitet von einem knisternden Geräusch. Der Droide presste beide Hände auf Jims Brust. Der dumpfe Klang der plötzlichen Entladung untermalte den grauenhaften Anblick von Jims Körper, der sich wölbte und aufbäumte.

Desturias Blick raste zum Monitor. Die Kurve lag immer noch bei null.

"Zurück bleiben!", wiederholte der Droide.

Wieder knisterte die Luft. Wieder entlud sich die Energie mit dumpfem Knall. Und wieder bäumte sich Jims Körper qualvoll auf. Doch diesmal schlug der Monitor an.

"Wir haben ihn wieder."

Desturia sog schluchzend nach Luft. Erst jetzt bemerkte sie, dass ihre Wangen tränennass waren. Sie drückte sich an dem Droiden vorbei und griff wieder nach Jims Hand. Mit den Fingern ihrer anderen Hand fuhr sie ihm gleichzeitig sanft durchs Haar.

"Rachel!" Jim schrie vor Schmerz und krümmte sich am schneebedeckten Boden. Flehend streckte er den rechten Arm nach ihr aus und schaute sie fordernd an. "Hilf mir!"

Rachels Antlitz verblasste langsam. Traurig schaute sie ihn ein letztes Mal an.

Eine zweite Energiewelle fraß sich durch Jims Körper. Stärker und grauenhafter als die erste.

"Rachel!" Jims Blick verschwamm. Alles verwandelte sich zu einer durchgehend weißen Fläche, die immer heller wurde. Der Schmerz, das Licht, alles schien seinen Anfang und sein Ende in Jims Körper zu haben. So würde sich ein Stern kurz vor der Explosion fühlen.

Jim wurde fortgerissen. Fort von der kalten Oberfläche aus Schnee und Eis. Es fühlte sich an, als wäre Jim selbst das Plasma des sterbenden Sterns, welches mit unglaublicher Geschwindigkeit ins All geschleudert wurde. Seine Wahrnehmung überschlug sich, kreiselte wild umher und fand sich wieder, hinter einer Milchglasscheibe aus Sinneseindrücken. Jim schien zu liegen. Zwei Gestalten ragten über ihm auf. Die eine dunkel und metallisch, mit einem seltsamen blauen Licht in Höhe des Kopfes. Die zweite Gestalt wirkte wie eine verschwommene Darstellung eines Menschen aus Schwarz, Weiß und Gold, als trüge ein helles Lichtwesen einen bedrohlichen dunklen Mantel und eine goldschimmernde Kopfbedeckung. Dumpfe, nicht verständliche Stimmen drangen an sein Ohr. Die eine weiblich, die andere künstlich. Doch der Sinn der Worte blieb ihm verschlossen. Jim spürte eine zärtliche Berührung an seiner Hand. Er versuchte seinen Blick zu fokussieren. Das Gesicht des Lichtwesens veränderte sich. Es gewann mehr und mehr an weiblichen Zügen. Die Frau streichelte ihn vorsichtig durch das Haar. Sanft lächelte sie ihn an und blinzelte leicht mit ihren tränengeröteten, strahlend blauen Augen.

Jim erkannte sie. "Desturia", flüsterte er schwach.

"Ich bin hier, Jim. Ich bin hier." Sie beugte sich hinunter und küsste ihn auf die Stirn.

"Er ist wieder stabil", plärrte der Droide und ging mit staksenden Schritten auf die andere Seite des Bettes, um eine weitere Substanz in den Tropf zu füllen.

Desturia lächelte Jim erschöpft an.

Jim versuchte etwas zu sagen. Es war so anstrengend. Ein leises Röcheln war alles, was er zustande brachte.

"Streng dich nicht an! Du bist noch zu schwach."
Mit der Hand fuhr sie leicht Jims Gesicht hinab und
streichelte sanft mit dem Zeigefinger über seine
Wange. "Du hast viel Blut verloren. Sehr viel Blut."
Jim schaute ihr tief in die Augen. Dieses Blau war
so tief und rein. Schon als er es das erste Mal gesehen hatte, war es um ihn geschehen. Das wurde ihm
jetzt klar. Er wollte nichts sehnlicher, als an ihrer Seite sein. Ein Teil ihres Lebens, ihres gemeinsamen
Lebens. Der Drang ihr das alles zu sagen war stark,
doch die Schwäche seines Körpers war stärker.
Stumm erwiderte Desturia seinen Blick. Noch nie in
ihrem Leben hatte sie sich so verbunden mit einem
Wesen gefühlt. Der Gedanke daran ihn zu verlieren,
brannte wie Säure auf ihrer Seele. Wenn er jetzt ge-
storben wäre ... Desturia schob die frischen Ereignis-
se beiseite. Doch was vor ihnen lag, würde nicht
leichter werden. Sie würden schon bald eine Entscheidung treffen müssen. Doch was war der richtige
Weg? Einmal, nur einmal im Leben wollte sie die richtige Entscheidung treffen. Langsam stand sie auf und
strich noch einmal über Jims Wange. "Ich schau später noch mal nach dir."

Kapitel 21

Ein leichtes Frösteln lief Desturia den Rücken hinunter, als sie auf den blauen Planeten, der als stecknadelkopfgroße Perle, in der Mitte des Sternenmeeres zu sehen war, blickte. Hier hatte es begonnen und hier würde es sich entscheiden.

Die letzten Tage waren vergangen wie im Flug. Und das nicht nur im übertragenen Sinn. Desturia hatte die Dark Lady, über Umwege, hierher gebracht und auf ihrer Reise noch ein paar alte Gefallen eingefordert, um die nötigen Reparaturen am Schiff durchzuführen und um ihren Vorrat an Antimaterie aufzufüllen. Dem nächsten großen Sprung stand nichts mehr im Wege. Zumindest fast nichts. Denn vielleicht endete es auch genau hier, wo es begonnen hatte. Die Entscheidung würde ganz alleine bei Jim liegen.

"Guten morgen." Die Stimme des Schmugglers klang noch geschwächt, doch sie hatte bereits viel von ihrem alten Charme zurückgewonnen.

"Morgen, Jim." Desturia blickte weiter nach vorn. Ihr fehlte die Kraft ihn anzuschauen. "Du musst jetzt eine Entscheidung treffen!"

Jim kam langsam zu ihrem Sitz und stellte sich hinter sie. Er legte beide Hände auf ihre Schultern und berührte ihren Kopf sanft mit seinem Kinn. "Ich verstehe nicht ganz."

Desturia kramte fieberhaft in ihrem Gedächtnis, nach dem tollen Plan, den sie sich zurechtgelegt hatte, um Jim ihr Vorhaben zu erklären. Doch jetzt, wo es soweit war, fand sie ihn nicht mehr. "Also", begann sie zaghaft und befreite sich langsam aus Jims Umklammerung. Sie drehte sich mit dem Stuhl zu ihm um und stand auf. "Ich habe die letzten Tage damit verbracht, den Datenchip zu durchsuchen."

"Den, der Corvin für dich dekodiert hat?"

"Genau den."

"Und?"

"Ich glaube ..." Desturia biss sich auf die Unterlippe, dann sprach sie langsam weiter: "Ich glaube, ich weiß jetzt, wo der Bluttempel ist." Bevor Jim etwas sagen konnte fuhr sie fort: "Ich muss ihn finden, Jim. Es gibt ihn wirklich. Die Beweise sind da!" Sie hielt Jim den Datenchip vor die Nase.

"Gut, angenommen du hast recht; was erhoffst du dir dort zu finden?"

"Alles. Alles und Nichts. Die Antworten auf mein Dasein, meine Kultur oder dem, was davon noch übrig ist. Die Antwort darauf, ob ich die Letzte meiner Art bin." Sie stockte. "Einfach alles, Jim." Sie drehte ihm den Rücken zu. "Du musst dich entscheiden."

"Was?"

Desturia zeigte auf den kleinen blauen Planeten. "Epidon. In diesem Sektor haben wir uns kennengelernt."

Jim erinnerte sich an ihre erste Begegnung, in der Raumhafenbar auf Sadonia. Die maskierte und dunkle Gestalt, die damals an seinen Tisch getreten war und nur ihre tiefen blauen Augen und eine blonde Haarsträhne preisgegeben hatte.

"Entweder du begleitest mich," Desturia schluckte, "oder du setzt mich einfach dort ab, wo du damals die Kiste an Bord geholt hast. Ich werde schon zurechtkommen."

"Natürlich begleite ich dich."

Desturia drehte sich um. Anstatt die von Jim erwartete Freude zu zeigen, wirkte sie immer noch bedrückt. "Warte mit deiner Entscheidung, bis ich dir das Ziel der Reise gezeigt habe!" Sie legte den Datenchip in das Lesegerät des Bordcomputers und ließ das Hologramm des Zielsystems im Raum schweben.

Jim staunte. "Das ist unmöglich." Er verkleinerte die Ansicht der Galaxie; ein gigantischer Spiralnebel, an dessen äußerem Rand das Ziel lag. Als endlich auch ihre eigene Galaxie ins Sichtfeld kam, fror Jim das Bild ein. "Wie willst du das schaffen, bis in eine andere Galaxie zu springen? Das hat noch niemand geschafft."

"Es ist möglich. Es muss möglich sein!" Desturia atmete tief ein und aus. "Meine Vorfahren sind von dort gekommen!" Sie zeigte auf das Hologramm.

"Sagt dein Datenstick ..."

"Sagt mir mein Gefühl."

"Dein Gefühl. So, so. Sagt dir dein Gefühl auch, wie wir einen solchen Sprung schaffen können?"

"Mein Gefühl nicht. Aber auf dem Stick habe ich eine detaillierte Wegbeschreibung gefunden."

"Wegbeschreibung?"

"Keine Ahnung, wie ich es treffender bezeichnen soll." Desturia breitete die Arme aus und zuckte mit den Schultern.

"Und wo führt die Route lang?"

"Nun, es ist eigentlich simpel. Wenn es nicht gleichzeitig wahnsinnig wäre."

Jim schaute sie fragend an.

"Der Eingang zur Route ..." Sie vergrößerte das Hologramm und fokussierte dabei ihre eigene Galaxie "... nennt sich Ghontas Tor."

"Ghontas Tor", wiederholte Jim nachdenklich, ahnend, dass nun etwas kam, was ihm überhaupt nicht gefallen würde. "Du meinst doch nicht etwa ...?"

"Doch, Jim." Sie vergrößerte das Hologramm weiter, bis das gigantische Schwarze Loch mit seinem pulsierenden Trabanten im Raum schwebte. "Ghontas Grab."

Jim schüttelte langsam den Kopf. "Wie ... Also, was ... Wo ...?"

Desturia zeigte mit dem Finger auf einen Punkt zwischen dem schwarzen Monster und dem wild pulsierenden Stern. "Genau diesen Korridor zwischen beiden Körpern müssen wir treffen, bei voller Geschwindigkeit."

Jim trat neben sie und schaute auf den Punkt, den sie fixierte.

"Die Masse beider Objekte wird uns dann genügend Energie geben, um den Raum zwischen beiden Galaxien, für einen Sprung, krümmen zu können."

Ein Schauer lief durch Jims Körper. Das hatte Desturia doch jetzt nicht wirklich vor? Das grenzte an Selbstmord. "Bist du wahnsinnig?"

"Du musst nicht mit, Jim." Sie schaute ihm in die Augen. "Setz mich auf Sadonia ab! Ich finde einen Weg." Sie streichelte sanft über seine Wange. "Es ist okay."

Jim erwiderte ihren Blick und fühlte sich auf einmal hilflos wie ein Kleinkind. "Ich ..." Jim setzte sich in den

Sitz des Copiloten. Sein Kopf befand sich nun genau innerhalb des holografischen Abbildes von Ghontas Grab. Das digitale Schwarz warf einen unheimlichen Schatten über sein Gesicht.

Desturia nahm auf dem Pilotensitz platz und griff nach seiner Hand. Sanft streichelte sie mit den Fingern über seinen Handrücken.

"Es ist okay", wiederholte sie.

Jims Gedanken überschlugen sich. Was sollte er tun? Was Rachel sagen würde, konnte er sich lebhaft vorstellen. In seinem Kopf sah er sie Desturia packen und an den Haaren zur Luftschleuse ziehen. Das Bild gewann ihm ein kurzes Schmunzeln ab.

Rachel.

Der Schmerz stach in sein Herz und sein zaghaftes Lächeln erstarb. Es würde nie mehr so wie früher sein, egal welche Entscheidung er nun treffen würde. Er schaute hinunter auf seine Hand, die sanft umklammert von Desturia gehalten wurde und seufzte schwer. "Wenn du den Sprung überleben willst", begann er mit leiser Stimme, "brauchst du das beste Schiff, das du kriegen kannst." Er hob den Blick und schaute ihr tief in die Augen. Dann befreite er seine Hand aus Desturias Griff und fuhr ihr langsam den Arm hinauf. "Und den besten Piloten", ergänzte er.

"Du meinst?" Desturias Gesicht hellte sich auf.

Jim nickte.

"Und wo finde ich den Besten?", feixte Desturia und fiel Jim überschwänglich in die Arme.

Dieser erwiderte ihre Umarmung wortlos und mit geschlossenen Augen.

"Danke, Jim."

"Hast du die Kursberechnung noch mal überprüft?"

"Schon zweimal, Jim." Desturia tippte auf die Navigationskonsole. "Aber ich prüf sie gern noch mal."

"Bitte! Ich hab kein gutes Gefühl bei der Sache." Jim starrte das gierige schwarze Monstrum an, das draußen in der Dunkelheit auf sie lauerte. Es schien Jim, als starre dieses Ungetüm unverhohlen zurück.

Sie mussten den schmalen Korridor zwischen dieser immensen Ansammlung an Materie und seinem darum tanzenden Pulsar exakt treffen, sonst würden sie in Millisekunden in ihre Atome zerlegt und vom endlosen Schlund aufgesaugt werden. Kein schöner Tod, dachte sich Jim. Er fragte sich, ob er wohl den Schmerz spüren würde. Wenn sie dem Schwarzen Loch so nahe kamen, spielte die Zeit eine vollkommen andere Rolle. Die schier gewaltige Gravitation dehnte sie dermaßen aus, dass aus Millisekunden Stunden, Tage, ja sogar Jahre für den Betroffenen werden konnten, bevor er denn endlich seinen grauenvollen Tod finden konnte. Jahre des Schmerzes beim Zerbersten seiner Molekühle - der Gedanke ängstigte ihn bis ins Mark.

"Du kannst noch zurück." Desturia schaute vom Copilotensitz herüber. Ihr Lächeln war warm und ehrlich.

"Nein, wir ziehen das gemeinsam durch." Jim lächelte zurück. "Ich lasse dich nicht im Stich."

Desturia nickte langsam und wendete sich dann wieder den Kursberechnungen zu. "Die Daten sind in

Ordnung", sagte sie mit fester Stimme. "Wenn du soweit bist ..."

"Dann los! Bringen wir es hinter uns! Wer als Letztes drüben ist, ist ne faule Tomate!"

Desturia schaute ihn fragend an. "Tomate?"

"Nur so ein Spruch." Er beschleunigte die Dark Lady, bis sie vollen Unterlichtschub erreicht hatte. "Fertig zum Sprung?"

"Wir erreichen den Sprungpunkt in zwanzig Sekunden." Desturia ließ die Anzeige des Navcomputers nicht aus den Augen.

Waren das die letzten zwanzig Sekunden ihres Lebens? Der Klos in Jims Hals stand der Masse des Schwarzen Loches in nichts nach. Er wollte Desturia noch so viel sagen und er wünschte sich, er hätte noch die Zeit dazu. Doch das endlose Schwarz des Gravitationsteufels rückte immer näher. Knisternd prasselte die gigantische Gammastrahlung, die der sterbende Pulsar absonderte, über die stark belasteten Schilde der Dark Lady. Funken und Lichtreflexionen flogen über die Sichtscheibe. Jim glaubte jedes einzelne verdampfende Atom riechen zu können.

"Zehn Sekunden", sagte Desturia. Ihre Stimme war kühl und konzentriert.

Angstschweiß benetzte Jims Stirn. Er wagte es nicht zu atmen. Das Knistern der sich brechenden Strahlung wurde lauter, die Funken heftiger. Die Anzeigen des Computers flackerten. Die Monitorbilder waren durchzogen von statischem Schneegestöber und Rauschen. Der Autopilot zeigte ein rotes Warnlicht. Auf ihn würden sie sich nicht verlassen können.

Desturia musste den Sprungpunkt manuell treffen. Jim presste die Zähne zusammen.

"Fünf."

Er blinzelte zu Desturia rüber. Sie saß leicht nach vorn gebeugt auf dem Copilotensitz. Die rechte Hand am Auslöser des Sprungtriebwerks.

"Vier."

Wie gerne hätte er jetzt ihre Hand an sich genommen. Doch das wäre ihr sicherer Tod.

"Drei."

Jim prägte sich ihren Anblick genau ein.

"Zwei."

Wenn er jetzt sterben würde, so wollte er es wenigstens mit ihr in seinen Gedanken.

"Eins."

Jim schloss die Augen.

"Sprung!"

Mit lautem Getöse zündeten die Sprungtriebwerke. Die gewaltige Gravitation überlastete die Trägheitsdämpfer und die Beschleunigung presste Jim in seinen Sitz, als würde die Kraft von tausenden Tonnen Wasser auf seinen Brustkorb drücken. Die Luft entwich seinen Lungen unter Schmerzen. Er versuchte zu brüllen. Vergebens. Und dann ...

Dann fühlte er sich leicht. Leicht und schwerelos. Er öffnete langsam die Augen.

Ein seltsames weißes Licht pulsierte jenseits der Sichtscheibe und tauchte das Cockpit in ein unwirkliches Meer aus Licht und Schatten. Er sah Desturia. Im Zeitlupentempo drehte sie den Kopf in seine Richtung. Alles dauerte so lang. Es war die Masse. Die Masse, welche die Zeit aus ihren Angeln hob. Jim konnte seinen eigenen Arm beobachten, wie er sich im Schneckentempo zu Desturia streckte.

Nach einer halben Ewigkeit schaffte diese es, seine ausgestreckte Hand zu ergreifen. Sie lächelte. Wilde Flecken tanzten über ihr blasses Gesicht. Langsam begannen sich ihre Lippen zu bewegen. Die Worte klangen dunkel und langgezogen: "W-i-r - - h-a-b-e-n - - e-s - - g-e-s-c-h-a-f-f-t."

Jim würde Desturias Euphorie erst teilen, wenn sie diese seltsame Form des Hyperraums sicher wieder verlassen hatten. Dennoch schenkte er ihr ein lächelndes Nicken.

Ein dumpfer Ton pulsierte durch das Cockpit. Die langsame Version der schrillen Alarmsirene. Die Triebwerke überhitzten sich. Eine bedrohliche Anzeige flackerte auf: "Gefahr! Überhitzung der Kompressionskammer!" Wenn das magnetische Kraftfeld der Antimateriebehälter versagen sollte, würde sich das gesamte Schiff mit einer gigantischen Explosion ins Nichts verabschieden.

Desturias Augen weiteten sich. Sie war sich ihrer Lage mehr als bewusst. Aber es gab nichts, was sie jetzt tun konnten. Eine Notabschaltung der Triebwerke würde sie im leeren Raum zwischen den Galaxien stranden lassen, ohne Hoffnung auf Rettung. Sie mussten den Sprung bis zum Ende durchführen!

Ein kleines grünes Licht flackerte auf. Der Autopilot. Er war wieder funktionstüchtig. Ein kleiner Hoffnungsschimmer.

Jim schaute auf die Navigationsanzeige. War das möglich? Er konnte es nicht glauben. Sie standen kurz vor der Abschaltung des Sprungtriebwerkes. Wie konnte das sein, dass sie diese gewaltige Strecke in so kurzer Zeit ... Ja genau, Zeit, der dehnbare Begriff. Jim konnte nur rätseln, wie viele Jahrzehnte in diesem Augenblick, der für ihn und Desturia nur ein Wimpernschlag gewesen war, vergangen waren.

Die elektronische Stimme des Bordcomputers meldete sich: "A-b-s-c-h-a-l-t-u-n-g - - d-e-r - - S-p-r-u-n-g-t-r-i-e-b-w-e-r-k-e!"

Mit einem kräftigen Ruck fiel die Dark Lady in den Normalraum zurück.

Augenblicklich normalisierte sich der Zeitfluss. Der Alarm schrillte wieder in seinem bekannten hohen Ton. "Alarm! Ausfall des Antimateriekraftfeldes in Reaktor Zwei! Notabwurf eingeleitet!"

Das automatische Sicherheitssystem arbeitete noch. Auf Jims Lady war Verlass.

Eine Vibration fuhr durch das Schiff, als die Brennkammer ausgeworfen wurde. Keine Sekunde zu früh. Hinter ihnen verwandelte sich der defekte Behälter in eine gewaltige Explosion. Die Druckwelle war schneller als die Dark Lady. Mit voller Wucht traf sie das Schiff. Funken stoben aus den Konsolen. Das Licht flackerte. Der Lärm war ohrenbetäubend. Aus der Steuerkonsole schoss eine Stichflamme hervor und füllte den Raum schnell mit schwelend heißem Qualm.

"Hüllenbruch!", warnte der Computer laut, während die automatische Löschanlage den kleinen, aber heftigen Brand unter Kontrolle brachte. "Ausfall der Steuertriebwerke!"

Die Hiobsbotschaften brachen nicht ab.

Jim fluchte.

Die Dark Lady trudelte auf einen Gasriesen zu. Die dichte Wolkendecke war durchzogen von streifigen Strukturen, die den gesamten Planeten umfassten. Weiße, gelbe und ockerfarbene Wirbel tanzten auf ihren Bahnen um die Achse des Riesen. In der unteren Hälfte des Planeten zeigte sich eine Auffälligkeit. Ein wirbelnder roter Fleck. Vermutlich ein gewaltiger Wirbelsturm. Er zog entlang einer verwaschenen Grenzlinie zwischen einem weißen und einem ockerfarbenen Band daher.

Jim zeigte auf den Planeten, der schnell näher kam. "Gibt es dort eine Möglichkeit zu landen?"

Desturia arbeitete fieberhaft an der Navkonsole, die noch nicht ganz den Geist aufgegeben hatte. Sie hustete. Dieser verflixte Qualm. "Die Sensoren zeigen sechzehn Monde mit fester Oberfläche an. Vielleicht erwischen wir einen davon." Sie pfiff anerkennend. "Mannomann. Der scheint ja ein ordentliches Magnetfeld zu haben."

Jim legte den Kopf schief. "Schaffen die Schilde das?"

"Hoffentlich", antwortete Desturia. "Sonst werden wir beim Anflug gegrillt."

Jim stand auf und ging zur Funkkonsole. Sie schien noch zu arbeiten. Er öffnete einen Kommkanal und setzte einen Notruf ab. "Seltsam. Hier scheint weit und breit nichts zu sein. Ich finde keine Funksignale. Gibt es hier keine bewohnbaren Planeten?"

"Laut Scanner im inneren Bereich des Systems." Desturia machte eine bedächtige Pause. "Vielleicht gibt es dort keine Intelligenz?"

"Na prima", raunte Jim. Ohne Hilfe von Außen waren sie so gut wie am Ende.

"Das könnte klappen!" Desturias Stimme versprühte Hoffnung.

"Was?" Jim stellte sich hinter ihren Sitz und schaute auf die Konsole.

"Wir treiben genau auf diesen Mond zu." Sie zeigte auf den vereisten Steinklumpen mit seinen gut fünftausend Kilometern Durchmesser, der einer der inneren Monde des Gasriesen war. Die Oberfläche unterteilte sich in zwei völlig unterschiedliche Gebiete. Das eine geologisch alt und dunkel und übersät mit Einschlagkratern. Das andere scheinbar jünger und heller, mit geringer Kraterdichte, dafür aber geprägt von Gräben und Verwerfungen. "Er hat ein eigenes Magnetfeld. Das wird uns vor dem Riesen schützen. Das heißt, wenn wir die Landung schaffen. Wir brauchen die verdammte Steuerung!"

Kapitel 22

"Wir brauchen die verdammte Steuerung!" Desturias Blick grenzte an Verzweiflung.

Jim schwang sich zurück in seinen Sitz und startete ein Diagnoseprogramm. Ein Grundriss des Schiffes schwebte in der Luft vor ihm. Die Schäden waren rot markiert. "Sieht übel aus", presste Jim hervor. "Warte!" Er vergrößerte den Abschnitt der Steuerdüsen. "Die Korrekturdüsen sind noch intakt!" Er schaute zu Desturia. "Wir müssen es nur schaffen den Stromkreislauf zu überbrücken!" Er stand wieder auf. "Und ich hab da schon ne Idee!" Im Vorbeigehen berührte er kurz Desturias Schulter und verließ dann eilig das Cockpit. "Such uns einen guten Landeplatz!", rief er aus dem Gang zu Desturia zurück.

Dann schloss sich die Cockpittür zischend und Desturia war alleine. Sie seufzte. Sie hätte Jim nicht mit reinziehen dürfen. Hatte sie schon wieder in ihrem Leben die falsche Entscheidung getroffen?

"Hab Vertrauen!" Die geisterhafte Stimme ihrer Mutter hallte in ihrem Kopf.

Vertrauen. Vertrauen in eine Vision? In ein Hirngespinst? Desturia schloss die Augen. "Wohin führst du mich, Mutter?" Desturia spürte einen leichten Hauch in ihrem Nacken, eine sanfte Berührung an der Schulter. Doch als sie die Augen öffnete und den Kopf drehte, war niemand da.

"Wir werden hier sterben", sagte Desturia verzweifelt. Rasend schnell kam der kleine Mond näher. Sein Mutterplanet mit seinen wirbelnden Gasmassen füllte bereits das ganze Sichtfenster. Die geschwächten Schilde der Dark Lady hielten dem Beschuss durch das Magnetfeld des Riesen jedoch tapfer stand. Desturia schaute auf die topografische Analyse des Mondes, die sie aufgerufen hatte. Die Oberfläche war weitestgehend flach. Nur wenige Erhebungen erreichten Höhen von mehr als ein paar hundert Metern. Einen geeigneten Landeplatz dürften sie mühelos finden. Wenn sie die Landung tatsächlich überleben sollten, hätten sie sogar recht gute Überlebenschancen. Zumindest für einen kurzen Zeitraum. Die dünne Atmosphäre bestand aus Sauerstoff und das nötige Wasser war zur Genüge in Form von Eis vorhanden. Das schwache Magnetfeld des Mondes schirmte sie darüber hinaus zum Teil von der tödlichen Strahlung des Mutterplaneten ab.

Für Desturia gab es dann noch die Möglichkeit des Totenschlafes. Jim hatte diese Möglichkeit jedoch nicht. Es war ein Fehler gewesen, ihn mit hierher zu nehmen. Desturia hätte die Entscheidung selbst fällen und heimlich von Bord gehen müssen. "Es tut mir leid, Jim", flüsterte sie und schloss die Augen wieder.

Jim hatte sich in den schmalen Versorgungsschacht gezwängt und kroch nun auf allen Vieren vorwärts. In der linken Hand hielt er einen kleinen Leuchtstab, der erfolgreich gegen die Dunkelheit hier unten ankämpfte. Um den Hals hing eine lange Schlaufe, an deren Ende sich ein Reparaturkit befand, welches Jim hinter sich her schleifte.

"Autsch! Verdammt!"

Das war schon das dritte Mal, dass sich Jim den Kopf gestoßen hatte. Naja, das lenkte ihn wenigstens von seinem schmerzenden Bein ab, welches noch nicht ganz ausgeheilt war. So eng hatte er den Schacht nicht in Erinnerung seit er das letzte Mal ... Ja, wann war er eigentlich das letzte Mal hier unten gewesen? Üblicherweise war es Rachel gewesen, die hier runter stieg, wenn irgendwas im Schacht zu tun gewesen war. Es musste Jahre her sein.

Und dennoch wusste er genau, wo er hin musste. An der nächsten engen Kreuzung bog er rechts ab. Hier hörte man deutlich das schwache Pulsieren des Reaktors. Jim schaute an die Wand zu seiner Rechten. In einer roten Ummantelung liefen sie dahin, die Stromkabel, welche die Antriebe versorgten. Er war auf dem richtigen Weg.

So schnell er in dieser niedrigen Gangart konnte, bewegte er sich vorwärts. Es kam auf jede Sekunde an. Wenn er es nicht schaffte, den Stromkreislauf zu überbrücken, bis sie den Mond erreichten, würden sie auf der Oberfläche einschlagen wie ein Komet.

Ein neues Geräusch mischte sich in das Pulsieren des Reaktors. Ein Knistern. Vorn in der Dunkelheit konnte Jim auch schon die Funken sehen, die aus der gebrochenen roten Ummantelung hervorstoben. Ein Metallträger aus einer der Seitenkonstruktionen hatte sich gelöst und steckte wie ein Speer in der Stromleitung. Wohin er den Strom weiterleitete, der unvermindert durch die Kabel floss, konnte Jim nicht erkennen. Aber bei der Vielzahl an Schadensmeldungen, die ihm der Computer vorhin gemeldet hatte, machte das auch keinen Unterschied mehr.

Jim hielt zwei Meter vor dem unterbrochenen Stromkabel an und zog an der Schlaufe, um den Werkzeugkasten nach vorn zu bringen. Er öffnete den Kasten und holte einen Laserschneidbrenner hervor. Diesen legte er vor sich auf den Boden. Dann wandte er sich nach rechts und tastete die Wand ab. "Da bist du ja." Triumphierend öffnete Jim eine kleine Klappe. Ein kleines Computermodul kam zum Vorschein. Jim schaltete die kleine Schnittstelle, die eine von vielen hier unten im Schacht war, ein und gab dem Computer den Befehl, die Stromzufuhr zu kappen. Augenblicklich erstarben die Funken vor ihm und übrig blieb nur das leise Wummern des Reaktors.

"Sehr gut", flüsterte Jim und rollte das kleine Leuchtröhrchen über den Boden. Direkt unter dem abgebrochenen Metallträger kam es zur Ruhe. Dann schnappte sich Jim den Schneidbrenner, kroch die letzten Meter vor und machte sich daran, den Träger zu durchtrennen.

Als er an beiden Enden die Schnitte durchgeführt hatte, fiel der Träger polternd zu Boden und verfehlte nur knapp Jims linke Hand, mit der er sich am Boden abstützte.

"Hab ich dich", murmelte Jim und zog das letzte Stück des Stahlträgers aus dem Kabelschacht. Dann schaute er sich das durchtrennte Kabel genauer an. Der Träger war sauber durchgegangen. Ein Kinderspiel, das zu überbrücken. Jim kramte in der Werkzeugtasche und holte eine robuste Überbrückungsklammer hervor.

"So langsam solltest du es hinbekommen!" Desturias Stimme klang blechern und verzerrt. Die magnetische Strahlung des Gasriesen schien also nicht mehr vollends durch die Schilde abgewehrt zu werden.

Jim griff nach dem Kommunikator am Gürtel und antwortete: "Bin gleich so weit. Fünf Minuten."

"Ich geb' dir drei. Dann sind wir in der Atmosphäre!"

"Gut, also zwei." Jim schaltete das Gerät aus und legte es weg.

Die Zeit lief ihm davon.

Der vereiste Mond kam unaufhaltsam näher. Desturia konnte schon mit bloßem Auge Details auf der Oberfläche unterscheiden. Sie schaute auf die Entfernungsanzeige. Verdammt! Sie würden bald in die Atmosphäre eintreten. Wenn Jim es nicht bald schaffte die Triebwerke in Gang zu bringen, würden sie einen wunderschönen neuen Krater ins Eis schlagen.

"Schilde überlastet!", meldete sich die Bord-KI. "Magnetische Strahlung nur noch zu achtzig Prozent abgeschirmt."

Desturia ignorierte die Meldung. Mit der geringen Strahlendosis konnte sie leben. Der bevorstehende Aufprall war jetzt die größere Gefahr. Sie öffnete einen Kommkanal, um Jim zu rufen: "So langsam solltest du es hinbekommen!"

Nach einer kurzen Zeit, in der Desturia nur Rauschen und Knistern in der Leitung hörte, meldete sich

Jims Stimme, die klang, als befände sie sich am anderen Ende des Sonnensystems: "Bin gleich so weit. Fünf Minuten."

Desturia blickte auf die Eiswüste, die sie zu verschlingen drohte. "Ich geb' dir drei. Dann sind wir in der Atmosphäre."

"Gut, also zwei", kam Jims Antwort prompt, gefolgt von einem Knacksen, als er den Funkkontakt abbrach.

"Beeil dich Jim", flüsterte Desturia.

Die Sekunden flogen dahin. Der Rand der dünnen Atmosphäre rückte immer näher. Desturia glaubte schon die ersten Vibrationen vom Eintritt zu spüren. Einbildung, pure Einbildung, die Atmosphäre war zu dünn, versuchte ihr Verstand ihrem Gefühl zu erklären. Aber dennoch glaubte sie zu spüren, wie sich die Schlinge um ihren Hals zu verengen schien.

Ein dumpfes Dröhnen vibrierte durch die Schiffshülle. Die Dark Lady machte einen kräftigen Ruck. Und dann erwachte die Anzeige des Triebwerks wieder zum Leben.

"Steuerdüsen online!", meldete sich der Computer.

"Du hast es geschafft, Jim!", jubelte Desturia und griff zum Steuerknüppel.

Keine Sekunde zu früh. Sie versuchte den Kurs zu stabilisieren. Doch den Absturz würde sie nicht vermeiden können. Dafür war ihre Geschwindigkeit zu hoch. Desturia konzentrierte sich darauf eine möglichst sanfte Bruchlandung hinzulegen. Wobei sie das Wort 'sanft' nicht genau definieren konnte.

Der Boden kam näher. Sie befanden sich in einer flachen Senke. Links und rechts ihrer Einflugschneise erhoben sich kleinere Eiswälle.

Desturia hielt das Steuer fest umklammert und
versuchte das Schiff in einen flachen Winkel zu Boden
zu bringen. Ihr Herz raste. Ihre Atmung pulsierte. Die
Gedanken waren fest auf ihre Situation fixiert. Desturia betrachtete den Höhenmesser. Noch zehn Meter.
Jetzt war es so weit. Desturia biss die Zähne zusammen. Sie zwang sich die Augen geöffnet zu halten.

"Aufprall steht bevor!"

Den Alarm des Computers ignorierte sie schon lange.

Ein kräftiger Schlag fuhr durch das Schiff. Sie hatten Bodenkontakt. Wie ein flacher Stein, auf der Oberfläche eines Sees, hüpfte die Dark Lady wieder
nach oben. Nur um gleich darauf wieder unsanft zu
Boden zu gehen. Das brechende Eis unter dem Schiff
knirschte und brüllte. Eine wilde Bestie, der man mit
einem glühenden Eisen das Fell abzog. Desturia wurde durchgeschüttelt. Die Vibrationen, die das Schiff
malträtierten, waren gnadenlos.

Desturia schaute nach vorn. Nichts war mehr zu
erkennen. Die vom Schiff aufgebrochenen Eispartikel
verwandelten sich in einen undurchsichtigen
Schneesturm, der die ganze Welt ringsum in ein einheitliches Weiß tauchte.

Die Kraft der Vibrationen nahm ab. Die Dark Lady
wurde langsamer.

Plötzlich verdunkelte sich die weiße Wand. Ein Fels
aus Eis.

Desturia riss die Augen auf. Sie versuchte zu
schreien.

Doch es war zu spät. Die Wucht des Aufpralls riss
ihren Sitz aus der Verankerung. Gemeinsam wurden

sie durch den Raum geschleudert. Die Cockpitscheiben barsten. Eis und Schnee drangen ein. Mit der Geschwindigkeit von Geschossen pflügten sie durchs Cockpit. Anzeigen und Konsolen gingen krachend zu Bruch.

Ein Splitter traf Desturia an der Schläfe und sie verlor das Bewusstsein.

Desturia wusste nicht, wie lange sie ohnmächtig gewesen war. Doch als sie wieder zu sich kam, war es totenstill. Ein seltsamer bläulicher Schimmer beleuchtete das verwüstete Cockpit. Desturia befreite sich aus der Umklammerung des Pilotensitzes und packte in eine Glasscherbe. Der Schock presste ihren Brustkorb zusammen. Glasscherbe. Das Cockpitfenster. Sie griff sich reflexartig an den Hals. Doch sie erstickte nicht.

Langsam beruhigte sie sich und schaute nach vorn, zur Quelle des blauen Lichtes. Die eingestürzten Eismassen hatten das gesamte Cockpit umklammert und luftdicht verschlossen. Erleichtert atmete Desturia durch. Hoffentlich war nur nicht das ganze Schiff begraben. Aber da immer noch Licht zu ihnen hindurchdrang, konnte die Eisschicht nicht allzu dick sein. Vorsichtshalber sollte sie zur Schleuse gehen und beten, dass ihre Raumanzüge noch intakt waren.

Ihre. Sie war nicht alleine. Jim. Wo war Jim?

Desturia griff nach ihrem Kommunikator. Er war weg. Sie schaute sich in dem Chaos um. Keine Chance

ihn zu finden. Und das Schiffssystem schien auch tot
zu sein.

Eine schlimme Erkenntnis drängte sich in ihr Bewusstsein. Wenn Jim bisher noch nicht hier war, um nach ihr zu suchen, konnte das nur bedeuten, dass ... Ab jetzt ging alles automatisch. Desturia konnte sich regelrecht selbst beobachten, wie sie handelte. Ein schlechter Film, der ihr klägliches Leben zeigte. Sie kämpfte sich durch die Trümmer des Cockpits. Bis auf die bereits trockene Wunde am Kopf schien sie unverletzt geblieben zu sein. Das grenzte nahezu an ein Wunder und machte ihr gleichzeitig Mut, Jim lebend zu finden. Desturia hatte Mühe die Tür zu öffnen. Die Automatik war tot, genau wie der Rest des Schiffes.
"Verdammtes Ding! Geh auf!"
Langsam öffnete sich die Tür einen Spalt.
Desturia schaute prüfend. Das musste reichen. Seitlich quetschte sie sich durch den schmalen Spalt und gelangte in den dunklen Korridor. Durch die Sichtluke zur Schleusenkammer drang ein fahler blauer Lichtschein. Desturia betete, dass die Eisschicht dort ebenso dicht war wie im Cockpitbereich. Der Rest des Schiffes schien zumindest keine Luft zu verlieren. Wenigstens nicht so schnell, dass eine akute Gefahr bestand. Also entschloss sie sich, erst nach Jim zu suchen und erst danach zu schauen, ob die Raumanzüge noch intakt waren.
Desturia aktivierte einen Leuchtstab und schaute den Gang entlang. Die Wände waren stark verzogen und rissig. Das ganze Schiff war nur noch ein Klumpen Altmetall. Der Boden hatte leichte Schieflage. Doch die schwache Gravitation des Mondes, die nun wo

die Gravitationsgeneratoren des Schiffes tot waren, zu spüren war, half Desturia bei der Fortbewegung. Wie in Zeitlupe und so leicht wie eine Feder, hangelte sie sich durch den krummen und verwüsteten Gang, bis sie zu einem geöffneten Schachtdeckel im Boden kam. Hier musste Jim runter gestiegen sein. Desturias Herz machte einen kurzen Aussetzer. Der bloße Gedanke nur noch seine zerquetschen Überreste vorzufinden, versetzte sie in einen Zustand zwischen Trauer und Schock.
"Jim!", rief sie in den Schacht.
Doch die einzige Antwort war ihr eigenes Echo. Langsam ließ sie sich den engen Schacht hinuntergleiten. Im schwachen Licht des Leuchtstabes wirkte der Versorgungstunnel, den sie krabbelnd betrat, wie der schmale Zugang zu einer unterirdischen Grabkammer.
"Jim!"
Wieder antwortete nur ihre eigene hallende Stimme. So schnell sie konnte, kroch sie voran. Und das war bei der beklemmenden Enge und der schwachen Schwerkraft nicht unbedingt sehr schnell. Desturia glaubte Jahre hier unten zu verlieren.
"Verflucht!"
Genau vor ihr hatte sich der Rumpf dermaßen verzogen, dass Decke und Boden nur noch einen schmalen Durchweg boten. Unmöglich sich dort durchzuzwängen. Desturia klopfte prüfend auf das Metall. Fest und unbeweglich. Verzweifelt schaute sie sich um. Was war das? Über ihr klaffte ein Loch und führte scheinbar zurück zum oberen Teil des Schiffes. Vielleicht war ja ...

Desturia kletterte hinauf. Als sie oben ankam, konnte sie ihr Glück kaum fassen. Hinter der tiefen Ausbeulung im Boden, die im unteren Teil den Durchgang verwehrte, klaffte ein zweites großen Loch, welches zurück in die Tiefe führte.

Mit einem leichten Satz überwand Desturia die Kuhle und kletterte vorsichtig in das Loch dahinter hinab.

"So weit, so gut", flüsterte sie. "Jim!"

Ihrem Echo folgte diesmal ein leises Röcheln.

Er lebte!

"Jim! Ich komme! Halt aus!"

Die letzten Meter des Weges, den Desturia dahin kroch, waren geprägt von Hoffnung und wiederkehrendem Mut. Sie hatten diesen Absturz überlebt. Also würden sie auch einen Weg finden, wieder heil von diesem Mond zu kommen und einen besiedelten Planeten zu erreichen. Die scheinbar hoffnungslose Situation hatte ihren Schrecken verloren. 'Hab Vertrauen', hatte die Stimme ihrer Mutter gesagt und recht behalten.

"Jim! Nein!"

Das Bild, das sich ihr bot, zerstörte augenblicklich ihre Illusionen. Jim lag inmitten eines Chaos' aus verzogenen Stahlträgern und heruntergestürzten Bauteilen. Sein halber Körper war unter diesem Schrott begraben. Sein Gesicht war durchsetzt von Kratzern und Schnittwunden und sein zitternder Arm, der sich ihr entgegenstreckte, war blutverschmiert. Doch die stark blutende Wunde befand sich nicht am Arm. Desturia sah direkt den großen roten Fleck an Jims Oberkörper und den verkrusteten See aus Blut, der sich mit Staub und Dreck mischte.

Als sie Jim erreichte, versuchte er ihr etwas zu sagen.

"Nicht sprechen, Jim! Schone deine Kräfte! Ich hole dich hier raus!"

Seine Augen blickten sie traurig an. Er wusste, dass es vorbei war.

Und Desturia wusste es auch. "Es wird alles gut", sagte sie mit zitternder Stimme. Ihr Blick verwässerte sich.

"Desturia", flüsterte Jim.

Desturia sah ihm an, wie schwer es ihm fiel zu sprechen. Sie umschloss seine zitternde Hand.

"Desturia." Er hustete. Blut lief aus seinem Mundwinkel. "Unser letztes, gemeinsames Abenteuer." Er rann nach Luft. "Desturia." Seine Augen waren müde. "Ich ... ich ... lie..."

Jim verstummte. Kalt und starr blickten seine Augen Desturia an.

"Nein!" Desturia schrie so laut sie konnte. Dann beugte sie sich vorn über und legte ihren Kopf auf Jims Oberkörper. "Nein Jim, lass mich nicht alleine!" Krampfartig begann sie zu weinen.

Die Luft schmeckte künstlich und steril in ihrem Raumanzug. Sie blickte hinauf zu dem Gasriesen, der mit seinen wirbelnden Stürmen über seine Monde wachte. Ein gutmütiger, verrauchter Großvater, mit Wolkenbändern, so flauschig wirkend wie ein Bart und einem wachen roten Auge, dem keine Bedrohung entging. Die weit entfernte Sonne dieses unbe-

kannten Systems streckte gerade ihre stecknadelkopfgroße Gestalt hinter dem Gasriesen hervor. Das
Licht des kleinen orangeglühenden Balles brach sich
in den äußeren Schichten seiner Atmosphäre und
bildete einen dünnen Lichtkranz um den Gasplane-
ten. Das dunkle Universum um ihn herum, mit seinen
unzähligen Sternen, die alle auf Desturia hinunter zu
blicken schienen, wirkte dagegen kalt und leblos.

Desturia stand auf einer kleinen Erhebung, nicht
weit entfernt von der Absturzstelle. Die Furche, die
sie bei der Bruchlandung hinterlassen hatten, zog sich
über mehrere Kilometer und verlief sich irgendwo am
Horizont. Das Ende zu Füßen des Hügels aus Eis und
Gestein war für ihren Verstand greifbarer und
schmerzlicher.

"Von hier hast du einen schönen Ausblick", sagte
sie zu Jim und schloss die Augen. Der ferne Widerhall
seiner Stimme mischte sich in das monotone Summen des Lebenserhaltungssystems. Für einen kurzen
Moment glaubte sie ihn zu spüren, ihn zu riechen,
ihm nah zu sein. Ihre erste Begegnung schoss ihr
durch den Kopf. Sie sah ihn dort am Tisch sitzen, im
Zwielicht des schäbigen Lokals auf Sadonia. Der
Schein des holografischen Bestellfeldes ließ sein un-
rasiertes Gesicht hell leuchten und die blau-grünen
Augen funkeln. Vom ersten Moment an hatte sie
etwas gespürt. Auch wenn sie es sich lange nicht ein-
gestehen wollte.

Sie öffnete die Augen und seufzte. Dann kniete sie
sich nieder und fuhr mit der Hand über den aufgelo-
ckerten Boden, unter dem ihr Freund ruhte. So kalt

und leblos die Oberfläche dieses Mondes war, so kalt und leblos schien nun auch Desturias Herz.

Sie schaute ans Kopfende des Grabes. Dort hatte sie einen flachen Stein platziert und in dessen Oberfläche, mit einem Laserbrenner, die Worte

'Jim Corrin
in ewigem Gedenken und Liebe
Desturia'

graviert. Ihre Hand schloss sich und fasste in die lose Anhäufung aus Staub, Eis und Gesteinsbröckchen. "Es tut mir so leid, Jim." Sie lockerte den Griff und stand langsam auf. Durch die geringe Schwerkraft rieselten die Bröckchen langsam zu Boden. "Ich hab's dir gesagt; ich bringe den Tod."

Mit zittrigen Beinen machte sie sich wieder an den Abstieg zum Schiffswrack. Oder besser gesagt zum Grab des Schiffswracks. Denn die Dark Lady würde nirgendwo mehr hinfliegen.

Epilog
(900 Jahre später)

"Sonde erreicht den Orbit von Ganymed", meldete der pickelgesichtige Mann, der für Lucy eher aussah wie ein frühreifer Teenager mit feuerroten Haaren. Dass dieses Milchgesicht aber schon ein paar Jährchen auf dem Buckel hatte, zeigten die silbernen Unteroffiziersabzeichen auf seiner hellblauen Uniform.

"Sehr gut." Die dunkle Stimme von Professor Jules klang eher gelangweilt. Für den zivilen Forschungsleiter, der in seinem weißen Kittel wirkte wie ein zerzauster Oberarzt einer drittklassigen Ärztesoap, war diese Mission nur eine von vielen. "Schon irgendwelche Daten vom Scanner, Fräulein Strasser?"

Lucy klemmte sich eine blonde Haarsträhne, die sich aus ihrem Pferdeschwanz gelöst hatte, hinter das Ohr. "Noch nichts wirklich Interessantes", sagte sie mit ihrer säuselnden Stimme. Für sie war diese Mission aufregend. Die halbe Nacht hatte sie wach gelegen und dem heutigen Tag entgegengefiebert. Es war ihre erste Drohnenmission, bei der sie aktiv dabei war, seit ihrer Ankunft hier auf Kallisto. Ihr Vater hatte ihr, über seine Beziehungen, diesen praktischen Studienplatz überhaupt erst ermöglicht. Jedoch waren die letzten drei Monate eher geprägt von trockener Theorie und langweiligen Hilfsarbeiten.

"Ach." Dieses Wort sagte so viel und doch gar nichts. "Ich bin in meinem Büro, wenn sie mich brauchen." Er legte väterlich die Hand auf Lucys Schulter, welche in einer rangabzeichenlosen blauen Uniform steckte. "Rufen Sie mich, wenn Sie etwas finden, Lukretia!"

"Natürlich, Professor", antwortete Lucy und verdrehte die blauen Augen.

Professor Jules zog die Hand zurück und verließ den Kontrollraum, der nun bis auf den Unteroffizier und Lucy völlig leer war. In Stoßzeiten konnten in der großen Kontrollhalle bis zu sieben Teams gleichzeitig arbeiten. Doch im Moment war der Großteil des Raumes dunkel und verwaist.

Lucy schaute durch die großen Panoramafenster hinaus. Der Kontrollraum war der höchste Punkt der europäischen Forschungseinrichtung auf Kallisto. Von hier hatte man einen atemberaubenden Blick über die ganze Station und das riesige Einschlagsbecken Valhalla, an dessen östlichen Rand sich die Station befand. Über allem thronte der majestätische Jupiter und blickte grimmig mit seinem roten Auge auf sie hinunter, als wolle er sagen: "Meine Geheimnisse gehen euch Erdenwürmer nichts an! Verschwindet!"

"Drohne ist im Zielgebiet. Du kannst mit deiner Arbeit anfangen."

Lucy drehte sich zu dem blauen Feuermelder um. "Danke, Paul."

Paul grinste sie verlegen an.

"Dann wollen wir mal."

Endlich wurde es ernst. Ihr erster wirklicher Beitrag zur Erforschung des Sonnensystems mitsamt seiner Planeten und Monde. Ein leichtes Kribbeln fuhr durch ihren ganzen Körper, bis hinein in die Haarspitzen; ein tolles Gefühl.

Lucy konzentrierte sich auf den flachen transparenten Monitor auf ihrem Kontrollpult. In Echtzeit übertrug die Drohne ein optisches Bild, welches unterlegt war mit allerlei Daten und kleinen bunten Symbolen. Für Lucy war es ein Leichtes aus der Vielfalt der Informationen das wirklich Wichtige zu erkennen. Ihr jahrelanges Studium an der LOU und ihre überdurchschnittliche Intelligenz zahlten sich hier voll und ganz aus. Die Eisfläche, die Lucy zu sehen bekam, war dagegen weniger spektakulär und ähnelte sehr der Oberflächenstruktur von Kallisto.

Doch was war das? Eine seltsam lange Furche tauchte im Bild auf.

"Hm, komisch", murmelte Lucy.

"Was ist?" Paul rollte mit seinem Stuhl näher und schaute auf Lucys Monitor.

"Sieh mal! Das sieht nicht nach einem Kometeneinschlag aus. Der Winkel ist viel zu flach."

"Was denn?" Paul kratzte sich an der Schläfe. "Stimmt, jetzt wo du's sagst." Er beäugte die Furche, die ihm durch die Verwerfungen der Eisschicht und einigen Meteoritenkratern zu erst gar nicht aufgefallen war. "Seltsam. Ich ändere den Kurs der Drohne." Er rollte zurück und brachte die Drohne auf Parallelkurs zur Bodenfurche.

"Nein, hier verliert sie sich im Nichts." Lucy blickte zu Paul. "Flieg mal in die andere Richtung!"

Er nickte und wendete das unbemannte Fluggerät.

Am Rande eines unscheinbar wirkenden Felsen spielten die Scanner verrückt.

"Was zum Teufel?" Lucy schaute auf die Daten. Die Analyse spuckte Werte aus, die nie und nimmer sein konnten. "Was soll das?"

"Was?"

"Irgendwas ist da unten. Keine Ahnung, was das für ein Metall ist. Der Scanner dreht durch."

Lucy aktivierte den Sprechfunk, ihr Herz schlug vor Aufregung bis zum Hals. "Professor Jules?"

Knisternd meldete sich die Stimme des Professors: "Ja?"

"Sie sollten sofort kommen! Wir haben was entdeckt!"

Danksagung

Den richtigen Anfang zu finden ist nicht leicht. Das gilt sowohl für eine Geschichte als auch für persönliche Worte.

Und so sitze ich nun hier am Rheinufer und zerbreche mir darüber den Kopf, wie nun meine Danksagung aussehen soll.

Ich denke, das Einfachste wird sein, das simple Wörtchen "Danke" auszusprechen.

Danke an meine Familie und Freunde, die immer hinter mir stehen.

Danke an meine Testleser Marcel, Tobias, Elena und meine Mutter Ingrid (die zwar unheimlich gerne Sciencefictionfilme schaut, aber mit Büchern dieses Genres eher weniger anfangen kann - Mama, Du musst Dich wohl noch etwas gedulden, bis eines meiner Bücher verfilmt wird).

Danke an Dalibor, der mir gute Tipps zur Gestaltung meines Covers gegeben hat.

Und nicht zuletzt danke an Sie, den Leser dieses Buches, dafür, dass Sie einen Teil Ihrer wertvollen Zeit in meiner Phantasiewelt verbracht haben.

Ich hoffe, dass Ihnen diese Zeit nicht verloren vorkommt und sie Spaß an meiner Geschichte hatten. Und vielleicht sehen wir uns ja in der Fortsetzung wieder, die sich gerade in meinem Kopf zusammenbraut ...